6番目のセフレだけど
一生分の思い出ができたからもう充分

[室井《むろい》]
幸平の中学からの後輩。裏表があり少々毒舌。
[時川《ときかわ》]
幸平と同じ大学に通う友人。飄々とした性格の爽やかな青年。
[森良幸平《もりよしこうへい》]
本作の主人公。大人しく真面目で、穏やかな性格の大学生。高校の卒業式の日に陽太に告白してから、彼と体の関係を続けている。

CHARACTERS
登場人物紹介
[関《せき》]
陽太と同じ大学に通う男子学生。陽太と仲が良く悩みの相談にもよくのっている。
[溝口陽太《みぞぐちようた》]
幸平の幼馴染で、老若男女問わず誰もが見惚れるほどの美人。昔は幸平と仲良くしていたが、中学時代のとある時期から無視するようになり……
[谷田《たにた》]
幸平と同じ大学に通う友人。少々ノンデリカシーだがとても友人思い。

《質問》
【ID 非公開さん】
恋愛に関して質問があります。アドバイスをご教示いただければ幸いです。

ずっと昔から幼馴染《おさななじみ》に恋をしています。
その人は自分とは不釣り合いの憧れの存在で、子供の頃から好きな相手でした。
幸いにもその人と体の関係を結ぶことができました。
しかしセックスが終わると、すぐに解散です。いわゆるセフレという関係らしいです。
どうしたら自然に、恋人になれるでしょうか？
（１人が共感しています）

《回答》
【ID　kkk************ さん】
残念ながら脈なしです（笑）
男はセックス脳なので、ヤることがゴールです。
その過程で告白やデートや恋人になるなど段階があるのに、あなたは最終目的を最初に与えてしまったのです。
もう既にゴールに達しているのに、ここからわざわざ面倒な過程を経てデートなど恋人らしいことなんてしてくれません。
金も時間もかかるし、男にとっては面倒でしょう。
厳しい意見でしたらすみません（笑）
このまま都合の良い存在のセフレとしてやっていくのも良いですが、諦めるなり離れるなりしたほうが吉かと思われますw

第一章　森良幸平《もりよしこうへい》　二十歳

小学校低学年の頃についた渾名《あだな》は『ごぼひら』だった。理由はヒョロくて肌が白いからだ。幸平は知らなかったけれど、ごぼうというのは、皮を剥ぐと中が白いらしい。ごぼうと言えばきんぴらごぼう。それから派生して、幸平は『ごぼひら』と呼ばれた。

あれは夏休み明けだった。長期休暇が終わり皆もストレスが溜まっていたのか、放課後に公園にいると体の大きなクラスメイト達がやってきて、『ごぼひらの皮剥ごうぜー』と公衆トイレの裏で服を脱がされかけた。薄暗い草陰で、幸平は恐怖で動くことができない。そこに差し込んだ光は、隣の家に住む親友の溝口陽太《みぞぐちようた》だった。

陽太は、贅肉《ぜいにく》を着ていると言ったほうが正しいほど体の大きな中田《なかた》に飛び蹴りを入れ、若い牡鹿《おじか》のように綺麗に着地する。目の前に中田が転がっている。呆然とする幸平に、陽太は言った。

「コウちゃん、今日はサッカーすんだろっ」

陰気でクラスでも端っこにいる幸平に比べて、陽太は顔もかっこいいし運動もできるし、皆に人気な存在だった。

でも陽太は友達でいてくれる。幸平は「うん」と頷いて立ち上がった。

幸平は給食着を振り回し、中田の仲間達に突撃する。一人の顔に当てると、そいつは尻餅をつく。陽太は「ナイスヒット！」と笑った。二人で六人相手に必死で挑んだ。結果的に再起した中田に押し潰されてしまったが、不思議と心は晴れやかだった。

その後、幸平と陽太は擦り傷だらけの足を構うことなく、日が暮れるまでサッカーボールを蹴って遊んだ。

黙ってじっとしていた幸平の反撃がよほど予想外だったのか、それ以降中田達に絡まれることはなくなり、幸平は地味ながらも平穏に学校生活を過ごした。

あの夕刻に見た、真っ赤な空は本当に綺麗で、忘れられない。

しかし十年以上経った今、この話をしても誰も信じてくれない。幸平が反撃したことに関してではなく、皆、口を揃えて『溝口陽太さんは喧嘩に手こずる男じゃないだろ』と言うのだ。

幸平も陽太も二十歳になった。幸平の膝や肩は擦り傷もすっかり治って綺麗なままだが、陽太は違う。小学校までは遊んでいたけれど、中学の半ばから陽太に話しかけても無視されるようになった。さらには学校を休みがちになり、高校に上がる頃には肩から腕にタトゥーが彫られていた。

肩のタトゥーと、たくさん開いたピアス。そして数々の悪い噂。それらが『溝口陽太』を創るようになる。

きっと私服校だからだろう、陽太は偶然にも幸平と同じ高校を選んでいて、二人はまたしても同級生になった。しかしクラスの隅にいる幸平にとって、陽太はとてつもなく遠い存在だった。

校内で溝口陽太を知らない者はいなかった。黒髪の癖毛に隠れる耳にはたくさんのピアスが開いている。陽太が校外でつるむのは、ほとんどは大人だ。

だが、陽太はそうやって恐れられていたけれど、決して嫌われているわけではなかった。悪い噂の反面、陽太は常ににこやかだった。男女問わず優しく接して、声を荒らげたり怒ったりはしない。何よりも誰もが見惚《みと》れるほどの美人だった。だから皆に恐れられながらも、憧れを抱かれる。陽太の周りには、学年も性別も選ばず、いつも人が絶えなかった。

常に関係のある女の子が五人いた。一時期はサッカーチームが組めるほどの数だと噂されていた。皆納得の上で陽太の周りにいたが、彼女達は実際には恋人ではなく『セフレ』であり、その界隈は大奥と呼ばれていた。

片や庶民の幸平は、その煌《きら》びやかな世界を見上げるしかない。ただの一般人で、友達は三人だけ。多くを従え多くに好かれる陽太は、幸平が幼馴染《おさななじみ》だったことを覚えているだろうか。一緒にサッカーをして遊んだこと。日が昇る前の明け方に話し込んだこと。毎日のように放課後集まったこと。

幸平はただの一般人だけど、王様みたいな陽太に憧れ続けている。

それは幸平が、子供の頃から陽太を好きだから。しかも、性愛も含む恋だと自覚しているからだ。

高校を卒業してしまえば、陽太と話す機会はおそらく二度とない。

王様に長年懸想《けそう》する一般国民は、とうとう卒業式に決意する。

ならば最後に一度だけ、自分の秘めた恋を伝えるのだ、と。

そうして幸平は卒業式の日、渾身の勇気を振り絞り、陽太へ長年の片思いを打ち明けた。

「――陽太君。俺、ずっと陽太君のことが好きだった」

少し肌寒い日だった。まさかもう親しくもない男の幼馴染《おさななじみ》から告白されると思わなかったのか、陽太はかなりの時間黙り込んでいた。それは幸平も同じで、緊張で硬直した体の自由が戻った時、ようやく踵《きびす》を返してその場を去ろうとした。

しかし引き止めたのは陽太だった。そして彼は言った。

「俺とシたいって意味で？」

あの時のやり取りの記憶は曖昧《あいまい》だが、結果的に、陽太と関係を持つことができた。

幸平は『幼馴染《おさななじみ》だった親しくない同級生の一人』から、『六人目のセフレ』に昇格したのだ。

卒業したらもう二度と会えないと涙ぐんだ日も多かった。しかしそれから一年半の間、陽太と関係を持ち続けることができた。だが――

「……諦めるのが吉、かぁ」

幸平の頭の中は、目の前を過ぎ去った光景と、あの残酷な回答文章でかき乱されている。乱されて荒らされて、息も吐けないほどに苦しい。雨が降る十一月の一晩中、傘もささずに立ち竦《すく》んでいたせいで寒い。でも、先ほど去っていった男女は雨に濡れない。彼らは傘の下で身を寄せ合っていた。

陽太と綺麗な女性は、この明け方、陽太の部屋から出るとどこかへ歩いていった。

昨晩、彼は幸平との待ち合わせに来なかった。あの女性といたのだから当然だ。最後にもう一度告白しようと思ったけれど、幸平にはその機会すら与えられなかったらしい。

「……うん」

幸平は携帯を取り出した。ネットに投稿された質問文と回答が、暗がりに慣れた目に眩しすぎる。強烈な光に涙が滲《にじ》み出るのを自覚しながら、幸平は心の中で返信を思い浮かべてみる。

――はい、諦めます。でも、一生分の思い出ができたので充分です。

十二年前に出会った陽太への長年の片思いが、冷たい雨に打たれて終わりを迎えたのだった。

◇

昔はもっと友達が少なくて、小学校の頃に幸平と遊んでくれたのは近くに住んでいた陽太くらいだった。だが、二十歳ともなると子供の頃よりは親しい友達もいる。大学では、高校から友達だった谷田《たにた》と、バイト仲間でもあった時川《ときかわ》とよく話す。だから最低二人はいる。つまり、いないわけじゃない。

「幸平は友達がいないだろ」

だが幸平の隣に座る谷田は、容赦なく言い放った。幸平は箸を持ったまま固まりパチパチと瞬きをする。夏休みが明けた十月初めの学生食堂は騒がしく、このテーブルの会話など誰も気にしていない。

「え……俺、友達いない？」

幸平が騒音に掻き消されそうな声で呟くと、谷田は焦燥を顔に滲《にじ》ませ、言い訳のように「いないっていうか、少ないっていうか。変な話だよな。幸平はすげぇ良い奴なのに」と付け足してくる。

「地味だけど良い奴なのに。世界が間違ってるんだな。少ないってなんだよ。何言ってんだ」

谷田は自分で提起した問題に自分で文句を入れている。幸平が落ち込んだと思ったのか、彼は自分の茶髪を指で弄《いじ》って、「この世界はおかしいな」と言った。実際、幸平に友達が少ないのは事実だから、気にしていない。今の谷田のほうがよっぽど幸平の友達事情を気にしている。

「えっと、なんつうか、友達少ない幸平の家から、俺ら以外の誰かが出てくるなんて変だと思ったって、それを言いたかったわけ」

「谷田君、それは失礼じゃないか？」

朗らかに言ったのは目の前に座る時川だ。時川は呆れたように首を傾げた。彼の茶髪が揺れる。

時川は同じ経済学部の二年で、講義や昼食をよく共にしている。今日は時川と学食に来ていたのだが、時川の眼鏡がラーメンの湯気で曇るのを眺めていたら、突然幸平の隣に谷田が座ってきたのだ。

大学ではこの三人でよく過ごしている。温和な性格の時川はいつも爽やかに笑っており、今も「ほら、幸平君も微妙な顔してる」と綺麗に微笑んでいる。谷田は眉尻を下げて、「幸平、怒ったか？」と心配そうにした。高校の頃は谷田も幸平と同じ黒髪だったが、今は茶髪で雰囲気も垢抜けている。

「怒ってないよ。でも、谷田に何を心配されてるのか、よく分からない」

「いや。だって、さ。あれってさ……お、俺の見間違いじゃなかったらなんだけど」

なんだろう……谷田の深刻な表情を見て嫌な予感がした。すると谷田は一度口を噤《つぐ》む。唾を飲み込み、幸平の危惧したとおり本題を突きつけてきた。

「一昨日、お前の部屋に来てたの、溝口……陽太さんだったよな」

谷田は緊張した面持ちでその名を告げた。まるで名前を言ってはいけないあの人の話題を出すように、声が強張《こわば》っている。いや、声だけでなく表情も。

なんと返したらいいのか、いつも思う。とっさのことに自分は、まるで対処できない。

幸平の部屋から陽太が出てきた瞬間を、偶然にも谷田に見られていたらしい。でもそれが起こる可能性はゼロでない。町にゾンビが蔓延《はびこ》る光景や隕石が降ってくる妄想はよくしていたのに、どうして自分と陽太が共にいる瞬間を見られる想像ができなかったのだろう。

谷田は高校時代からの友人ではあるが、陽太との関係を話したことはない。今、初めて言及されたのだ。誤魔化《ごまか》しようがなかったし、何を誤魔化《ごまか》せばいいのか分からない。幼馴染《おさななじみ》という事実か、それとは別の関係があることか。予告のない事態に対応するのが苦手な幸平はすっかり閉口する。

「――そうですよ」

代わりに答えたのは、またしても唐突にやってきた人物だった。

視界に彼の黒髪が入る。彼は時川の隣の席に腰を下ろし、ほんのりと笑みを唇に乗せて幸平を眺めてくる。いきなり登場するので驚いて見ていると、谷田が言った。

「ムロ君、また来たのかよ。チッ。いつもキラキラした顔してんな……同級生に友達いねぇの？」

後輩の室井《むろい》は「いますよ。幸平先輩と違って」とにこやかに返した。谷田がすかさず「おい！言われてっぞ幸平！」と自分を棚に上げる。

室井は経済学部の後輩であり、中高時代からの後輩でもある。大学生になっても、たびたびこうして絡んでくる。どちらかと言うと、高校時代の室井は、幸平ではなく陽太を『陽太さん』と呼んで親しんでいたから、陽太に関して詳しい。だからなのか、彼はあっけらかんと言い放った。

「だって幸平先輩、陽太さんと付き合ってますもんね」

「はっ!?」谷田が目を見開く。

「意外だな」時川はさらりとした茶髪を揺らして顎を引いた。

「そりゃ家にも行きますよ。やることやってんだから」

「こ、恋人ではないよ」

これ以上黙っていたらダメだ。幸平は、まだまだ何か言おうとする室井を遮った。

すると数秒の沈黙が流れた。自分でもわかっている。あ、言葉を間違えた、と。あまりにも突然だったので返答を吟味できなかったのだ。谷田がもともといかつい顔をさらに引き締めて呟いた。

「まるで恋人ではないけど、そういう関係はあるみたいな言い方だよな」

「へー、意外でした。幸平先輩って、陽太さんのこと好きなのかと思ったから」

その言葉に谷田はまた硬直する。室井は笑っているけれど、鋭い眼差しで幸平をじっと見つめ、唇の端を上げた。

「……あーあ、幸平先輩。ちょろいですね。すぐ動揺しちゃうんだ」

「ちょ、おいおい幸平。お前誤魔化《ごまか》しが下手すぎる」

今更ではあるが「付き合ってるとかじゃない」と幸平は呟く。谷田はため息と共に頷いた。

「わかったから。でもさ、お前、反応が明らかだって。溝口さんのこと好きなのか？」

陽太のことはこの場にいる全員が知っている。それも別々の立場から。

谷田は陽太と高校の同級生だったし、時川にとってはバイト先で何度か見かけたことのある『美の圧が強い客』。室井は陽太のグループに属していて、仲の良い後輩だった。陽太に向けていた親しみの込めた笑顔を、今、幸平へ向けている。

「恋人じゃないなんて意外でした。そういう関係なのに」

どうして『関係』を知っているんだろう……。幸平の脳裏を過《よぎ》るのは、高校時代に見た二人の光景だ。

室井が楽しそうに陽太へ語りかけ、陽太も何か返している。その二人の様子を見て女子達が遠巻きに騒いでいた。残影を心に封じ込めて、幸平は口を開いた。

「……それ、陽太君から聞いた？」

谷田は目を見開いて、「陽太君⁉」と驚愕した。室井は幸平の質問には返さず、谷田へ告げる。

「陽太さんと幸平先輩って幼馴染《おさななじみ》なんですよ」

「そうなのか⁉　だって高校ん時、お前ら一度も喋ってなかったのに。あの溝口陽太……溝口さん、と幼馴染《おさななじみ》？」

さん、か、と幸平は心の中で苦笑する。

こうして言い直すのは谷田だけではない。陽太を『溝口さん』と呼ぶ同級生は大勢いた。むしろそれが大半で、陽太と親しい一部の生徒達だけが、フラットに彼の名を呼ぶことを許されている。

先輩達だってそうだ。年上の権利を振りかざして陽太と気軽に接する人などいなかった。

陽太が過度に恐れられていたのは、異質だったからだと幸平は思う。二人が通っていた高校は進学校で校則のない私服校だった。勉強ばかりしていた幸平があの学校へ入学したのは進学校だったから。陽太の理由はきっと、校則のない私服校だったからだ。あの学校なら肩や腕に彫られたタトゥーを隠しやすいし、耳の妙なところにピアスが開いていたって咎《とが》められない。

高校には他に陽太のような生徒はいなかったし、その容姿も影響して周りとは一線を画していた。陽太の放つ雰囲気は尋常でなく、高校時代の谷田も『溝口さんとすれ違ったんだけど、まじでちびるかと思った。威圧が強すぎる。イケメンヤンキー、とかのレベルじゃない』と語っていた。

確かに陽太は子供の頃から綺麗な少年だったが、成長すると背は百八十センチを越え、スタイルも良く、抜きん出た美貌を持っていた。癖毛の黒髪が白い肌によく映えて、通りすぎたあと誰しも振り返る。

でも、陽太が恐れられるのは見た目のせいだけでない。一年の頃、彼は暴行事件を起こしかけた、らしい。幸平は内情をよく知らないが、陽太が同じクラスの男子を失禁させたのだ。

実際には暴力なんて振るっていない。けれど陽太は男子生徒の発言に激怒し、その怒りに触れた男子生徒があまりの恐怖で失禁したらしい。あの場に居合わせた数人の生徒の伝聞がすぐさま校内中に広まったおかげで、陽太への畏怖《いふ》に拍車がかかった。

「溝口さんと幼馴染《おさななじみ》って、どうして教えてくれなかったんだよ」

谷田は恐る恐る問う。その声は恐怖と驚きだけでない感情を孕《はら》んでいる。

これは陽太を語る者が共通して見せる特徴の一つだ。陽太は恐れられているだけでない。谷田が今見せたように、憧れを抱かれていたのだ。

そんな谷田と対照的に、幸平は単調に答えた。

「高校ではそんなに接点なかったから。それに幼馴染《おさななじみ》っていっても、中学からは話してなかったし」

「やっぱ二人でいたことないよな？　だって、違いすぎるだろ。幸平と溝口さんが幼馴染《おさななじみ》って……想像つかねえ。どっちかっつうと、ムロ君と溝口さんのほうが一緒にいたイメージなんだけど」

「そうですか？」

室井はにっこりと小首を傾げて、その黒髪が揺れた。その瞬間、幸平は、室井のにこやかな笑顔がわずかに暗く濁ったような気がした。再度話し出した時にはもう消えている。本当に一瞬だった。

「中学の途中までは二人いつも一緒にいましたよね。その時、幼馴染《おさななじみ》だって聞いたから」

「俺が言ったんだっけ？」

「陽太さんから聞いたんですよ」

幼い記憶が胸を掠《かす》める。まだ陽太に無視をされる前だ。中学二年の時、クラスが分かれた幸平と陽太は、二人で示し合わせて美化委員会に所属した。中学の花壇はさほど本気で花を育てていない。だからたまの担当の日には、二人で話し込んだりしていた。

その時に足繁く通っていたのが、室井だった。途中から陽太が仕事に来なくなったけれど。

あの頃から室井は女子に『可愛い』と言われて人気だった。当時の室井は身長も低く、確かに女子みたいに可愛かったと思う。成長した今の彼は、可愛いというより美形だ。

「なんだ……恋人じゃなかったんですね。幸平先輩、陽太さんに告白したって聞いたので」

「えっ……」

衝撃の発言を聞いて、幸平は言葉を失ってしまう。そんなことまで、知っているのか。

「陽太さんを責めないでやってください。あの人酔ってたし」

室井は少し眉尻を下げて、幸平に微笑みかけた。幸平は酔った陽太どころか、陽太が呑んでいるところすら見たことがない。幸平は小さく唇を噛んでから、できる限り冷静な口調で返した。

「別に、責めないよ。ただの事実だし」

こちらの内心を探るようにじっと室井が見てくるので、幸平は視線を逸らす。つい数分前までいつも通りのお昼だったのに、今は頭に暴風雨が吹き荒れているみたいだ。数々の情報に混乱する幸平を谷田も気遣いつつ、それでも好奇心に抗えないのか言いにくそうにしながらも切り出した。

「それで、関係があるって、つまりそういうことだよな？」

「そういうことって、どういうこと」

「付き合ってないのにヤッてんだろ？　セフレってやつじゃん。爛《ただ》れてんなぁ」

「酷いですよねー……」と呟いた室井の表情からは、たった今までの笑みが消え去っていた。彼の周りに漂《ただよ》う空気が妙に思えて、幸平は思わず凝視してしまう。室井がこちらに目を向ける前に、ずっと黙っていた目の前の男が切り出した。

「溝口陽太さんと幸平君ね……あの溝口さんって人、確かに雰囲気のある人だったね」

時川はそう言って軽く笑みを浮かべた。箸の進まない幸平とは違って食事を終えたらしく、だらしなくテーブルに肘をつき手の甲に顎先を乗せている。谷田が「つうか」と、怪訝《けげん》な顔で首を傾げる。

「なんで時川が溝口さんを知ってんのか、分かんねぇんだけど」

「バイト先で何度か見かけたことがある。で、幸平君は、溝口さんが好きなんだろ？」

こうして邪気のない顔で聞かれると困ってしまう。というより、男同士の話であるのにそこを疑問に思わないのだろうか……。時川は幸平の返事を聞く前にニコッと微笑んだ。

「いいね。幼馴染《おさななじみ》の恋。ぜひ応援したいな」

「……時川は、男同士が変だって思わないの？」

あまりにもあっさりしているから恐る恐る問うと、時川はまたもや軽やかに「確かに妙だなとは思っていた。でも皆がそれに触れないから」と笑顔を見せる。

「私が妙だと思っていることを、皆は受け入れてその先で話している。悔しいだろ？　だから私も触れたら負けだと思って言わなかった。つまりそれを一番初めに言及した幸平君は今、負けたんだ」

「……」

「で、どうする。私はぜひ応援したいんだけど」

「時川は呑気すぎる。呑気っつうか、サイコパスだ。幸平はみ、ぞぐちさんに告白したのに、あの人は好きとか一個も返してないんだろ？　それでセフレ？　えぐい関係じゃん。それなのに、時川は曇りない笑顔で応援してんの？　怖いって」

「幸平先輩、なんでこんな無神経な人と友達なんかやってるんですか？」

お茶を飲みながら黙って聞いていた室井が口を開く。すかさず谷田が反論した。

「お前のほうが無神経だ！」

「いや、谷田さん今、えぐい関係って言いましたよ。あんた酷い人ですね。幸平先輩が可哀想だ」

「さっきから追い詰めてるのはお前だろうがッ！」

疲れてきた。幸平は「谷田は良い奴だよ……」と力なく言って、止まっていた食事を再開する。

生姜焼き定食はすっかり冷めきっている。黙々と食す幸平の周りで会話が飛び交い始めた。

「にしても、溝口さんって男もイケんのか。死ぬほど遊んでるって聞いてたけど、同性も守備範囲？　やっぱかっけえな。やること違うわ」

「陽太さんですからね。女子だけなんてもったいない」

「皆は幸平君を応援する気があるのか？」

「応援つってもよ。幸平と溝口さんがどうなるのがゴールなんだ？」

「ていうか、どうしろって言うんですか」

「質問サイトで質問してみたら？」

幸平は視線だけで最後にそう言った時川を見る。時川は、眉根を寄せる谷田に笑顔を向けていた。

「ここにいる私達の中に、幼馴染《おさななじみ》とセフレ関係にある人間へのアドバイスをできる野郎はいないからさ、質問サイト……質問小袋とかで助言もらって、今後の方針を決めていこう」

「一番やっちゃいけないことだろ」

「あんな暇人の掃き溜めみたいなクソ治安最悪サイトに質問して、どうするんですか」

幸平には皆の会話の内容が理解できない。幸平はまたしても箸を止め、「質問小袋って？」と問いかける。すると谷田が「サイコパスはいるし口悪いのはいるし、幸平は世間知らずだし」と頭を抱えた。

「幸平先輩の悪口言わないでくださいよ。幸平先輩、質問小袋っていうのはね、恋愛でもなんでも匿名で質問できて、誰かが答えてくれるサイトです。先輩も使ってみたらいいと思いますよ」

「幸平、絶対に使うな」

「でも意外ですね。……陽太さんってずっと好きな人いるから、彼女作らないと思ってたんです」

耳に入ってきた言葉のせいで、幸平は思わず箸を落としそうになった。硬直する幸平の周りで、同時に「え？」と複数人の声が重なる。どれほど沈黙が流れたのか分からない。幸平だけが震える唇を開いた。

「……好きな人？」

「そうですよ。高校の頃から陽太さん、女子に告白されても振ってたから。芹澤《せりざわ》さん覚えてます？あの美女に告白されても頷かなかったんですよ。で、彼女押しが強かったんですけど、陽太さんウザがって「好きな奴いる」的なことを答えたらしいんです。あの女は性格悪いから、俺らに『好きな人がいるからって陽太さんに振られた』って漏らしたんですよ」

息が詰まる。幸平はとっさに目を逸らし、テーブルの真ん中を凝視した。

乾いた唇からこぼれた吐息が熱い。思考が麻痺して室井の言葉を受け止められない。顔を見なくても、谷田が青ざめて幸平を凝視しているのが伝わってくる。そして声だけでも、室井がにこやかな笑みを浮かべているのが分かった。

「だから幸平先輩と関係持ったって聞いて、ああその女性を諦めたんだなって思いました」

室井の声が遠のいて聞こえた。『その女性を』の言葉が歪んでいる。

「陽太さんもいい加減、不毛な恋を続けてたって仕方ないですしね」

「……ど、どうして？」

幸平はやっとのことで声を絞り出した。動揺なんか隠せない。陽太に……好きな人がいた？　ガツンと頭を殴られたような衝撃に耐えつつ、幸平は必死に言葉を選んで恐々《こわごわ》と呟いた。

「俺もその女の子達と一緒だって思わない？　陽太君に振られても周りにいる人達と同じだって。俺と関係持ったから好きな人を諦めただなんて、どうして」

「だって先輩は陽太さんの幼馴染《おさななじみ》だから」

幸平は唇を噛み締めた。鼻の奥がツンと痛くなり、息が苦しくなる。

「諦めて、幸平先輩と付き合ってるのかと思ってました。さすがの陽太さんも、長年自分のことを好きだった幼馴染《おさななじみ》をセフレにしようなんか考えないと思ったんですけど。あの人はヤる男なんですね。幸平先輩は今までの女子とはタイプが違いすぎるし」

「……陽太君はまだその人のこと好きなままなのかな」

乱れる心をできる限り押し込めようとすると、声が小さくなった。続く「誰か知ってる？」の声は、聞き取れないほどか弱くて、情けなくて堪らない。室井は決して幸平の言葉を聞き落とすことなく、幸平の反応など見えていないように素知らぬ顔をした。

「さぁ。あ、でも。サクラだかユリだか、花の名前の人とよく電話してました」

花の名前……。何か言おうとするも、返す言葉をついに失ってしまう。黙り込む幸平と同じく友人二人も絶句したかのように沈黙している。室井が不意に携帯を見下ろす。やってきた時と同様に、突如として立ち上がった。

「じゃ、先輩。質問小袋に投稿する文章なら僕も一緒に考えますよ」

室井は水をぐいっと飲み干し軽く右手を上げる。昔から人気のスイートフェイスで微笑みを振り撒《ま》くと、躊躇《ためら》いなく去っていった。

残された三人は口を開かなかった。幸平が食事を再開すると、それを皮切りに谷田が口を開く。

「ムロ君って、お前に攻撃的すぎねぇか？　わざと恋を邪魔しようとしてる感じ。今度来たら俺が追い払ってやる！」

「……今だけだよ」

中高の知り合いが大学にもいたから、懐かしさでやってきているだけだ。いずれ興味が薄れて来なくなる、と幸平は思う。だが今の会話を聞くと、もしかして、とも考えた。室井は陽太のことを……

「なぁ、幼馴染《おさななじみ》って本当なのか？」

谷田は未だ信じられないのか繰り返した。なぜか幸平の代わりに時川が勝手に答える。

「二人は幼馴染《おさななじみ》だよ。とても絆の強い幼馴染《おさななじみ》」

「時川は無視するけど、幸平、お前からそんな話聞いたことねぇぞ。高校の時だって一緒にいんの見たことねぇ。二人で遊び行ったりしてんの？」

幸平はふるふる首を横に振った。谷田は眉を顰《ひそ》め、質問を変える。

「幼馴染《おさななじみ》って家が近いとかそういうの？　お前らがそんな関係だったなんて意外すぎる。セフレでもなんでも、フレンドならうちの大学に遊びに来たりとか、俺らに会ったりとかするもんじゃね？」

幸平は「そうなんだ」と呟く。陽太は別の大学に通っている。高校が被ったのは奇跡だったのだ。

「いつ会ってんの？　夜？」

「お昼とかに」

谷田は「夜じゃねぇんだ」と目を瞬かせた。幸平は淡々と「夜は俺だってバイトある」と返す。

「じゃあ夜の溝口さんは自由なんだな。セフレって、他にもいんだろ」

「……六番目とかかな」

曖昧《あいまい》なのは確かめていないからだ。他に何人と関係を持っているかなんて聞けるはずもない。少なくとも高校の頃は五人いると言われていた。幸平の内心を察したのか谷田は絶句し、息を吐いた。

「……よりにもよって、なんで溝口さんを好きになるんだ。つうか幸平、お前ってゲイだったのか？」

「分かんない。陽太君しか好きになったことないし。でも陽太君は男の人だから俺はゲイなんだろうね」

「女子の裸想像してムラムラしたりしねぇの」

『見て』ではなく『想像して』と脳内の範囲なのが谷田らしい。幸平は「ないかも。でも男の人にもない」と答えた。谷田がしばらく黙る。一度口を開いて閉じたが、やはり堪え切れなかったらしい。

「EDじゃん！」

「谷田君。君は本当に良くない人間だと思う」

お茶を啜《すす》っていた時川が真顔で言った。谷田はハッとして、失言に気まずそうな顔をする。

幸平は陽太との情事を思い浮かべてみる。……そうじゃないな。心の中ではっきりと否定しつつ、曖昧《あいまい》に首を横に振って視線を落とすと、携帯に通知が来ているのに気付いた。

するとと、叱られて勢いを失った谷田が真面目な顔をして問いかけてきた。

「なぁ幸平、本当にそのままでいいのか？」

メッセージは陽太からだった。《今から会える？》の文を目にした幸平は無意識に立ち上がる。

生姜焼き定食はキャベツの千切りが残っている。申し訳なく思いつつも、鞄を肩にかけた。

「ごめんもう行く」

「まさか溝口さん？」

谷田の目にははっきりと恐れが滲《にじ》んでいた。幸平は頷き、トレーを手に取った。

「幸平！　今日の飲み会来いよ！」

歩き出すと谷田が叫んでくる。幸平は肯定か否定か分からない角度で首を振って、逃げるように場を去る。食堂を出てからは駆け足で駅へ向かった。

◇

陽太と会うのはもっぱら幸平の家だ。急いで帰宅すると、アパートの部屋の前にしゃがんでいた彼が立ち上がる。残暑も終えた十月は肌寒く、陽太は長袖のトレーナーとジーンズを身に纏《まと》っている。

「コウちゃん、おかえり」

「陽太君、ごめん遅れたね」

「そんなに待ってない」

今朝まで雨が降っていたから今日は冷える。寒くなかっただろうか。慌てて扉の鍵を差し込むと、陽太が訊ねてきた。

「今日午前講義だろ？　昼飯食べた？」

「うん。食べたよ」

「……そっか」

歯切れの悪い反応を不思議に思いながらも扉を開く。部屋に入ってきた陽太は紙袋を持っていた。幸平の視線に気付いた陽太は、軽く微笑んで袋を揺らした。

「腹減ってたら、どうかなって」

「え？　それ……パン？　ごめん、せっかく持ってきてくれたのに俺」

「あ、大丈夫。大したもんじゃないし。押し付けられたやつだから」

貰いものなのか。誰からだろう。昔から陽太は、まるで献上されるように何か貰っていることが多かった。

狭い玄関で先に靴を脱いで廊下に上がった幸平は、未だそこに突っ立ったままの陽太に「大学でも人気なんだね」と笑いかける。陽太はじっとこちらを見つめると突然腕を伸ばしてきた。ぐいっと頭の後ろを掴まれて、引き寄せられる。

唇が重なった。陽太の背後で扉が閉まる。その近さのまま、唇が触れる距離で陽太が呟く。

「食べる？」

陽太にとってはなんでもない触れ合いだとしても、幸平にとっては心臓の鼓動が強く打つ瞬間だ。背後で扉が閉まり、二人は二人だけの世界に入る。幸平は動揺しているけれど陽太は余裕そうだった。

初めからそうだった。初めてのキスも陽太は自然に唇を重ねてきたが、幸平はあまりのことに動揺して、必死に暴れる心を隠していたのだ。でももう二十歳になったのだから、もっと大人っぽく、幸平からキスを返すべきだ。分かっているのに幸平は今でも唇が触れただけで心が揺れて、その一つ前の段階の、質問で投げかけられたことへの対処しかできなかった。

「え、と……ううん。陽太君が貰ったものを俺が食べるなんて変じゃん」

「ま、そうだね」

陽太はあっさりと答えて靴を脱いだ。幸平はかろうじて落とさずに済んだ鞄を抱え直す。

貧乏学生の住むワンルームは狭い。短い廊下を抜けて、部屋に入ればすぐベッドがあり、小さな白いテーブルを挟んで反対側に棚が置かれている。陽太は青色のカーペットに腰を下ろした。

青は、陽太が好きな色。だからそれを選んだ。廊下に面するキッチンは、あまり使っていないので綺麗なままだ。二つコップを取り出し、冷蔵庫で冷やしておいた麦茶を注ぎ、テーブルへ置く。

陽太は窓を背にしてあぐらをかいていた。幸平はちょこんと、ベッドを背にして腰を下ろす。

先ほどのキスで動揺した心は落ち着いてきていたけれど、まだ細やかに揺れている。陽太といるとドキドキする。それなのに心地好くて、胸が温かくなって安心する。

陽太はどうだろう。自分といて安心するだろうか。幸平は陽太を視界の端で見るが、当の本人は「朝、小雨だから傘なしで歩いてたらすげぇ髪うねった」と、昔からの癖毛を弄《いじ》っている。紺色のカーテンが閉まっていて外の様子は見えないし、雨の音も聞こえてこない。ここには二人だけがいる。

「陽太君の髪、パーマみたいで良いよね」

「コウちゃん、それ昔から言うよな」

目元にかかる黒い前髪の向こうで薄茶の目が細まった。

今のは、幼馴染《おさななじみ》っぽかったんじゃないか。

『なぁ、幼馴染《おさななじみ》って本当なのか？』

脳裏を過《よぎ》る言葉に突き動かされて、幸平は口を開いた。

「お、お母さん元気？」

「は？」

陽太は訝《いぶか》しんで目尻を痙攣《けいれん》させた。「なんで母さん？」と若干声のトーンが低くなる。

二人で過ごす時、互いの家族に関しては話題にしない。

陽太とまた会話するようになったのはここ最近……たった一年半の間だけだ。大学も学部も違うので勉強を共にすることもないし、幸平はバイトもしている。陽太がどうかは分からないが、幸平はこの忙《せわ》しない生活で、必死に彼と会える時間を捻出していた。そのわずかな時間の中で、家族に関して語らうほどの余裕はなかったが、むしろそれを話題に上げないのは、自分達の暗黙の了解でさえあった。

「昔はよく、陽太君のお母さんとご飯食べてたのを思い出して。もう随分会ってないなぁ」

「会わなくていいよ」

陽太は素っ気なく返した。この話題を続ける気が一切ない。そこに暗澹《あんたん》たる気配はなく、焦燥が滲《にじ》んでいる気がして、幸平は何も言えなくなった。関わりがなかった四年間で陽太にも変化があったのだろうか。確かに陽太はその期間、生徒達に恐れられるくらいには荒れていたようだけど……

すると幸平の携帯が震え出した。取り出して見ると同時に、着信は切れてしまう。

「……電話？」

片膝を立てて座る陽太は、立てた膝の上に片腕を置いて頭を乗せていた。覗き込むような視線で、そこから動かずに幸平を見遣る。

「うん、でも切れた」

「谷田？」

「え？　違うよ……」

言ってから、そうだ、と思い立つ。電話は時川からだった。ならば。

「時川って言うんだけど、陽太君、覚えてる？　俺が高校の時働いていたバイト先にいた人で、いつもニコニコしてる、かっこいい人」

幸平は高校の頃、地元のブックカフェで働いていた。客への対応がないならレジに座っていても勉強することが許可されている、バイトにとても親切で、ひっそりとした場所にあるお店だ。店内は静かで会話はなく、カフェといっても書籍の購入だけするお客さんもいて、陽太もそうだった。

皆が知っているか分からないけど、陽太は本が好きで、あの小さなカフェにも月に一度訪れていたのだ。陽太は本を買うとすぐに退店していたので、二人の間に会話はなかったけれど。

当時、あのカフェで働く唯一の同い年が時川だった。時川は昔から優しくて、会話が下手で勉強ばかりしている幸平にも気兼ねなく接してくれた。時川目当てでカフェにやってくる客もいたくらい目立っていたから、きっと陽太も覚えているはず。

「あの茶髪の、ハーフっぽい人」

思い出したのか、「……ああ」と陽太は軽く頷く。体勢は変えずに、彼はかすかに目を細めた。

「なんであん時の人と今も連絡取ってんの？」

「大学が一緒なんだ。まぁ、一緒っていうか、一緒になったというか」

「……どういう意味？」

陽太は腕に乗せていた顔を上げる。その表情に暗さが滲《にじ》んでいる気がしたので、幸平は少し躊躇《ためら》いつつ、「教えてもらったんだよ」と答えた。

「ここの経済学部は専用の図書館が大きくて、学費も安いし、学食も美味しいって。だから俺も志望校を途中で変えたんだ」

「時川って奴に合わせたってこと？」

思いもしない解釈に意表を突かれて反応が遅れる。言われてみるとそうなのかもしれない。

「合わせたのかな。でもいいなって思ったから。時川も自分が受ける大学なのに俺に教えてくれるなんてすごいよね。昔から落ち着いてるし、優しいんだ。学部も一緒になったからよく一緒にいる」

「仲良いね」

陽太は短く言って、また腕に顎を埋《うず》めた。陽太と谷田は関わりがなかったけれど、時川なら面識がある。時川という共通の友人ができれば、皆で遊びに行ったりもできるかもしれない。

「うん。時川は誰でも仲良くなれると思う。だから陽太君も――」

「シよ」

一瞬だった。カーペットに手をついた陽太があっという間に迫っていて、気付くと唇が重なっている。唇が離れると腕を引かれてベッドの上へ誘導される。ろくな反応もできないうちにベッドに押し倒され、陽太が幸平に覆い被さり見下ろす形になっていた。

「だめ？」

陽太が無表情で声を落とす。雨の音は聞こえない。彼の声だけが聞こえる音のすべてだ。まるで心臓のあたりに声が落ちてきたみたい。声を聞いて、鼓動がどくどくと強まった。

「……だめじゃないよ」

答えると同時、また唇が重なる。先ほどの触れるだけのキスとは違って、口内だけでなく頭まで掻き混ぜるような、深いキスだった。

慣れた手つきで服を脱がされて、陽太の下に裸を晒す。陽太の癖毛が裸の胸に当たって、気持ち良いけれど、チクチクする。それと同時に心臓が痛む。胸を掻きむしりたくなるような切なさに襲われるが、陽太のソレが幸平の中に入ってきて、快感で封じ込められる。

幸平は胸の代わりに陽太の背中を掻き抱いた。必死にしがみついて、奥まで突き上げてくるストロークに振り落とされないようにする。陽太の肩から腕に彫られたタトゥーに、汗が滲《にじ》んでいた。花の絵が刻まれていて、汗の粒が、花びらを飾る露みたいだ。

息が苦しくなるような、口内まで荒らされる激しいキスは容赦がなくて、胸が震える。陽太に強く求められればその分だけ、幸平は嬉しくなる。

「あっ……んん、ぅあっ！　あっ」

律動が激しくなっていく。腰を掴まれ敏感なしこりを潰されながら、満遍なく内壁を擦られる。

「あぁっ、あっ！　ふぅ、うう……っ」

突かれるたびに声がこぼれ出た。陽太に揺さぶられながら声を堪える術《すべ》を、幸平は知らない。

陽太によって暴かれた、陽太しか知らないその柔らかく狭い場所。熱いぬかるみを何度も何度も彼の硬い性器が往復する。頭が細やかな快感の泡で埋め尽くされていて、常にどこかで弾けているみたい。

幾度も捏《こ》ねられてぬかるんだ中は、限界を迎えた。

「ああっ、よ、たく……ッ、いっ――……っ！」

最奥を硬いペニスに叩きつけられて、先に幸平が果てた。腹がベコっとへこみ中が収縮した。体に力が入らない。太ももと臍《へそ》の下がビクビク震え、強すぎる快感で涙が一筋こぼれ出る。

そのまま幸平は陽太を見上げた。腹の奥に埋まる陽太のそれはまだ硬く、膨張しきっている。

「ごめん、まだ頑張って」

陽太は余裕ない表情で呟いた。彼の汗が頬に落ちてくる。幸平は力なく首を上下に振った。その直後、達したばかりの中を太い塊が揺すり始める。陽太が幸平の体を抱え上げ、幸平は彼に全身を預ける。

注ぎ込まれる強すぎる快感に、幸平はみるみる溺れていった。

――今日こそはアレを渡されたくない。

情事を終えて、裸の幸平は重い腰を意識しつつも服を着る。陽太は先にシャワーを浴びている。

幸平が「まだ休みたいから、後にする」と断ったからだ。いつもセックスを終えると夜になる前に解散する。恋人ではないのだから当然のことで、彼の時間を奪うことはできない。

今日も同じだ。バイトはないけれど、だからと言って常を崩す理由にはならない。陽太は合鍵を持っているので、幸平は彼に戸締まりを任せることにした。

「……なんでもう着替えてんの？」

ショルダーバッグを手に持ったところで、背後から声をかけられた。振り向くといつの間にシャワーを浴び終えたのか、上裸の陽太がいる。

「バイト、ないんじゃないの。シャワー浴びないの？」

幸平は固まった。……『アレ』を渡されないうちに部屋を出ようと思ったのに。

計画が失敗したことに内心焦りつつも、あらかじめ用意しておいた言い訳を口にした。

「今日、飲み会に誘われてるから。体は拭いたから大丈夫……」

答えると同時に勢いよく陽太が近づいてきて、思わず後ずさる。背も高くがっしりとした体つきの陽太に見下ろされると心が震える。恐怖ではない。ただ迫力に緊張し、どきっとするだけだ。

「まさか、さっきの連絡ってそれ？」

「……え？」

すぐぼうっとしてしまうのは、幸平の昔からの癖だった。陽太の髪が少し濡れているのでつい見《み》惚《と》れてしまったが、我に返り「うん。よく分かったね」と返す。電話に出なかったからか、時川は飲み会の場所が変更になったのだとメッセージを寄越してくれていた。

陽太は「へぇ、そう……」と俯《うつむ》き、肩にかけたタオルで、少しだけ濡れた髪と首を拭う。

「コウちゃんって酒とか呑むんだ」

「うん。この間初めて呑んだ」

陽太はまるで通せんぼするように、幸平の目の前から動かない。幸平はショルダーバッグの紐を握る。

「お酒って酔うよね」

「だろうね。それ、谷田とかもいんの？」

「いるよ」

「時川も？」

「うん……」

ようやっと陽太はシャツを着た。だが首元が濡れている。寒くないのかな、と幸平は思う。ここは暖房もついていないし、外は日が沈みかけている。もう冷たい時間がやってきているのだ。髪を乾かしたほうが良いのにと心配になって、「陽太君、もう寒いから」と言いかけて、彼が遮った。

「俺も行こっかな」

幸平はぽかんと口を開いた。

「……えっ⁉」

「俺だって同級生じゃん」

唖然とする幸平を無視し、陽太は慣れた仕草でハンガーを手に取り、タオルをかけた。

「谷田と時川がいんだろ？　俺だって無関係じゃない。他に誰いんの？」

「……分かんない」

ふと、陽太が現れた際の谷田の反応が、幸平の脳裏に浮かんだ。グラスを手に持っていたとする。落とすにしても傾けるにしても、なんらかの方法で中身をこぼすだろう。

「分かんない？」

幸平の返事に陽太は目を細めて訝《いぶか》しんだ。それから幸平の手首を掴み、無理やりベッドに座らせる。素直に腰かけた幸平は小さくなった声で切り出した。

「谷田の学部とかサークルの友達が中心で、そこに俺と時川が呼ばれた。友達作れって」

「ふぅん」

陽太は呟くと立ち上がり、唐突に、着ていたトレーナーを脱ぐ。

「俺も行く」

「谷田がびっくりすると思う」

「びっくりさせときゃいいじゃん。コウちゃんはこれ着て」

問答無用でトレーナーを着せてくるので「わ」と声が出た。首元から頭を出し、「なんで？」と問う。そこに立つ陽太はロングTシャツ一枚だ。陽太は自分の鞄を手に取りながら答えた。

「そんな薄着でどうすんだよ。秋なめんな」

「陽太君のほうがなめてない？　寒そうだけど」

「コウちゃんさ、寒くなる前に冬物揃えよう。弟にばっか送んなよ」

ぐうの音も出ない。陽太は構わずにくるっと体の向きを変えた。

「髪乾かすから待ってて。勝手に行くなよ」

返事も聞かずにトイレへ去ってしまう。幸平はしばらくぼうっとした後、携帯を取り出した。谷田からの《今日来るよな？》の通知を見つめる。

行くけど……俺だけじゃなさそうだ。


「――なんでだよ」

指定された店を二人で訪れると、陽太の姿を見た谷田は一度トイレへ逃げた。数分後戻ってきてすぐ幸平だけを攫《さら》い、開口一番に「なんでだよっ」と幸平の耳元で叫んだ。

「ご、ごめん」

「み、みぞグッ、溝口さんじゃねぇかよ」

今日の幹事は谷田の友達だ。少し離れたところにいる陽太が、「えっと、あの、誰の、紹介でしょうか」と動揺するその人をぼうっと見下ろしている。

今日は他大の学生もいるらしく、谷田の紹介ということで、なんとかなったようだ。女子が陽太に目をつけて彼は流されるまま席に着いている。谷田は顔面蒼白で囁《ささや》いた。

「あれ溝口さんだぞ？　おい……見たか？　溝口さんだ。なんで呼んだんだよ！」

呼んだっていうか、ついてきたのだ。谷田がごくりと唾を飲み込んだのが喉仏の動きで分かった。

戦々恐々の表情で、彼は声を震わせる。

「お前ら本当に今まで会ってたんだな……おい見ろよ」

視線で促されて示されたほうを見ると、陽太の周りには綺麗な女性が群がっていた。

「もう大奥できてっぞ」

一体何秒でああなったのだろう。谷田は「凄まじい……」と呟き、青い顔で目を細めた。

「本物の溝口さんだ。なんであんなかっこいいんだ、あの人は。離れようぜ、あの領域には入れねぇ」

「あ、うん」

そう言われ少し離れたテーブル席へ向かう。今日は居酒屋を貸し切っているのだと谷田は言った。

「すげぇ。やっぱりかっこよさがパワーアップしてる。天下を制するつもりか？」

テーブル越しに座った谷田が、先に頼んでいたらしいウーロン茶を渡してくれる。幸平は素直に受け取り、ぼんやりした口調で相槌を打った。

「あの人薄着だな。幸平はこんな厚着なのに」

「……うん」

「幸平も近づくなよ。お前みたいな地味なのが溝口さんの隣に座ってみろよ。目つけられる」

「谷田君。お前は本当に失礼な子だ」

声がしたので見上げると、時川がいた。幸平と同じく遅刻で、たった今到着したらしい。

時川は幸平の隣に着席し、谷田へ冷めた目を向けた。

「本人に向かって地味だなんて、言うもんじゃない」

「俺は幸平のために言ってるんだ！　溝口さんに近づくためのダシにされるに決まってる。幸平は弱っちいんだからボロ雑巾《ぞうきん》にされちまうぞ」

ボロ雑巾《ぞうきん》……押し寄せる女子に踏みつけられる自分がパッと脳内に浮かび、唾を飲む。それは怖い。谷田は「つうか時川、普通に遅刻してんじゃねぇよ」と眉間に皺を刻んだ。

「悪いな」

「本当に悪いと思ってる？」

「心底思ってるよ。あ、幸平君。今日のお代、幸平君の分は私が払うから」

幸平は両手でウーロン茶を手にしながら「え？」と首を傾げた。時川は、やってきた女子学生からビールを受け取っている。「ありがとう」と時川が爽やかな笑顔を向けると、彼女は恥じらいつつも、心から嬉しそうに「全然っ」と首を横に振った。駆け足で席へ戻っていく彼女を見送ってから、時川は少し泡の溶けたビールを一口呑んで言った。

「昨日の購買で私の分の問題集の代金、幸平君に払わせちゃったろ」

「あ、うん。そうだった」

今日はやはり思考が緩くなっていてぼんやりしている。先ほどまで疲れることをしていたからだ。

「購買の現金主義はどうにかしてほしいものだね。私が現金なんか持ってるわけないじゃないか」

「現金主義の意味違ぇだろ。つか、責任転嫁してんなよ」

「で、どうして例の彼があそこにいるんだ」

谷田は苦虫を噛み潰したような顔で一瞬躊躇《ためら》った後、「幸平についてきた」と囁《ささや》き声で答えた。

「へぇ。で、幸平君はどうしてここにいる。彼のそばにいなくていいのか」

「幸平をあんな魔窟に置くわけにいかないだろ。向こうにはほら、原田《はらだ》いるし」

「原田？」

時川が不思議そうに首を傾げる。彼のジョッキは既に空になっている。

「幸平、高校一緒だったろ。あの、髪結んでる茶髪の女子」

と、谷田は幸平に語りかけてくる。時川のジョッキを見ていたのでまた、返事に遅れた。

「そうだったっけ？」

「芹澤のグループにいた女子だよ」

芹澤。室井が教えてくれた人だ。高校の時に陽太へ告白し、振られたという女子。

谷田が、ありったけのパスタと唐揚げとポテトフライを皿に乗せて渡してきた。「お前酒弱いんだから今日は食え」と言って、ついでに「あんまあっち見んなよ。目を合わせんな」と付け足す。

幸平は忠告を無視し、少し振り返ってこっそりと陽太のほうを見た。陽太はハイボールを呑んでいた。隣には金髪の女性がいる。陽太らの向かいにいるのは、おそらく『原田さん』だ。

陽太と、目は合わなかった。耳を澄ますと、会話がかすかに聞こえてくる。

「溝口君って言うの？」

黒髪の女性が彼へ話しかけた。陽太の代わりに『原田さん』が答える。

「私達は溝口さんって呼んでたけどね」

「この大学の人じゃないんだ。Y大？　えー、オシャですね」

「溝口さん、ミスターコンとか出てました？」

「ピアス痛くないですか？　この刺青《いれずみ》本物ですか？」

「――早速敬語になってるよ」

ちょうど顔を前に戻すと谷田が小声で囁《ささや》いてきて、幸平は小さく頷いた。肝心の陽太の返事は聞こえてこない。幸平は彼に背を向ける形で座っているので、顔も見えなかった。

幸平はため息を吐いた。その光景には既視感があったからだ。みるみる高校時代の記憶が蘇ってくる。

陽太はいつもキラキラした人達に囲まれていた。幸平は、目が合わないくらい遠くから陽太を眺めているしかなかった。高校時代に陽太と話したのは卒業式のあの日を含めてたった三回だけだ。それ以外は、話しかけようとしてもできなかった。

あの領域に入るのが怖い。同じ校内にいても、幸平と陽太はまるで別の国にいるみたいに遠かった。何度も想像していた。自分の言葉が、陽太に通じないその瞬間を。

何を言っても届かなくて、また無視されてしまう。それが怖くて国境を踏み越えられない。そしてそれは……まるで今に続いているみたいだ。

「溝口さんって、彼女とかいるんですか？」

女性の声はよく通る。でも陽太の返事が聞こえてこない。もしかしたら聞こえてこないのではなく、理解できていないのかもしれない。その言葉と意味を、国の違う幸平には理解できない……いつから分からなくなってしまったのだろう。本当に昔、幼かった頃はまるで、二人だけにしか分からない言語があるみたいだったのに。

幸平は近くにあったグラスを取り中身を口に含んだ。異様に喉が渇いていて一気に飲み干してしまう。苦かった。辛い。それは味なのか、心なのか。

思い起こす記憶が、さらに昔のものになっていく。瞼《まぶた》が急激に重くなって目を閉じる。居酒屋にあふれる男女達の色とりどりの喧騒は、脳内をぐちゃぐちゃにしながら黒く混ざっていく。

その中に暖色の光が滲《にじ》んできた。

……あれは、夕陽の色だ。琥珀《こはく》色に染まった記憶に、幼い頃の自分達を見る。

『俺とコウちゃんはチームだから』

癖毛の少年が幸平の隣でしゃがみ込んでいる。体の大きなクラスメイト達を相手にしたから、少年――陽太の膝小僧は擦り切れていた。二人は、かつて幸平が住んでいたアパートの外階段の下にいる。

『チーム？　二人で？』

同じように怪我をした幸平が首を傾げる。血が滲《にじ》み出ていたけれど、こんな傷、ちっとも痛くない。あの頃の幸平は生傷が絶えなくて、膝小僧だけでなく体中に痣《あざ》があった。

けれど陽太が隣にいるから痛くない。

『チームっていうか、二人で一組。バッテリー！』

野球のことは互いに詳しくなかった。陽太は覚えたての言葉を口にしただけだ。

でも、その頼もしい笑顔が、夕陽に照らされてこれ以上ないほど明るかった。陽太は給食着袋に小さなサッカーボールをぎゅうっと詰め込んでいる。幸平はその横顔をぼうっと眺めて、問いかけた。

『バッテリーって何？』

『分かんないけど、俺らは仲間なんだよ。でね、これが俺らの武器。コウちゃんがこれであいつらを倒したろ？　これを使ってこう。もっと強くするために、補強する』

『給食袋使って怒られない？』

『先生に言えばいいよ。なくしちゃったって』

中身の給食着は抜き取っている。幸平はふわりと『袋だけ？』と笑った。

『そう。袋だけ……できた！　俺らの秘密兵器だよ。これで次は、もっと強い奴倒そうな』

陽太は勢いよく立ち上がると、サッカーボールを入れた白い袋をぶらぶらと揺らし、試しにアパートの外階段に叩きつけた。

『コウちゃん』

陽太の背後に燃えるような真っ赤な空が広がっていた。幸平は眩しくて目を細めている。

『俺ら、今日は負けちゃったからゼロイチだけど、次は勝てるから。一点リードしてる時が一番やばいんだよ。だからあっちは、負けんの』

サッカーなのか野球なのか。武器を使う試合がアリなのかすら曖昧《あいまい》な、しっちゃかめっちゃかな言葉だった。

陽太が袋の紐を握って、それを天高く振り上げる。

『まだゲームは終わってない。勝つのは俺達！』

あの頃の幸平はいつも負けていた。勝つだなんて発想がないし、これが争いだとも思っていない。

『まずは一点入れよう。それからもう一点！　頑張ろうね』

けれど陽太は自分達の勝利を確信していた。……一点。リードしているのは敵だけど、でもまだ巻き返せる。陽太はそう力強く断言してくれた。

秘密兵器は幸平のアパートの、外階段下にある用途不明の箱の中に隠した。給食着袋を使ったことが大人達にバレたら怒られるから、あれの存在は自分達だけの秘密になった。それは幸平と陽太にしか分からない、宝物のような。共通言語のような。

もう一点。勝つのは俺達……

「――だから俺はさ、負けたくねぇんだよ」

まるで心臓を巨大な怪物の手で強引に引き上げられたみたいだった。不意に意識が現実へと戻され、幸平はハッと我に返った。騒がしい店内で、時川を相手に谷田が饒舌《じょうぜつ》に語っていた。

「行ったら負けなの。痛ぇなぁとは思ってんだけど、虫歯だって言われんのが怖くて歯医者行けねぇ。時川には分からねぇって。俺のこの複雑な気持ちが」

日本酒を手酌で呑む時川は問答無用で「行けよ」と言った。口調がいつもより荒くなっている。

ほろ酔いになると舌が回る谷田は、軽く右手を上げて続けた。

「異常だなとは分かってんだけどさ、認めたくないんだ。病名を突きつけられるのが嫌なんだよ。中身を見るのが嫌。知らぬが仏。つまりシュレーディンガーの虫歯なわけ」

「うるさいな。ごちゃごちゃ言ってないでさっさと病院行け」

「怖いんだよ。時川には分からないよな。いつもお前は正論ばかりだ。正論だからって正解じゃないからな。正しいことだけ言っていれば良いと思うなよ。こっちの立場になってみろ。お前にとっては簡単なことでも、怖くて動けなくなるんだ。怖いんだよ。虫歯だぜ？　小さいことだけど死ぬかもしんねぇって思っちゃう。俺の立場になってみろよ。そうなったらば時川もさぁ」

「私がお前なら歯医者の予約をする」

「……あれ、幸平？　起きたんだな」

谷田がこちらに気付いて口論から退場した。時川も同じように「幸平君、はいお水」と議論を放って水を渡してくれる。谷田はだらしなくテーブルに頬杖をついた。

「お前、いつの間に酒呑んだんだ？　この間で分かったろ？　幸平はコークハイ一杯でちゃんと酔うんだから、今日は食に集中しろって言ったじゃねぇか」

頭が働かない。幸平はぼんやり言葉を落とした。

「しょく……」

「幸平君、お水飲もう」

隣の時川に手伝われて水を口に含む。特別甘く感じた。目を閉じると勝手に聴覚が鋭くなった。可愛らしい声の「溝口さん」が耳たぶに触れる。かすかな会話が否応《いやおう》なく耳に流れ込んできた。

「……み、さん……誰の紹介でここ……？」

「ねー、そういえばそう……。こっちに友達……んだ？　狙ってる子とか？」

幸平は頭に入り込んでくる声を追い出すように呟いた。

「帰りたい……」

「はぁー!?　帰りたいってお前！」

谷田が不満気な声を上げ、幸平は鈍く首を左右に振った。

「かえりたい。も、やだ……」

「あー、もう勝手に呑むからだろ。おい、寝んなよ？」

ガクンと首《こうべ》を垂れると、隣の時川が言った。

「それじゃ私が送っていこうか？」

幸平は横目だけで時川を見る。彼は笑顔でお猪口《ちょこ》の中身を飲み干した。

「私も帰ろうかなって思ってたんだよ」

「時川、お前は十分元気だろ。ザルだろうが」

「元気なうちに帰りたい。幸平君、私と帰ろう。谷田君、お代は現金？　もちろん持ってないけど」

「学ばねぇ男だな」

はぁーとため息を吐いた谷田だが、「あとでマネーペイで俺に送っておいて」と案外あっさり了承した。

時川は「ありがと」と軽やかにお礼を告げて、薄いコートを手にする。それから幸平に、「幸平君、立てる？　一緒に帰ろう」と優しく語りかけた。

彼の手を借りて座敷から降りると、こちらの様子に気付いた数人の女子が「時川君、帰っちゃうの？」「え、全然話せてない」と残念そうな声を上げた。時川はそれにも軽く「ごめんね。また学校で」とにこやかに返す。一部の注目を浴びながらも店を出ると、外もまた、別の種類の騒がしい夜が続いていた。と、背後で扉の開く音がした。

「コウちゃん」

ちょうど歩き出そうとした足が止まる。振り返ると、陽太が立っていた。

「もう帰んの？」

「……陽太君？」

よろけたが、幸平の腕を掴んでいた時川が支えてくれた。信じられないほどの眠気に襲われた幸平は「うん」とうっすら頷く。

「俺もう、眠いから帰るね。陽太君は楽しんできて」

「俺も帰るよ」

幸平はこてんと首を傾げた。オレモカエル……蛙？　分からなくなり、幸平は重い瞼《まぶた》を閉じた。

「時川、だっけ」

陽太が低く呟くのが聞こえてくる。幸平は寝惚けていて、その内容をうまく把握できなかった。

「うん。溝口さん、だよね」

同い年なのに陽太は『さん』を使われている。陽太はすると「時川、さん」と言葉を強くした。

「コウちゃんは俺が送るから」

「あれ？　そっちで楽しんでなくていいのか？」

数秒の沈黙。それから陽太は、険のある言い方で「俺が？」と呟いた。

「楽しんでた……？」

乾き切った吐息が聞こえた。それから静かすぎる声が落ちる。

「時川さん、あんたに何が分かんの」

「……うーん」

少しの間黙った時川が、妙な唸り声をあげて、それから小さく、「はは」と笑った。すぐに「は？」と陽太が苛立つ。

「なんで笑った」

「いや」と軽く言った時川の気配が幸平から離れる。すぐに肩を掴まれた。幸平はぼうっとした視線でその手を捉えて、手の主である陽太を見上げた。

「じゃあ、私は戻ろうかな」

「……時川さんさ、帰るんじゃなかった？」

「いや、幸平君が眠そうだから送ろうと思っただけだよ」

幸平はふわふわとした頭を働かせ、「あ。俺……お金……」と呟いた。

「え？　ああ、いいよ。幸平君の分は私が払っておいたから」

「は？　なんで？　……コウちゃんの分は俺が払う。三千円だっけ」

幸平が訊ねるより先に陽太のほうが訊いた。目の前に立っている時川が、うすら笑いを浮かべる。

「君が？　それこそなぜ？」

「コウちゃんは俺が送ってくから。ひとまず俺が払う」

「いや、私が払ったから大丈夫」

「はぁ？」

陽太は取り出した一万円を握り、より強い口調で続けた。

「なんでコウちゃんの分をアンタが払うんだ」

「えー？　はははは。それはね、内緒です」

幸平は陽太を見上げる。その横顔に青筋が浮き出ている気がした。

「……なんでアンタ、笑ってんの」

「あぁ、ごめんな」

「アンタが払う理由が分からない。何？」

「んー。教えない。溝口さんには、私と幸平君の濃密な取引を教えてやらない。部外者だから」

「……お前」

「じゃあな、幸平君。また月曜日に」

そう言って時川は踵《きびす》を返した。すぐに店内のごった返す声が雪崩《なだれ》のようにあふれて、消えた。居酒屋の扉が閉じたのだ。幸平はようやっと「あれ」と目を擦った。時川、お金は？

「帰ろ」

陽太が二の腕を掴んでくる。無理やりではないのに不思議なほど強固さを感じた。

「う、ん？　あれ、俺お金」

「いいんだってさ。なんでか知んねぇけど」

力を込めた声でそう言って、陽太は一万円札をポケットに突っ込む。彼はまっすぐ前を見つめている。険しい目つきが癖毛の前髪の向こうで見え隠れした。

「濃密なんだってさ。……コウちゃん何したの？」

ノウミツ？　言葉の意味がまるで分からない。黙り込むと、陽太がこちらを見下ろしてくる。陽太は唇を噛み締めていた。自分の感情を呑んで堪えているみたいだった。やがて、幾分か表情を緩めると同時に歩調も緩くなっていく。陽太は息を吐いてから言った。

「どんだけ呑んだ？　そんな時間経ってないと思うんだけど」

声はどこか冷たかった。思わず身震いすると、陽太はこちらに気付いて少しだけ口を開き、歩きながらバッグの中を漁りだし、パーカーを引っ張りだした。幸平は未だ虚ろに答えた。

「あれ、どうなんだろ……お酒……呑んだっけ」

「寒いならこれ着て」

肩にパーカーを掛けられる。素直に腕を通したあとに笑いかけると、陽太は数秒沈黙した。

「ありがとう。優しいね」

「……」

「陽太君は、変わらないいんだ。お酒……酔ってない。すごい」

「そんな呑んでないし」

フードが裏返っていたらしく陽太が直してくれて、また二人して歩き出す。冷たい夜風に当たっていると、次第に頭もはっきりしてきた。

陽太とは今まで、どこか店に行って酒を呑んだことはない。日中に室内で過ごすだけで、駅までの行き帰りを共にすることくらいあっても、二人で出かけたことなどなかった。

なんでないんだろう。今、二人で夜道を歩いているが、こんなのはいつぶりだろう。思考がとっ散らかっていて、答えを見出せない。そうやって心が制御できないでいると、ずっと記憶の奥に封じていた過去を……昔、偶然に聞いてしまった陽太の言葉を思い出した。

『よくデートとかに行くっていうけど』

陽太が友人と通話しているのをたまたま聞いたのだ。フラットな口調から、本音だと分かった。

『普通に嫌じゃね？　隣にずっといんのキツい。つーか、外で二人でいんのとかがまず無理』

盗み聞いたのはそれだけだ。幸平はすぐにその場を離れたから。あれが誰のことか……幸平のことかどうかは分からない。けれど単に友達の話をしているのではないことは分かった。察するに、陽太が関係を持つ人々に対してだ。つまり幸平だけへの言葉ではないが、幸平も『相手』の中の一人だ。

幸平は陽太に、少しでも『無理』だと思われたくなかった。だから、体の関係があるからといって自分から『デート』に誘うことはしない。陽太に『会おう』と言われた時だけ会い、こちらから陽太の生活に干渉せず、立場を弁《わきま》えていた。もちろん陽太からどこかへ出かけようと持ちかけられることもなく。

一年半が経っている。……だが、今の幸平は思う。

二十歳になったのだ。お酒という理由があれば、もっと軽く、なんでもないことのように『デート』みたいなものに誘っても良いのではないか。それは大人なら可能なのではないか。

「……陽太君」

考えるとすぐに口が開いていた。正常な思考ではないのは分かっている。でも止められない。

「俺も二十歳になったからさ、今度一緒にお酒呑まない？」

できる限り自然に聞こえるように振る舞い、小さく微笑みも作ってみせた。陽太がいつもより暗い目で見下ろしてくる。幸平は自分の心臓がどくどく音を立てるのを聴いている。

そして、陽太が言った。

「いや。いい。やめとく」

「……あ、そう、だよね」

その素っ気ない口調に幸平はショックを受けつつも、かろうじて返した。サッと思考が冷えていく感覚に襲われる。指先までも冷たくなり、熱されたように酔っていた頭が嘘みたいに鮮明になる。

アルコールの酔いと、夜道を陽太と歩ける状況で浮かれていたのだ。

浮かれて、吐き出してしまった言葉を後悔しても、後の祭り。断られるのを、なんで想定していなかったのだろう。その確率のほうが断然高いと最初から気付けたはずなのに、どうして俺は……

呆然とした心地のまま歩く。もうすっかり頭は冴えていた。吐いてしまった言葉をなかったことにしたいけれど、そんなこと不可能で、どう会話を続ければいいのか分からなくなる。そしてまたこうして黙ってしまう。陽太の顔が見られなかった。すると唐突に陽太の携帯からバイブ音がした。

「……陽太君、電話出ないの？」

それをきっかけにして、ようやっと幸平は次の言葉を発することができた。

何も傷付いてなんかいない装いをして陽太の顔を見上げる。陽太はこちらを見てから、その画面に浮かんだ文字に視線を落とした。

「あぁ、うん」

歯切れの悪い返事を不思議に思う。思わず画面を盗み見ると、相手の名前を意図せず捉えてしまった。陽太はすぐに携帯を後ろ手に隠したけれど、幸平は見たのだ。あれは……

「……陽太君、電車逆だよね」

背中が熱い。頭のてっぺんも熱い。幸平はその熱を自覚しつつ、呟いた。

陽太は携帯を手に、「コウちゃん?」と眉を顰《ひそ》める。幸平はパーカーを脱いで、陽太へ押し付けた。

「俺もう、一人で帰れそう」

「けど」

「男なんだから送らなくても平気だよ。じゃあ、またね」

「コウちゃんっ」

もうこれ以上話せない。逃げるようにその場を立ち去ろうとするが、その瞬間、腕を掴まれた。

陽太は焦ったように下唇を噛んでいる。片手をポケットに突っ込み、ソレを取り出した。

「今日、先約があったのに時間取ってごめん」

幸平はソレ——一万円札を無理矢理握らされる。

……ああ、まただ、と幸平は頭がぐらぐらする思いだった。

いつもセックスをした後に、陽太は金を渡してくる。

幸平はこれを目にするたび固まってしまって、どうしたら良いか分からなくなるのだ。

「じゃあまた」

陽太は言って、体の向きを変えた。あっという間に通りへ出てタクシーを拾っていってしまう。

去り際も彼は携帯を気にしていた。幸平の頭の中にはまだ、あのバイブ音が響いている。

しばらくその場に立ち尽くしていたが、幸平はゆっくりと歩き出す。一万円札はボディバッグの中に突っ込んだ。幸平にはこの金になんの意味があるのか分からない。谷田らに関係がバレた時も、この金に関しては言えなかった。誰にも話していないし、その意味を知るのが怖くて検索すらできない。

金を渡されるなんて異常だとは分かっているけれど……意味を知るのが嫌なのだ。

幸平には陽太の他に恋愛経験がない。照らし合わせる前例はなく、男同士の恋愛は周りを見渡してもおらず、『普通の恋愛』の想像もつかなかった。

陽太には他に恋愛の経験くらいあるはず。けれど、幸平は陽太以外を知らない。何も、何も分からない。

陽太の携帯に表示されていた名前が、脳裏に浮かぶ。

「……すみれ、さん」

画面には『すみれ』と表示されていた。きっとあれが室井の言っていた、花の名前の女性だ。室井が教えてくれた『陽太の好きな女性』。

室井は、陽太が頻繁に彼女と電話をしていると話していた。幸平は、陽太がその人からの着信を受ける様をさっき初めて見たが、室井は高校時代に陽太とかなりの時間を共に過ごしているのだし、彼は陽太が『すみれさん』と電話している姿をよく見かけていたのだろう。

正直に言うと、幸平はその名に覚えがあった。高校時代の秋、体育祭で陽太はタトゥーを隠すために、黒いインナーを着ていた。周りにいた友人達が、彫るの痛くなかった？　と親しそうに問いかけると、彼は答えたのだ。『すみれは腕がいいから』と。

「タトゥーの人……」

『すみれさん』は陽太の体にタトゥーを彫った女性だ。陽太がタトゥーを入れたのは中学生の時だから、現在も連絡をとっているなら彼女とは長い付き合いになる。あの体育祭の日、陽太は言った。

『あの人は、憧れみたいな人』

「……室井君の言ってた通りだ」

陽太にとって『すみれさん』は特別な女性だった。あの陽太が憧れるくらいなのだから。

改札の手前でとうとう足が止まる。後ろから来た人が幸平の肩にぶつかり舌打ちした。ハッと頭を下げて謝り、幸平も改札を通る。茫然自失のまま電車に揺られ、いつの間にか最寄り駅にいた。

閑静な夜の住宅街を一人歩く。つい先ほどまでの居酒屋とは打って変わった静けさの中で考える。

飲み会で陽太は、女の子達に付き合ってる人がいるのかを聞かれて、なんと答えたのだろう。

好きな人がいるのか聞かれたら、なんと答えただろう。

「ただいま」

乾いた声が淋しい部屋に落ちる。部屋には、隅のほうに陽太が置き忘れていったパンの袋があった。それらは箱の中に入っていて中身は見えない。どんなパンなのか分からない。このパンをどうすべきか、今の幸平では、陽太へ気軽にメッセージで訊ねることもできない。

些細《ささい》なことすらできない。何も訊けない。箱を開けるのが怖いのだ。

……陽太と没交渉となった十四歳から、ずっとそうだった。

「……ほんと、俺って弱い」

谷田の言った通りだ。俺はずっと『弱っちい』まま。高校の時から、何も変わってない。

あの頃から、ずっと。

第二章　森良幸平　十七歳

「うわ、大奥だ」

放課後。幸平が教室で日誌を書いていると、前の席に座った谷田が緊張感に満ちた声を上げた。

幸平は顔を上げて、谷田の視線の先を追う。廊下にはもう中心人物はいない。複数の男女達の過ぎ去っていく姿が見えるだけだ。

……大奥。この学校でそれが意味するのは歴史上の単語ではない。『溝口陽太』と、彼を取り巻く集団を暗喩《あんゆ》しているのだ。

「そういや幸平、溝口さんと同じ中学なんだっけ？　七中だろ？」

二年に上がって仲良くなった友達の谷田がこちらに顔を戻した。幸平も日誌に視線を戻しペンを走らせる。頷きながら、六限の日本史欄に《皆、眠そうでした。》と記述する。五限が体育だったせいで舟を漕いでいる者が複数いた。一日の総合欄には《修学旅行が楽しみです。》とだけ書く。

「溝口さんって昔からあんな怖ぇの？」

日誌を閉じて、机にぶら下げていたリュックを膝の上に置いた。谷田は、幸平の机に肘をひっかけて、『大奥』が去ったほうへ目を向ける。

「見えないけど肩とか腕にタトゥー入ってるんだろ？　ピアスもめちゃくちゃ開いてんじゃん。見てるだけで怖いよ。ずっと笑ってるけど、目の奥は笑ってない感じするし……なんと言ってもバチクソにイケメンだし。中学でさ、溝口さんと話したことある？」

幸平は斜め下に、否定とも肯定とも取れる角度で頷いた。谷田は前者の意味で受け取ったらしい。

「まぁ、ないわな。つか、溝口さん、あんま中学来てなかったって聞くし。溝口さんが刺青《いれずみ》ゴリゴリの人達と歩いてんの見たって誰かが言ってた。きっと中学ん時からそういう人達と遊んでたんだろうな。世界違うわ。幸平とはタイプが違うし、そりゃ話さないか」

幸平は椅子にかけておいたパーカーを手に取り腕を通した。十月ともなれば肌寒く、今日は朝から空が分厚い雲に覆われていたので特に冷える。シャツにパーカーだけでは足りなくなってきた。

谷田は私服だが、幸平は制服を着ている。この高校は私服校で何を着ようと基本的には自由だ。男子はほとんど私服を着ているが、幸平は違う。アパートに住んでいた大学生が高校の時に使っていたスラックスをお下がりでもらって着用している。上は白シャツを着ていれば制服風になるし、シャツも二枚あれば使い回せるので、幸平の服装は入学してからこの一年と半年間、固定である。

「修学旅行、来週って、やばすぎ」

今月の行事といえばそれだ。谷田は嬉しそうに歯を見せて笑った。

「テンション上がる。それ終わったら体育祭だぜ？　最高だな。幸平、今日もバイトか？」

「うん。その前に花壇寄ってく」

リュックと日誌を持って立ち上がると谷田が「俺も行く」と腰を上げた。職員室に担任の教師はいなかった。日誌だけ机に置いて、二人は校舎の裏にある花壇へと向かった。

花壇は、通称『お花係』と呼ばれている花壇係が管理している。実際にはほとんどの花壇係が仕事をしておらず、同じ二年では、幸平と他クラスの女子二人だけで二学年用花壇の花々を世話している。一年の花壇では野菜と雑草を育てていた。一年には中学からの後輩である室井も属していて、たまに開かれる係会議で顔を合わせたりもする。

幸平は物置から空の二リットルペットボトルを二つ取り、谷田もジョウロを持ってくれた。水道に寄り、水を汲む。水でなみなみになったペットボトルを両手にぶら下げ、花壇へと向かった。

「でさー、長センが言うには宿泊先の旅館、めっちゃ良いとこなんだって。庭とかも立派なんだってさ。そういう侘び寂び？　分かんねぇけどいいよな。てかアレらしいよ！　夜、近くの城のライトアップ見に行っていいって！　希望する班はタクシーで行くんだってさ。俺らどうする？」

「どっちでもいいよ」

「でも幸平、金ねーもんなぁ。タクシー代とか入場料とか、もったいないよなぁ」

「気にしなくていいのに。なんなら俺抜きで行ってきていいよ。部屋で待ってるから楽しんできて」

「幸平マジで気にしてなさそうだからすごいよな」

感心して呟く谷田の横で、幸平は植物に水をやる。本来ならば朝にE組の女子が水をやる予定だったが忘れていたようで、『放課後水やり頼める？』と相談されたのだ。

「幸平に無駄なタクシー代は払わせられん。やっぱ部屋で遊ぼう。トランプとかさ。つーか、飯の後に出かけるの絶対だるいしな」

「気遣わないでいいのに」

「いやいや。俺、お前が京都に『夜行バスでいきたい』って言った時の衝撃忘れらんないんだよ」

幸平は土の湿り具合を確認しながら「ごめんって」と返す。確かにその発言をしたのは事実だ。学校で修学旅行代を支払った際の帰り道、あまりの高額費用に呆然とした心地で、泣きそうになりながら呟いた言葉だった。

「普通に遊ぶか。だって夜だぜ？　テンションあがるぅっ」

「あ。そうだ、谷田、修学旅行さ、いくら持ってく？」

せっかく汲んだけれどペットボトル二本も必要なかった。その水で軽く手を洗いながら聞くと、谷田は楽しそうに返した。

「小遣い？　母ちゃんが二万くれるって誓ってくれた」

「へぇ、誓いを……」

二万か……食費一ヶ月分だ。一体五日間で何をそこまで、と幸平は考える。ひとまず一応、それくらいは用意しておこうと決意した。谷田も楽しみにしてくれているのだ。金がないというだけで諸々の誘いを断り、チームの足を引っ張って白けさせるわけにはいかない。

「幸平が修学旅行来れんのほんとラッキー。食べ歩きしようぜ！　幸平さ、夏休み前まで行かないって宣言してたから、すげぇ嬉しい」

「うん、たまたま予定が空いたんだ」

谷田は「嘘つけ！」とケラケラ笑った。確かに嘘だった。母にバレただけだ。欠席の連絡が学校から母に入ったらしい。バレなければ、欠席していたのに。やっぱり隠し事は露呈するものだ。

「美味いもんたくさん食おうなぁ。奈良とか何があんだろ？　鹿せんべい？　食っていいのかな。いいよな。せんべいって言ってるし」

　奈良も京都も、行ったことがない。中学時代の修学旅行も行っていないのでよく分からないが、鹿は人間を襲わないのだろうか。と単純な疑問を口にすると、谷田は「は？」と目を丸くした。

「え？　鹿って人間襲うの？」

「襲わねぇよ。そうじゃなくて、中学の修旅も行ってねぇの？」

「あ、うん」

「なんだよ。金か？　可哀想だなぁ。家とかもさ、この間までワンルームで三人暮らしだろ？　信じらんねぇわ。俺なら耐えられん。弟と母親とワンルームって。同棲じゃん。リリコと同棲してるようなもんじゃん」

「俺の母さんを名前で呼ぶな」

「何はともあれ、修学旅行楽しみだな！」

　笑い返すと、谷田も嬉しそうに笑ってくれた。が、突如として彼の表情から笑顔が消え去り、幽霊でも見たかのような顔で校舎を見上げた。何かと思ったが、その答えを谷田は指差した。

「あっ、ちょ、見えたっ。見ちまった。幸平、あそこいる！」

　谷田は幸平の背後に聳《そび》え立つ校舎を見ている。示されたほうへ顔を向けると、三階に人影が見えた。

「溝口さんだ……」

その言葉に幸平は目を凝《こ》らした。言われてみると、そうかもしれない。

窓際に陽太らしき人物の後ろ姿が見える。そこまで遠くはないけれど、幸平は目が悪いので判別できなかった。コンタクトをしている谷田には、はっきりと目視できるらしい。

その人影が動き出す。廊下の奥へ消え、ここからでは見えなくなった。

ペットボトルの中身も空になる。「ビビったな」と息を吐く谷田に対し、幸平は曖昧《あいまい》に頷き、二人は物置へ歩き出した。


平日のバイト先はブックカフェで、以前まで住んでいたアパートの最寄り駅付近にある。今の家からも高校からも少し離れたけれど、静かで自由な空間だから、幸平はこのバイト先を気に入っている。お客さんがいてもレジの仕事などがなければ、何をしていても構わない。本屋というよりカフェの用途でやってくる客が多く、店内はのんびりとしていた。

幸平はいつもここで、宿題をしたり予習をしたりしている。訪れるお客さん達は、そんな幸平を見て、「熱心ね」と感心した。

「幸平君、お疲れ様」

「うん。時川、今日もよろしく」

同い年のバイト仲間である時川の挨拶は固定だ。始業前に会った時も別れ際も、彼は『お疲れ様』とにこやかに言う。彼は読書が趣味で、暇な時間は本ばかり読んでいる。

この日は幸平がレジとウェイターを担当し、時川は飲み物作りを担当した。売っているお菓子やマフィンは近くのパン屋が宣伝も兼ねて置いているので、幸平達は作っていない。店長は裏で入荷する本を整理していた。

今日はそのうち混むだろう。なぜなら時川が出勤している。彼は美形でスタイルも良く、人気なのだ。幸平はカウンターで英文読解を始めて、時川は店内の棚を眺め始めた。

すると、時川がこちらにやってきて耳打ちする。

「幸平君、あの人また来たよ」

言われて顔を上げ、来客を確認する。店にやってきたのは、陽太だった。

陽太はこちらに目を向けず、真っ先に売り場の棚へ向かった。時川がより小さく囁《ささや》いた。

「幸平君と同じ学校の人だろ。前に、学生証落として拾ったことある。あ、来た」

時川はサッとカウンターを離れた。陽太が本を一冊手にしてこちらに歩いてくる。幸平も椅子から腰を上げ、彼を見つめた。

「……一点ですね。六百八十円です」

無言で本を差し出してくるので受け取る。冷静を装って相手をするが、内心は乱れていた。

陽太は月に一度程度この店を訪れる。カフェとしての利用ではなく、本屋として利用している。近くに大きな書店はたくさんあるがきっと昔からこの店が行きつけだったのだろう、わざわざここへ来て本を購入してくれる。いつも、陽太が本を購入する時、二人の間に余計な会話はない。そもそもとしてこのお会計のやり取りすら少ない。

普段なら陽太は、幸平がレジを担当していない時にやってくる。バイトとして働き始めた当初は、まさか陽太が来店するとは思わなかったから驚いた。今の彼はポーカーフェイスなのでその心は読み取れないが、陽太もここで働く幸平の姿に驚いたに違いない。驚いて、嫌がったのではないか。

昔は、幸平の親友は陽太だった。だがそれは中学二年までの話。その頃から陽太に冷たく無視されるようになり、幸平は自分が彼に嫌われてしまったのだと悟った。

高校に入ってからも二人の間に交流はない。嫌われているのか確かめる術《すべ》はない。だからこの店に訪れた陽太の姿を見て、驚きを抱く一方で、焦燥が胸を焦がした。嫌な顔をされて立ち去られたらどうしよう、と。

しかし意外にも陽太は通い続けている。そして今もこうして会計する幸平を疎《うと》ましがる気配はない。幸平は彼の穏やかな無表情に見つめられながら、お釣りを数えている。

……話しかけても、良いんじゃないか。と唐突に思った。

それは陽太が、幸平がいるにもかかわらずレジに本を持ってきてくれたからだけでない。

その本が、幸平のお気に入りの小説だったからだ。

「……陽太君」

お釣りをトレーに乗せて返す。小銭を取る長い指が、ぴくっと震えた気がした。

「この本読むんだね」

幸平はできる限り自然体を装って笑いかけた。沈黙が流れる。その静けさも店内に流れる柔らかいオルゴール調BGMで和らぐ。それほど窮屈ではないが、やはり、幸平の心臓はバクバクと鼓動が激しい。それは昔の親友と言葉を交わすことに緊張しているから、だけでない。

今、恋する人物だからだ。幸平は陽太に恋をしていた。もう昔からずっと、片想いは終わらない。

数秒後、低い声が、幸平の張り詰めた心に届いた。

「うん、好き」

それだけの言葉で胸が溶けていく。幸平は嬉しくて泣きたい気持ちを堪え、不器用に微笑んだ。

「俺も好きだよ」

陽太は数秒反応しなかった。やがて軽く頷き、「そうなんだ」と呟く。

意外だったに違いない。そんなこと言われて反応に困ったのかも。幸平は無性に恥ずかしくなり
唇を噛み締めた。陽太は大して反応を見せていない。余計なことを言ってしまったと焦りながら、
誤魔化《ごまか》すように慌ててショップの紙袋に本を詰め、手前の箱から飴を一つ選んで取り出す。陽太が
不思議そうな顔をした。幸平は飴と共に本を差し出した。

「今月はハロウィンだから飴配ってるんだ。この味、美味しいよ。陽太君ミルク好きだったよね。

ハロウィンおめでとう。お疲れ様」

「……あのさ、コウちゃん」

すると、二秒ほど遅れて陽太が囁《ささや》いた。幸平は反射的に口を噤《つぐ》む。

陽太が「しゅ」と言いかけた気がしたが、幻聴だろうか。彼は、小さく微笑んで告げた。

「この味好きだよ。ありがとう。お疲れ」

短い言葉が三つ続く。時間にしたら三秒ほどの言葉達。しかしそれらは、その後、幸平の心に長

く続く幸福感を齎《もたら》した。陽太は商品を受け取り、あっという間に店を出ていってしまう。幸平はその場に突っ立ったままだった。飴や本に対してだが、「好き」という言葉を聴けてしまった……

ぼうっとしていると、時川が声をかけてくる。

「今、幸平君、あの人と話してたね」

そう、少しだけ話した。いつぶりだろう……『会話』を交わせた。胸にあふれかえる喜びを堪えて、幸平はそっと「うん」と呟く。椅子に腰かけると、時川は立ったままカウンターに肘を置いて、陽太が去ったほうへ視線をやった。

「ふぅん。私が思うに、彼と幸平君は案外気が合うんじゃないかな？」

「え？」

同じように陽太が消えた扉を見つめていた幸平は、思わず時川を見上げる。

「タイプが同じなんだろうね。幸平君がポップを書いてる書籍ばかり購入している気がする」

時川はさらりと言って、少し微妙な顔をした。

「私が紹介文を書いた本はなかなか選ばれないな。悔しくなってきた」

「……そのうち買うんじゃないかな」

陽太が幸平好みの本を気に入っているのは、偶然だ。それでも時川の言葉は心を浮かれさせるので、幸平は素直に笑みを見せた。そのタイミングでちょうどお客さんが来店したので、二人は業務を再開する。その後は、いつもより明るく接客することができた。

会話の流れではあるが『好き』という言葉をもらった。もうこれ以上の幸せなんて、今後は訪れないのではないか。本気でそう思うくらい、そのひとときは幸平の心にときめきを齎《もたら》す。

もう今では、幸平は陽太と接点がない。以前までは家が近いという共通点もあったが、現在はそれすらなくなった。

幸平が二学年に進級し、弟の進《しん》が中学へ入学したタイミングで、森良家は以前のアパートから別のアパートへ引っ越した。前まではワンルームだったが、今は二部屋ある。六畳と四畳の和室。後者は弟の部屋だ。幸平は食事をする居間に荷物を置いている。

進の洋服は幸平のお下がりばかりだから、幸平にはあまり荷物がない。中学の制服も私服も中学時代に使っていた勉強道具も、幸平の私物はほぼ進へ流れている。

しかし進は、母や兄に対してなんの文句も言わない。あの子が自分自身の新しい服を好きなだけ買えるように、森良家は精進せねばならない。それに現在中学一年の進は背が高く、そろそろ幸平の身長を越える。ちゃんと服を買えるように、バイトを頑張らないと。

そういうわけで、去年まではすぐ近くに住んでいた陽太と偶然に会う機会は、もうなくなった。あのアパートの外階段下には、まだあの箱が残っているのだろうか。秘密兵器は眠っているのだろうか。訪ねる機会は得られない。毎日勉強とバイトで大忙しなのだから。


修学旅行当日の集合時間は六時半だ。いつもは登校に自転車を使うが、荷物が多いので電車を使うことにした。駅までは遠いので、四時半に起床し、五時には家を出ることにする。もう四泊五日分の準備は済んだので、バナナを一本腹に入れ、歯を磨いていた。

水を吐き出すと同時に、真っ暗な洗面鏡に黒い人影が入り込む。

「兄ちゃん、おはよ……もう行くの？」

進だった。外はまだ陽も昇っていない。明かりもつけず、できる限り音を立てないように準備していたが、起こしてしまったらしい。母は夜勤で留守にしている。弟は寝ぼけ眼を擦りながら歩いてくると、洗面台の電気を点《つ》けた。

「うん、もう少ししたら。起こしてごめん」

「勝手に起きただけ。見送ろうと思ってたし。つーか兄ちゃんさ、ちゃんと小遣い持った？」

脈略ない言葉に内心で首を捻りつつも首を上下に揺する。しかし進は怪訝《けげん》な顔をすると、踵《きびす》を返して去っていった。なんだろう、と思う間もなくすぐに乱暴な足取りで戻ってきて、茶封筒を幸平に突きつけた。

「持ってねぇじゃん！　嘘つくな！　母さんが兄ちゃんに小遣いくれたんだよ。一万円！」

「……え、いち、そ、そんなに？」

動揺する幸平に対し、進は頷き、封筒から一万円札を取り出した。

「はい、これ兄ちゃんのだから」

強引に渡されるのでひとまず受け取るが、数秒眺めて万札を封筒に戻す。修学旅行だからって自分だけ一万円もらうのは頷けない。

「これは、いいよ。俺、バイト代あるし。そうだ、進、これあげるからチケット代にしな。いつも俺が作るやつだけじゃ味気ないだろ。七中の弁当美味いらしいからこれ使えばいいよ」

進は以前の幸平と同じく第七中学校に通っている。チケットを購入した生徒は給食代わりの弁当を受け取れるのだ。一食三百円の弁当にはデザートも付いていて、とても美味しいらしく、七中のほとんどの生徒がチケットを購入していた。一万円あれば一ヶ月以上、例の美味しい弁当を食える。あくまで伝聞なのが申し訳ない。すると、進は焦ったように言った。

「味気なくないって！　美味しいよ」

「ありえないおかずの少なさじゃん」

「そんなことないよ。白米があんだから、充分だよ。戦時中の人は粟《あわ》食べてたんだって」

「戦時中……」

その時代と我が家は比較されているのかと、もの悲しい気分になる。充足した生活への道のりは長い。

「兄ちゃんが使えよ。修学旅行なんだぜ？」

「うん。旅館、良いところなんだって……楽しみ。でもだからって、俺だけ美味しいもの食べるのはダメだろ」

「ダメじゃないよ。ダメって何」

少し早いが学校へ向かうことにした。水道水を汲んだペットボトルをいつものリュックに詰める。

「つうか、修旅代も兄ちゃん自分で払ったらしいじゃん」

「そんなわけないだろ」

バイト代を前借りして学校に支払った後、母が全額を寄越してくれた。それを勝手に生活費へ回しただけだ。もしかして母にバレているのだろうか。不安に思いつつもリュックを背負い、鞄を両手で持ち上げる。百均で買ったプラスチックの鞄だけれど、今更、破けないか心配になった。

「俺らにお土産買ってきてくれるんじゃないの」

「買ってくるよ。でもそれは進にあげる。母さんには内緒な」

「買い食いとかしなって！」

進は、玄関へ向かう幸平に縋《すが》るように「八ツ橋でも七橋でも食べてくりゃいいじゃん！」と言った。お土産は八ツ橋にしよう。幸平は靴を履き、「うん、買い食いするから気にしないで」と返した。

弟はまだ不満気だった。幸平はあやすように微笑み、玄関の扉を開ける。空はまだ真っ暗だ。

「じゃあ行ってくる」

「……行ってらっしゃい」

納得はしていないが見送りはしてくれる。幸平は進に笑いかけ、「鍵閉めろよ」と強調し家を出る。自分だけ旅行を楽しむ罪悪感を抱きつつ、それでも浮かれた気持ちで、幸平は暗い住宅街を歩き出した。


一日目はクラスで行動し、二日目と三日目は班ごとの自由行動だ。谷田も同じ班で、京都に着いてからは、「幸平、お前は携帯持ってないから自由行動は危ない。俺についてこい」と頼もしい彼が常にそばにいてくれた。一日目はあっという間にすぎて、二日目の今日も谷田が隣にいる。

谷田は近くの売店に興味があるらしく、店に入っていく。土産コーナーでは試食が配られていた。眺めながら谷田が、「そういえば」と切り出した。

「幸平、昨日大浴場行けなかったじゃん。なんか先生から呼び出し？　受けててさ。今日行けるだろ？　俺ら昨日で分かったんだけど、時間案外ねぇのよ。俺らはドライヤー必要組じゃん？　だから、ミヤんとこ行こうぜ。そんでそんまま、ミヤん部屋で遊ぼう」

「あ、俺、今日も風呂行けないかも。温泉アレルギーなんだよ。呼び出しっていうか、先生の部屋のお風呂使ってた。先生のドライヤー使うから気にしないで」

「まじ？　知らなかった。先生んとこにはお風呂あるんだ」

谷田は納得して、幸平の言葉を一切疑わない。ひっそりと安堵しつつ、試食のお菓子を口にした。

「クッキーか？　美味しいか？　食え食え。全部食え」

「試食だからそんなに食っちゃダメだよ」

谷田は上機嫌で笑っていた。以降も彼は、幸平に食べ物を勧め続ける。旅館に帰ってきて、夕食時もそうだった。幸平は黙々と食事をするが、隣にいたクラスメイトが「このプルプルしたやつ、すげぇ美味い。森良君、食べた？　食べてない？　今すぐ食べな」と促してくる。

部屋に戻り、谷田達が温泉へ向かう。幸平は男性教師の部屋のシャワー室を借りた。さっさとシャワーを浴びてドライヤーで髪を乾かしていると、途中で、部屋の主が戻ってきた。

「森良君、このビーフジャーキー超美味い。食ったほうがいい。あとこの饅頭も。美味いぞ」

「ありがとうございます」

たくさんのお菓子をなぜか頂いてしまう。どうして皆、食べ物を寄越してくるのか。

不思議に思いながら礼を言って、その場を後にする。先生の部屋は一階の端だ。廊下からは庭が見えて、途中、外に出られる扉があった。下駄も用意されている。シャワーを浴びて火照《ほて》った体を鎮めたくなり、幸平はおもむろに扉を開けた。

冷たい風が首元を吹き抜けて、心地好い。庭には東屋《あずまや》が設置されていた。幸平はサンダルを引っかけて歩いていく。木の椅子に腰を下ろしぼんやりと竹林を眺めていると、いきなり声がした。

「コウちゃん」

最初は幻聴かと思った。体だけが反応し、一気に硬直する。

振り向けないでいると、もう一度声をかけられる。

「コウちゃん、何してんの」

振り向くと陽太が立っていた。黒いスウェットに身を包んだ彼はバスタオルを持っている。

「あ、よ、陽太君」

ごくりと唾を飲み込む。凪《なぎ》のように平穏だった心に急激に波が押し寄せてきた。陽太は躊躇《ためら》いなく近寄ってくると、テーブル越しの椅子に座る。幸平は何を言ったらいいか分からず、声を絞り出す。

「こんばんは」

陽太は淡々と「こんばんは」と返してくれた。動揺する幸平と違って陽太は冷静で、たまたま東《あずま》屋《や》にやってきただけなのだろう。中にいたのが幸平だったから、とりあえず話しかけてくれたのだ。

陽太は落ち着いた口調で「こんなとこあったんだ」と屋根を見上げた。庭のそこら中に散らばる暖色のライトが陽太の白い首元を照らしている。ピアスがない。温泉に入っていたのだろうか。

「うん、俺もたまたま見つけて……よ、うた君は、温泉帰り？」

「あー……そう」

バスタオルを持っている。温泉は三階にあるので、かなり館内をぶらついていたらしい。

「温泉良かった？」

「うん、まぁ。コウちゃんはもう行ってきた？」

「俺、先生の部屋使った」

「……あ、そっか」

すぐに気付いたらしく、口を噤《つぐ》む。陽太は前髪を指で弄《いじ》り、俯《うつむ》きがちに「なんかいろいろ持ってんね」とテーブルの上のお菓子に話題を移した。

「先生がくれたんだ。みんなで分けようと思ってて、陽太君も食べる？」

「みんなって谷田とか？」

陽太が彼の名を口にするとは意外だった。少し驚きつつも、「そう。同じ部屋なんだよ」と返す。

「ふぅん……俺も食べよっかな」

「ほんと？　どうぞどうぞ。お饅頭あげる」

「ありがと」

幸平は緊張と共に白い饅頭を差し出した。陽太は受け取り、包みを開けながら、「夕食とかちゃんと食べた？」と聞いてきた。まだ会話は続くらしい。持ち帰るのではなくここで食べ始めるので、幸平の心はとんでもなく高揚してしまう。まさかこんなことになるなんて思いもよらなかった。幸平ははやる心を抑えて、「うん。食べたよ。美味しかった」と首を上下に振る。

「そっか。班行動とか、楽しい？」

「うん、楽しい。京都っていろいろあって面白いね」

「コウちゃんさ、中学ん時、修旅いなかったよね」

陽太はそう言って饅頭を一口齧《かじ》り、「美味い」と小さく呟く。やっぱりまだ甘いものが好きなんだ。幸平はすっかり嬉しくなり、うんと頷いた。

「だから初めて京都来た」

「中学ん時なんでいなかったの？　親父さんがまたなんかした？」

普段、生活しているところまで話題を踏み込まれることはない。だが相手は陽太だ。子供の頃は身内のようなものだった。なんだか久しぶりに、『幼馴染《おさななじみ》』のような会話を引き出されて、心が自然と緩んでしまう。そのせいか唇が勝手に開いて、素直に答えてしまった。

「盗まれちゃってさ」

「は？」

「あの人が……父さんが、俺の貯めてたお金、盗んじゃって」

あの時は本当に大変で、修学旅行どころではなかった。当時はちょうど陽太と会話がなくなったばかりだ。まさか陽太が修学旅行での幸平の不在を把握しているとは思わなかった。

正直に言って、こうして陽太と話している現状がよく理解できない。中学二年の夏の終わりからずっと嫌われて無視されていたから。

しかし高校に入学した陽太は、ブックカフェでも幸平を無視しなかったし、今もなぜかこうして話しかけてくれる。嫌われては、ないのか。それとも、どうでもいい存在なだけ？

中学の陽太は怖い先輩達と仲良くなりはじめて不良のようになってしまったが、今は落ち着いているみたいだ。落ち着いたが、陽太の態度からして、昔の仲良しの幼馴染《おさななじみ》に戻る気はないらしい。それはとても悲しいことだけれど、無視されないだけで幸平は天国にいるみたいな心地になった。

「また貯めればいいよって進には言ったけど、悲しそうにしてたな」

陽太は淡々と「だからあの人捕まったんだ」と返した。幸平は苦笑がちに答える。

「それが理由ってわけじゃないけど……陽太君、知ってたんだね」

「一応、近所だったし。良かったね。今度は盗まれなくて」

「うん。でも、まだ足りない」

透明な壁が二人の間を隔てているのが分かる。昔の親密な距離はもうない。その壁は冷たくて、触れると指先が冷えるだろう。だから無理に近付きはしない。それでも、なぜなのか……幼馴染《おさななじみ》だからか、昔のことや身近なことを語り合うのは、気が楽だった。

「ちゃんと大学行って、ちゃんとバイトして、たくさんお金貯めて、ちゃんとした仕事に就きたいな」

精査もしていない本音の言葉が、吐息と共にこぼれる。陽太はじっとこちらを見つめていた。

「大学行くんだ。国公立？」

幸平は頷き、饅頭を咀嚼して、「落ちたら諦める」と呟いた。

「……コウちゃんさ。あの本屋で働いてる時、カウンターで勉強してない？」

「……バレた？」

気付かれていたのか。幸平が悪戯《いたずら》っぽく口角を上げると、陽太も共犯みたいな笑みを浮かべた。

「良い職場じゃん」

「あはは。陽太君も、大学進学する？」

「うん」

「そっか。頑張ろうね」

少しの沈黙が流れる。お互い饅頭は完食していた。もう会話も終わりだ。陽太は友達が多いからここで暇潰ししているわけにはいかないはず。気を遣って「それじゃ」と口にしかけた時だった。

「コウちゃんは、バイト漬けになりそう」

若干強い口調で陽太が続ける。幸平の言いかけた言葉が聞こえなかったらしい。

「バイトと勉強漬けになりそう。大学なんだからさ、遊ぼうとか考えない？」

「うーん。俺は時間があるなら、あるだけずっと働いてたい。友達もあまりできないだろうし」

「そんなことないよ」

陽太は真面目な顔をしていた。その真摯な返事に幸平は思わず微笑む。やはり陽太は優しい。

「陽太君さ、進のこと覚えてる？」

問いかけてみたはいいが、覚えてなくても仕方ないなとも思っていた。しかし、いきなり出した名前なのに彼が「覚えてるよ」と即答するので、幸平はまた心が弾む。

「今、中一とか？」

「うん、そう！　記憶力いいね」

「いや、よくはない。俺は馬鹿だし」

陽太はそう言って、軽く笑った。ピアスの少ない陽太の微笑みは、なんだか昔みたいな幼さが見え隠れして、胸が締めつけられる。

「そんなことない。陽太君は馬鹿なんかじゃないよ。だってこの学校にいるんだし」

「うん、まぁ……それはね。頑張ったし」

曖昧《あいまい》に呟いた陽太は「進は七中？」と話を戻した。

「そうだよ。来年は進も修旅がある。それには行ってほしいな」

進が高校生になる頃には幸平も大学生だ。もっと今より時間を得て自由も得られれば、働ける範囲も増える。想像するだけで楽しくなった。目の前には、誰にも打ち明けていなかった家族の話を聞いてくれる陽太がいる。幸平は嬉しくなって、口調も軽やかになる。

「俺が大学に入ったらさ、進は高校生だ。その頃の進は、放課後に友達とカラオケに行くんだ。ファミレスに行って皆で勉強したりもする。母さんや俺は、帰りが遅いねって心配すんの。でも大丈夫。携帯で連絡できるから！　進は友達と色んなところ遊びに行って、楽しかったぁって笑って帰ってくる。その時の進は俺のお下がりなんか着てない。進が自分で選んだ服を着て、底もしっかりした靴を履いてる。早くそれが見たい」

陽太は静かに耳を傾けてくれた。その顔に子供の頃によく見た柔らかい笑みを浮かべてくれるから、幸平もふわっと笑う。こんなに陽太と話せるなんて、どうしようもなく楽しかった。

「久しぶりに、誰かに進の話した！」

「うん。俺も久しぶりにコウちゃんの弟の話聞いた」

温泉には入ったことがないから分からないけれど、ひょっとしたらそこに浸かるよりも陽太と話しているほうが心が温まるのではないか。本気でそう思うほどに幸平は浮かれていた。

「あ、陽太君見て」

と、塀の向こうの空を指差してみる。夜空が青色に染まっていた。

「あの辺がライトアップしてる城かな？　ここから見ても綺麗だね」

この庭もライトアップされていて綺麗だし、夜空は色がついて幻想的な雰囲気を醸している。

幸平がそれに見惚《みと》れていると、陽太が言った。

「写真撮ろうか？」

幸平が首を傾げている間に陽太が携帯を取り出す。それから素早い動作でこちらにカメラを向ける。今のたった一瞬で写真を撮ったのだろうか？　よく分からずに、幸平は焦って言った。

「俺、映っちゃった？　ごめん。頭下げれば良かったね」

「大丈夫だよ」

陽太は携帯の画面を見下ろしている。

「この写真でいい」

かすかな微笑みを口元にたたえて呟いた。それからこちらに向けた視線は、驚くほど優しかった。

「こうやってコウちゃんと夜に話すの、久しぶりだな。昔、朝まで話して過ごしたの覚えてる？」

まさか陽太から思い出を口にするなんて。感動で胸がいっぱいになり、鼻の奥に熱が溜まるのを感じた。幸平は、あふれかえる感情が表に出ないように気を付けて、慎重に言った。

「うん。寒かった日だよね」

「イチイチイチ、な。冬の夜明けって、すげぇ綺麗だった」

十一月十一日だ。二人して夜明けを見ていた。陽太はあの頃を覚えてくれている。

嬉しくて嬉しくて、言葉が出てこない。陽太はフラットに、「また観たい」と懐かしむ。

それに同意を返そうとした時、騒がしい声がすぐ近くから聞こえてきた。見ると廊下に複数の男子生徒達がいる。一瞬で夢見心地だった気分が現実に引き戻され、幸平は慌てて立ち上がった。

「俺、もう行くね」

――……陽太君が俺みたいなのと一緒にいる姿を、他の人に見られてはいけない。行かなくちゃ。

しかし、東屋《あずまや》を去ろうとした時、陽太が声をかけてくる。

「コウちゃん！」

幸平は振り向いた。だが、陽太は黙り込んでしまう。不思議に思って首を傾げると彼は言った。

「明日も楽しんで。バイバイ」

幸平は無邪気に笑って、「うん。陽太君も」と返す。

男子達の一部がこちらを見ている気がした。幸平は目を合わせないように廊下へ戻り、振り返らずに階段を上っていった。

◇

幸平は二年B組だが、陽太はH組で、何をするにも離れている。二クラス合同で行う体育の時間や演劇祭もH組とは関与しないし、クラスの位置だって廊下の端にあるH組は遠く、滅多なことがないと会えない。だからあの夜以降、会話だけでなく陽太の顔を見ることすらできなかった。

修学旅行から、もう三週間近くが経っている。

また、いつもの毎日がやってきた。陽太と関わりのない、気の抜けた日々だった。陽太とすれ違う機会すらないので、緊張も高揚もない。しかし皆は違う。修学旅行を終えたというのに、二年生の生徒達は、帰ってきて早々次なる行事へと励み、活力にみなぎっていた。

「応援団キラッキラしてんなぁ」

体育祭は例年十月末に開催されている。その日、秋晴れが学校の上空を覆っていた。

陽光に照らされたグラウンドには生徒達があふれかえっている。朝の準備時間中で、あと数十分で学校長の挨拶が始まる。やることのない幸平達は先に校庭へやってきていた。

「女子団長の芹澤さん知ってる？　ほら、あの子。超美人。G組の子。学ラン似合うよな」

この学校の応援団は、なぜかは分からないが女子も男子も学ランを着ている。谷田の指差す芹澤さんは確かに美人だ。ぼんやり眺めていると、突然、背後にいたクラスメイトの女子達がワァッと歓声をあげた。彼女らは声を潜めて、嬉しそうに高い声で囁《ささや》き合う。

「溝口さん達来てる来てる……っ！　やっぱ、めっちゃかっこいい」

「関君、髪青くした？　好き。溝口さんもレベル違いすぎるよ」

A組やB組など、H組から普段かけ離れているクラスの女子達が騒ぎ出す。男子達は「溝口軍団怖すぎる」「太陽の下にいる溝口さん久しぶりに見た。長袖着てんのな」「かっこよすぎて笑えてきた」とひっそり囁《ささや》きあっていた。

「幸平、見ろよ。溝口さん今日はインナー着てるぞ。先生から、さすがに体育祭では隠してくれ的なこと言われたのかなー」

普段だって、タトゥーは服に隠れていてそこまで見えていない。幸平は「そうかもね」と単調に答えて、陽太を眺める。確かに今日も陽太はかっこよかった。……遠いけれど。でもこれが俺達の距離だ。

寂しく思うと同時、集合のベルが鳴った。開会式が始まるのだ。

幸平はスポーツがまったく得意ではないが、大縄跳びなどクラス対抗の種目もあるので参加しないわけにはいかない。クラスの足を引っ張らないようにと各種目に励んだ。クラスの皆が互いに励まし合って応援してくれるので精一杯頑張れる。二学年のクラス種目は午前で終わるので、昼休憩は、どこか気の抜けた心地で迎えた。

昼食時には校庭か体育館かで食事を取ることを推奨されている。基本的に校舎への立ち入りは認められていないが、厳しく警戒しているわけではないので、こっそり教室で昼食を取る生徒達もいる。

幸平の場合は、担任教師から積極的に「教室で食事をしてもいいし、空いた時間は休んでいてもいい」と許可されていた。確かに直射日光に晒されているのも辛さを感じる。お言葉に甘えて、昼食は教室で取ることにした。谷田らと一緒に食べようということになったが、係の関係で遅れるらしい。先に校舎へ入った幸平は、H組のほうの廊下から自分のクラスへ向かった。

……ずっと、陽太がどこにいるのか気にしてはいた。

校庭から消えたと思ったが、どうやら教室に戻ってきていたらしい。

H組から話し声が聞こえて、幸平は身を隠した。H組のちょうど隣にある階段に隠れてしまえば、教室の中の人達にも廊下にいる人達にも姿はバレない。話し声は大きくて、その内容は明瞭に聞こえた。

「芹澤ってさ、絶対陽太狙いじゃね？　美男美女だしお似合いだよな」

教室では、陽太の周りにいつもいる男女達が駄弁《だべ》っていた。彼らは陽太を呼び捨てにしている。

芹澤というのは、応援団で目立っていた綺麗な女の人の名前だ。彼女も、陽太を好きなのか。

胸が苦しくなって、幸平は階段に座り込んだ。B組へ向かうには、H組の前を通らなければならないのに、足が動かなかった。『陽太』の名前を耳にしてしまったから。

「陽太って処女とか面倒くさいって思ってそうだから、ちょうど良いだろ」

「芹澤さん？　あー、あの人、結構やばい人だけどね……」

「つーかさ、陽太、あの子と話してなかった？　おとなしい子」

「俺も見た。お花係のやつだろ？　ほら、顔がちょっとさ」

幸平は目を見開き、ひゅっと息を止めた。

心臓が嫌な音を立てた。「ああ！」と他が反応を示した声が、思考停止する脳内に響く。

「森良君？」

息ができない。幸平は目を見開いている。

「誰？」「B組の子だよ。花壇によくいるじゃん。いつも制服着てる子。優等生君」「え……あの子と？　陽太が？」「見間違いでしょ」「いや、俺見たって。そいつと陽太が話してた。京都でさ」

なんてことだろう。修学旅行での夜を見られていたのだ。

「嘘でしょ。森良君が陽太と？　全然合ってなくて逆に笑える」

「森良君か弱そうだし。陽太と話したらビビっちゃうだろ。釣り合ってなさすぎ」

幸平は両手で口を塞いでいる。耳を封じるよりも、声を出してはいけないと思ったからだ。

そこで、新しい声が混じった。

「何話してんの」

――陽太君だ……

幸平は気付けなかったが、陽太は廊下の反対側からやってきたらしかった。男子が「陽太！」と声を上げ、続けて女子が「森良君の話！」とテンションの上がった声で答える。

「は？　なんで？」

陽太が素っ気なく返す。女子生徒が興味津々に問いかけた。

「陽太、実は仲良いの？　森良君と。あの子可愛いよね」

心臓が激しく音を立てている。幸平は指先一つ動かせなかった。無防備な鼓膜にその言葉が響く。

「……仲良いとかじゃない。可愛いとかじゃねぇから」

陽太は苛立った口調で言い放った。一瞬、階段が崩れるような錯覚に陥る。瞬きを数回すると感覚は戻った。その間に彼らは話し続ける。

「えー。なんか細くてさ、か弱くない？　可愛くないとか、ひど」

「うるさいよ」

陽太が怠《だる》そうに呟く。幸平の話を早く終わらせたいのがこちらにまで伝わってきて、きっと皆もその気配を感じたのだろう、陽太の友人が言った。

「お前らその話やめろよ。陽太うざがってんじゃん」

幸平は音を立てないように慎重に立ち上がる。H組からドッと笑い声がした。

その声に押されて階段を駆け上る。上階の三年の廊下に辿り着き、ようやく息をした。知らぬ間に呼吸を止めていたのを取り返すように、たくさん呼吸を繰り返す。はぁはぁ、と息をしながら、幸平は呆然とした心地で廊下を歩いた。反対側まで行けばまた階段がある。そこから下って、B組へ向かおう。

何も考えられないはずなのに、どうしても陽太の声が頭の中で反響していた。あの、素っ気ない口ぶり。幸平が幼馴染《おさななじみ》であることを……友人であることを認めようとしない。

うるさいと一刀両断して、ウザがっていた。

「はぁ……は、はっ、は……」

……何を思い上がっていたのだろう。

今更幼い頃みたいな仲に戻れるはずがないのに、どうしてこんなにショックを受けているのか。

幼馴染《おさななじみ》だったのは遠い昔の話で、もうとっくに拒絶されていたのに。

三年のクラスにも生徒達がいた。楽しげに笑い声を立てる先輩達に見つからないよう、顔を伏せて歩いていく。部活動にも所属していない幸平には『先輩』の存在は遠い。唯一先輩に関わったことがある記憶も、決して良いものじゃない。

――あれは、中学二年の夏休み明けだった。

夏休み前までは、まだ陽太との関係はここまで変わっていなかったと思う。しかしその年の夏休みは、陽太と遊ぶ予定が一つも入っておらず、親友と会えない夏をとても不安な心地で過ごした。

陽太の家に電話をかけてみたこともあったが、彼は電話に出ない。何か良からぬことがあったのではないかと心を曇らせているうちに夏休みが明けた。

登校日から三日間陽太には会えず、陽太が登校していると知ったのは、夏休みが終わって四日目の昼休みだった。中学に入ってから陽太は学校を休みがちになっていたけれど、夏休みも含めるとかなりの期間会っていなかったので、幸平は心配で仕方なかった。

「陽太君」

「……コウちゃん」

学校へ来たと目撃情報を聞いて、いの一番に陽太を探しに行った。

彼は校舎裏で複数の男女と屯《たむろ》していた。幸平の知らない生徒達だ。雰囲気から先輩達なのだと察する。ちょうど先輩達が去ったタイミングで、一人になった陽太へ話しかける。

振り向いた陽太の目は、冷たかった。幸平は思わず息を呑む。それから、小さく呟く。

「陽太君、今日一緒に帰れたら……」

「あ？　それ、誰」

そこで、背後から別の男の声がした。やってきたのは、やはり三年の先輩だった。

あまりに陽太へ話しかけるのに必死で、気配を察知できていなかった。荒い口調と雰囲気に幸平は狼狽《うろた》える。先輩は幸平を睨みつけて、低い声を放った。

「何こいつ」

「関係ないっすよ」

陽太は告げる。ぶっきらぼうな物言いが、少し怖い。まるで幸平など目に入っていないみたいに、陽太は場を立ち去ろうとする。だが三年の先輩の目には幸平が見えていた。

「お前二年？」

「え……」

漏れた声は自分でも驚くほど動揺している。先輩は怪しく笑った。

「なんか、君さぁ……顔キモくね」

幸平は思わず硬直する。先輩はせせら笑って、幸平へグッと顔を寄せてきた。

「何それ、どうなってんの？　なんでお前なんかが陽太に話しかけ――……」

その瞬間、目の前から先輩がいなくなった。

視線を落とす。たった今、幸平を嘲《あざけ》るように笑っていた先輩が、地に倒れていた。

幸平は、一瞬前に耳に触れた「ゴツッ」という鈍い音の意味を理解する。幸平はその音と目の前の光景に唖然として、指一本動かせず硬直していた。

立ち去ったはずの陽太がそこに立っている。拳を握りしめ、凄まじい眼光で先輩を睨み、見下ろしていた。一切の音が消えたみたいだった。目眩《めまい》がする。幸平の頬を汗が伝う。呼吸をすると一気に夏の音が蘇り、ミーンミーン……とけたたましい蝉の鳴き声が体中に張り付いた。幸平の、徐々に荒くなる吐息を音が掻き消す。陽太は見たこともないほど恐ろしい顔をしていた。

「行って」

陽太が呟く。その瞬間蝉の音が一斉に止んで、また雪崩《なだれ》のように襲ってくる。

幸平は自分でも聞こえないほどの小さな声で「よ、陽太君」と呟いた。

「行けよ」

幸平は息を止める。陽太が、その鋭い目つきをこちらに向けたからだ。陽太は低く怒鳴った。

「さっさと、行けよ」

その目に、かつて幼い頃『俺とコウちゃんはチームだから』と言った力強さはない。

暗い瞳が幸平を睨みつけている。まるで敵を前にするような目だった。

そこからの幸平の記憶はあまり残っていない。言われた通りにあの場を離れて、それで――

「行け」と言われて離れてから、今この夏まで、もうずっと距離は取り戻せていない。

高校入学後、あからさまな嫌悪を向けられなかったので調子に乗ってしまったのだ。あの時、明確に拒絶されたのに。また仲良くなれるだなんてどうして少しでも希望を抱けたのか。とっくに答えを示してくれていたのに。ずっと同じだったのに。

「……もう、ダメなんだ」

今の幸平は呟いた。もう仲の良い幼馴染《おさななじみ》ではないし、幸平の存在はうざったいのだと三年前に突きつけられていた。また言われないと分からないなんて、なぜここまで自分は愚かなのだろう。

二年の廊下に戻る階段の途中、幸平は耐えきれずに蹲《うずくま》った。呼吸がしづらくて、目の奥が燃えるように熱い。何も考えたくないのに、陽太の言葉が頭の中で嵐のように吹き荒れている。

三年のクラスから出てきた女の人が「どうしたの？」と慌てて近寄ってきた。続けて「熱中症？二年生？」と心配する声が落ちてくる。

「違う……。過呼吸じゃない？」「保健室空いてるよね」「どうしたのー？」「やばいかも倒れそうな子いる」「ゆっくり息を吸おう。大丈夫。ゆーっくり、だよ」

呼吸はできるのに息ができない。胸が痛くて、手足が痺れる。苦しくて苦しくて仕方ない。名前も知らない人達の優しさに触れて、とうとう涙がこぼれ落ちる。

自分が情けなくて仕方なかった。こんな自分じゃ、もう一度陽太の隣に立てるはずもなかったのだ。

結局、体育祭は見学することになった。助けてくれた先輩方にお礼を言って、保健室で一通りを眺めた。その後、体育祭から数日後にブックカフェの店長からしばらく店を閉める旨を伝えられ、陽太と関わる接点が、また一つ失われた。

新しいバイトの面接を受けたり、忙しい日々を過ごしたりしているうちに、あっという間にその日がやってくる。

イチイチイチイチ。十一月十一日だ。

……まだ子供だったその日、太陽が昇る前から陽太と外階段下で話をした。

あの光景は容易に思い起こせる。東の空がみるみると明るくなっていき、やがて、燃えるような太陽が顔を出す。街の至るところに光の矢が突き刺さった。二人きりで朝陽を見つめ、内緒話みたいな囁《ささや》き声で延々とお喋りをしていた。

幸平は目を開けた。

十一月十一日の夜明け前、目覚ましもかけていないのにフッと目を覚ました。日付を確認して、吐息を漏らす。まだ世界は真っ暗だ。修学旅行の夜が不意に脳裏を過《よぎ》った。

『昔、朝まで話して過ごしたの覚えてる？』

陽太は十一月十一日を覚えてくれていた。『また見たい』と、朝陽を思い出してくれたのだ。

幸平は上着を羽織って、鍵だけをポケットに突っ込み家を出る。錆《さ》びついた自転車に跨り、かつて住んでいたアパートを目指した。夜明け前の空気は肌を突き刺すほど冷たい。暗闇の中にポツポツ民家の光が浮かんでいる。一心に自転車を漕ぎ続けた。鼓動が徐々に早くなっていく。冬の風が頬を掠《かす》める。

するといに、薄暗い世界の中に、魔法のようにアパートが現れた。アパートは誰も住んでいないみたいにシンとしていて無機質だ。モノトーンの世界の中で、そのアパートは絵のようにも感じた。

幸平は自転車を降りて、外階段の錆《さ》びた手すりに寄りかかり、ただじっとしていた。

どれほど経ったろう。気付くと東の空が深い紺から青色に染まり始めている。

平べったく見えていた薄いグレーの雲が陽の光に色付けられると、とても立体的で巨大だった。

黄金の陽が雲に乗り移って、琥珀《こはく》色に輝く。西空はまだ暗いけど、東の空は橙色《だいだいいろ》に煌《きら》めき始めていた。

陽の光が滲《にじ》んだ空は青く、透明で。綺麗だった。

幸平は一人で眺めている。一人きりで、空を見上げている。

やがて、アパートから扉の開く音がした。幸平はハッと我に返り、その場を離れる。自転車に跨り、まだ夜に留まったままの西の方角へ、ペダルを踏んだ。

静かな朝の中で、幸平は驚くほど落ち着いて理解していた。

……もう二度と陽太と朝焼けを眺めることはないのだろう、と。


三学年に上がると、今度は幸平がH組になり、陽太がA組だった。またしても教室の位置はかけ離れていて、生活圏はほぼ違うと言っていい。

谷田とはクラスが分かれてしまったが、昼食はいつも通り共に取っている。幸平は花壇係の作業があるので、中庭で谷田と昼食を食べることが多い。時には谷田の友達も交ざる。それが常だった。

「今のクラス、溝口さん達いないのキツすぎる。眼福がぁ」

進級してまだ一ヶ月も経っていないから、生徒達の話題はクラスのことが多かった。谷田のもとへ向かうため教室から出ると、H組の隣にある階段のほうから女子生徒達の会話が耳に入ってくる。普段は気付きもしない会話なのに勝手に反応してしまうのは、それが陽太の話題だからだった。

「てか、ここの階段の踊り場に溝口さんがいること多かったんだよ」

陽太君の話……と、こっそり聞き耳を立てる。

「えっ、なんで？」

「分かんないけど、ここで立って外見てた。私が見かける時はいつも一人でさ。昼休みとか、放課後にも見た。なんか、三階と四階の間……そこの踊り場でぼうっと外眺めててさ」

「謎すぎて超好き。私、溝口さん好きになったの、なぜかお花係立候補してたの見てからだもん。私の溝口さんの入り口はそれ。お花係新規です」

「お花係って楽だしね。溝口さん、じゃんけん負けてたの正直面白かった」

「こうへーい」

振り向くと、G組から現れた谷田が、片手に弁当をぶら下げて上機嫌でやってくる。ガシッと幸平の肩に腕を回し、「飯行こうぜ」と歯を見せて笑う谷田に、幸平は「うん」と頷いた。

花壇へ向かうには彼女達のいる階段を通らなければならない。谷田が先を歩き、階段を下り始めた。陽太の話をしていたクラスメイト達のそばを通るが、彼女達はこちらに目を向けることはなく、

「ねー、私らまた同じクラスになれたの嬉しすぎる」と話題も変わっていた。

踊り場に差し掛かり、幸平は立ち止まった。三段ほど下った谷田が不思議そうに首を傾げて言う。

「幸平？　どした？」

幸平は、陽太がよくいたらしい踊り場から外を眺めた。

ここはガラス張りになっているので、景色がよく見渡せるのだ。雲一つない晴天が広がり、学校付近の街並みもよく見える。確かに魅力的な風景だ。陽太もきっとここで休んでいたのだろう。

すると隣にやってきた谷田が大声を上げた。

「あ！　こっからだと花壇見えんだな」

谷田が指差した先へ視線を向け、「ほんとだ」と呟く。幸平は目が悪いが、それでも把握できた。

「よく見えるね。知らなかった」

「なぁ、こっからチェックしようぜ。二年の野菜盗んでるやつ分かるかも。諜報には適した場所だ」

幸平はこちら側の階段をあまり利用したことがなかったので、踊り場から花壇が見えるなんて知らなかった。ここ最近、野菜を盗む輩《やから》が出ていると、室井が会議で困っていたのを思い浮かべる。

「幸平先輩のとこは盗まれませんか？」と心底残念そうに聞かれてかぶりを振ったが、ここからなら犯人が分かるかもしれない。

意気揚々と階段を下りていく谷田の後を追いかけながら、幸平はそれにしても……と先ほどの女子達の会話を思い出す。

陽太が花壇係を希望していたのは意外だった。中学時代も同じように植物の世話をする美化委員に所属していたが、あの時は幸平と陽太で示し合わせて同じ委員会に属したのだ。高校でも同じ係になるところだったとは……と、幸平は思わず苦笑を浮かべる。陽太からしたらじゃんけんで負けて良かったはず。彼もまさか、幸平が花壇係を希望していたとは思うまい。

また一つ陽太に関する話を知ってしまった。この学校では、積極的にならずとも、受動的に陽太の情報が入ってくる。陽太とはもうバイト先で関わることはない。受験期の三年生に修学旅行のような行事はないし、家も離れて、クラスも遠い。

陽太の話は陽太以外からしか聞けない。でもこれが、この学校で一番有名な陽太と、いつも隅っこにいる自分との、正しい距離だったのだ。

そうしてまた、一年近くが経った。春の先駆けで、学校の敷地内には梅の花が咲いている。

三年は受験シーズンに入り自由登校となった。国公立の試験は前期の合格発表が既に出ている頃で、幸平も無事に進学先が決まった。学校に来なくても良いのだが、勉強を続けるため、週に何回かは通っている。明後日には学校が再開し卒業式へ向けた準備が始まる。

「あ、森良君じゃん」

「……え？」

閑散とした廊下を歩いていると、不意に図書室の対岸にある地学室から男子生徒が出てきた。

いきなり話しかけられて幸平は戸惑う。彼はにこやかに近付いてくると、己を指差した。

「俺、陽太のダチ」

「あ、そうなんだ……」

返しながらも気付いていた。彼は関謙人《せきけんと》君だ。

陽太の一番近くにいる人で、陽太の親友だ。茶髪のさらりとした髪が特徴で、バスケ部に所属している。美形で性格も良いと女子にとても人気があり、陽太とは二、三年でクラスが被っていた。

幸平にとって遠い存在の人間である。彼はヘラッと笑って、軽やかに話し始めた。

「陽太大学受かったらしいな。Y大だってさ」

幸平はパチっと瞬きした。そうなんだ……良かった。無事合格したことにホッとしつつも、幸平とは違う進学先の名前を聞いて、虚無感にも襲われる。それにしてもどうしてこの人は陽太の話をするのだろう。幸平の複雑な心境と疑問を知らない関は嬉しそうに続けた。

「森良君も同じだろ？」

幸平は思わず首を傾げた。確かに一時期はY大も考えていたけれど進学先は違う。幸平は「俺はH大だけど」と戸惑いながらも答えた。

「……は？」

その瞬間、関の笑顔が固まる。充分な時間をかけて、笑みが引いていった。しまいには真顔になり茫洋と視線を泳がせるので、幸平の静かな混乱は深まるばかりだ。

「あ、そう……へぇ。そうなんだ。すげぇなH大……そう、か。やっぱ森良君賢いんだな」

「……あ、ありがとう？」

「そっか……大学は別なんだな……」

この廊下は薄暗くて不確かだが、関の顔に焦燥が滲《にじ》んでいるように見えた。妙な沈黙が流れるので、幸平は耐えきれず、「それじゃ」と歩き出そうとする。が、関は続けた。

「それ陽太に言った?」

幸平は浮かせた足を戻して、「陽太君に?　どうして?」と首を傾げた。

「どうしてっつうか……んー」

「陽太君は俺の進学先なんて興味ないと思うけど」

関は唇を噛み締めた。その反応に疑問が浮かぶが、関はまた如才ない笑みを浮かべる。

「ま、うん。とりあえず森良君も合格おめでとう」

「ありがとう」

「大学楽しもうな。んじゃ、またな」

関は『陽な人だよね』とアイドル的に慕われている。またな、とただの同級生にもまるで明日にでも会えるように口にするのは彼の癖なのだろう。その明るさに幸平も微笑み、彼へ軽く頭を下げた。関が廊下の奥へ去っていく。きっともう彼に会うことはない。それは陽太だって同じだ。

「そっか……Y大……」

小中高と偶然にも同じ学校に通えたけれど、ボーナスタイムはここまでだ。

とうとう、人生が離れていく。

一年前の秋頃……あの修学旅行の夜には、一歩近づけたと思えた。

今から、陽太は別の道へ歩んでいく。あとは距離が離れていくだけ。

中学時代に『行けよ』と突き放されたあの時、幸平が陽太のそばから去ってからずっと、彼の隣に戻ることができない。きっとこの先はその後ろ姿すら見えない距離まで遠ざかるのだろう。

関を見送った幸平は、自販機コーナーへ向かった。自販機の近くには冷水機がある。重い心を引きずりながらなんとかやってきて、水筒に水を汲む。すると隣の教室から話し声が聞こえてきた。

「さっき関君いたよね」

「じゃあ溝口さんもいる？」

どこにいようと陽太の話が聞こえてくる、そう思っていた。でもそれは間違いだと今は知っている。

皆はいろんな人の話をしていて、そのうちの陽太の話だけを幸平は聞き取っているのだ。この体が……心が反応してしまう。どれだけ心が重く沈んでいようと、浮上して揺れ動いてしまうのだ。

「溝口さんって五人セフレいるんだって」

「いいなぁ。溝口さんが隣にいるだけでドキドキしちゃうし。てかあの人、バイ説ない？」

バイ……え？

水筒から水がこぼれ出した。手に滴《したた》り指先が冷えていく。幸平は数秒後にやっと水を止めた。

「え、うそ。バイって、男も平気ってこと？」

「二年の室井君っているじゃん。溝口さんと仲良い可愛い子。あの子も大奥の一人なんだって！」

幸平は呆然と口を開いている。両手には、なみなみと一杯となった水筒と、そのキャップ。閉じることもできず目を見開いていた。

……室井君。もちろん知っている。高校でも同じ係だが、関わるようになったのは中学の時に美化委員で一緒になってからだった。中学時代の室井は、幸平へ幾度も話しかけに来てくれた。

でも……そうか。当時の幸平の隣には、陽太がいた。きっと陽太と話したかったのだろう。

そして今、陽太の隣にいるのは室井である。

「男も女もいけるって強すぎ。うちらも当たって砕ける？　もう卒業するしさ」

室井と陽太の真相は分からない。でもその噂話は新たな視点を示してくれた。

卒業するのだ。この先会うこともない。

——ならば、最後に想いを伝えてもいいのではないか。

もしもまだ陽太と繋がっていられるなら、なんでもする。恋人になりたいなんて思わない。でもこのままでは友達も無理だから、だったら、何番目でもいいから体の関係で繋がっていたい。

繋がれるなら、とても嬉しい。即物的で淫らな欲望だ。自分にこれほどの情熱が潜んでいるなんて今でも違和感がある。でもこれが本質だった。恋は綺麗なものなんかじゃない。

本当は、どうしても『セフレ』の人達が羨ましくて、心が爛《ただ》れそうなほど苦しかった。

陽太のそばにいる人達が羨ましくて、幸平はその場所を喉から手が出るほど欲していたのだ。

六人目でも七人目でもいいから、少しでも同じ時間を過ごしたい。陽太に触れてみたい。同じ場所で息をして、一番近い距離で目を見たい。きっとそのひとときは一生分の思い出になるだろう。

幸平は水筒を床に置いた。大学入学試験を終えてから購入した携帯を取り出す。その場でロックを解除し、慣れない手つきでブラウザを開き、鈍い動きで検索窓に文字を打ち込んだ。

現れた『セフレの作法』のページをクリックする。注意事項を確認した。そこにはいくつも注意点が羅列されている。

「……相手のテリトリーに入らない」

ウザがられない存在になりたい。幸平は陽太をどうしてもいつまでも好きだから、この重い恋心で彼を圧しないために注意事項を守るのだ。そうすれば幸平だってなれるかもしれない。

「いつでも好きな時に会えるように。デートはしない。我儘《わがまま》を言わない。都合よく……」

陽太のそばにいられるかもしれない。

「相手からの好意を……求めない」

当たらずとも砕けそうな心だった。ならば当たって終わらせたい。

少しでも陽太が破片を拾ってくれるなら、俺はそれだけで。


「──よ」

息切れを抑える。前を歩いていた陽太が立ち止まる。

三月十二日。数時間前に、卒業式が終わった。道の端の水たまりに、空の青が反射している。

「陽太君」

数メートル先にいる陽太がゆっくりと振り返る。幸平は唾を飲み込んだ。陽太はスーツを着ている。思わず見惚《みと》れてしまいそうなほどに、とてもかっこよかった。

「コウちゃん」

陽太が言いながらこちらに近付いてくる。幸平は緊張で今にもどうにかなってしまいそうだった。

しかし覚悟はできている。指先が震えてしまうことと、怯《ひる》むことは、まったく違う。

「どうして、ここにいんの？」

当然の質問だ。二人は陽太の家のすぐ近く、幸平が過去に住んでいたアパート付近にいる。

「あ……俺、大学から一人暮らしすることになって」

「え？」

脈略ない言葉に陽太が不審そうにする。

一年以上ぶりの会話だが、陽太へ強い感情を抱く幸平と違って、陽太は冷静だった。交流のなかった幼馴染《おさななじみ》がいきなり話しかけてきたとしか思ってないのだろう。陽太は軽く微笑んだ。

「一人暮らし？　いいね」

「か、母さん達が住んでるとこからそんなに離れてないんだけど、でも、三人で住むのは狭いかなって。奨学金ももらえることになったから。だから、一人暮らし始めるんだ」

「そうなんだ」

「だから、あの、えっと……」

「それで、久しぶりにこのアパート見に来たの？」

陽太は目を細めて、少しぎこちない笑顔になった。突然話しかけられて、彼も動揺しているのだ。

申し訳ないなと思う半面、現金なもので、久しぶりに陽太と対面して話せたことが、涙が滲《にじ》みそうなほど嬉しかった。

しかしこのままだとこれが最後の会話になる。幸平は、震えながらも呟いた。

「……違うんだ」

耐えきれずに俯《うつむ》いて、一度目を背ける。だめだ。背けているばかりではいけない。

「陽太君」

幸平は顔を上げて、陽太をしっかりと見つめた。

「俺ね……」

俺は、ずっと……。言葉を発しようと口を開いた瞬間、喉の奥が燃えるように熱くなった。

心の奥が熱くて、また泣きそうになる。泣き喚いて叫び出しそうな気持ちになって、幸平は一瞬だけ強く瞼《まぶた》を閉じた。子供の頃に出会ってから今までの陽太の姿が、走馬灯のように脳裏を過《よぎ》る。

明るい笑顔も冷たい眼差しも、全部幸平が見てきたもの。そのすべてが愛しくて、今まで恋をやめられなかった。どれだけ辛くてもどうしてもやめられなくて、だから決めたのだ。

勇気の限りを尽くすと。

「陽太君。俺、ずっと陽太君のことが好きだった」

泣いているみたいな声が出た。自分の言葉なのに心が揺さぶられる。

不思議な心地にもなった。そっか。俺はずっと陽太君を好きだったんだ……

優しい気持ちになって、幸平は思わず微笑む。陽太は唖然として目を見開いていた。

「それを伝えたくて来たんだ」

彼は言葉を発しない。想定外の告白に、困惑しているようだった。

かなりの沈黙が流れた。幸平は初めて口にした『好き』の想いで動けなくなっていたが、陽太が困っているのに気付きハッと我に返る。幸平は意を決して、また言った。

「いきなりごめん。大学……、楽しんで。聞いてくれてありがとう」

告白はあっさりとしたものだった。想像の中では、彼のそばにいる人々のうちの一人になれるのではと夢見たが、現実はそううまくいかない。

だんだん頭が熱くなってくる。自分のしたことにようやく体が追いついてきた。このままでは倒れそうなほど息苦しい。だから、「それじゃ」と踵《きびす》を返した——時だった。

「それって」

幸平の足は勝手に止まった。

考えるより先に体が振り向く。陽太がすぐ近くにいる。真剣な表情で幸平を見下ろしていた。

「好きって、友達として？」

「……えっと……」

改めて問われると閉口してしまう。一気に焦りだし、混乱の渦に呑まれんとする幸平に対し、陽太は質問を変えた。

「俺とシたいって意味で？」

幸平は息を呑む。陽太は繰り返した。

「そういう意味？」

「う、うん……。そうなんだ。俺、そう……陽太君」

ごめん。ただの幼馴染《おさななじみ》だったはずなのに、一方的に好きになってしまって、ごめんなさい。

軽いパニックに陥った幸平はそう告げようとした。しかし頭の中でさえ返答が支離滅裂になってしまって文章にできない。泣き出す寸前になった時、幸平が答える前に陽太が呟いた。

「いいよ」

幸平は目を見開いて硬直した。

……今、なんて言った？　いいよ……。シてもいいと。言った？

「……じゃ、そういうことで」

陽太は踵《きびす》を返すその瞬間まで無表情だった。こちらから顔が見えない角度で俯《うつむ》き、横顔で言う。

「また連絡するから」

「あ、うん……」

淡々と告げた陽太は軽く頷いた。幸平は「わかった」と現実感など皆無な思いで呟く。

呆然と、彼とは反対側へ体を向ける。自分でも意外に思うほど、容易に一歩を踏み出せた。あれだけ硬直していた体が動く。次第に歩調が速くなる。止まっていたかと思われた心臓も、やはりしっかり生きていて、時間を取り戻すかのように鼓動を速くする。その時だった。

「待ってコウちゃん」

腕を掴まれて、幸平は立ち止まった。

それほど距離はなかったはずだが陽太は息切れしていた。彼は一度唾を飲み込み、問いかける。

「俺、連絡って言ったけど、どうすればいい」

「え……あっ、そうだった」

幸平はようやっと我に返った。慌てて鞄に手を突っ込みながら答える。

「俺、携帯持ち始めたんだ」

「そうなの？」

陽太は意外そうにした。幸平はすぐさま携帯を取り出し、慌てて連絡帳を開く。混乱しているせいかどこに自分の番号が書いてあるのか分からなくて、指が震えてしまう。あった。これだ。

「この番号に連絡してほしい」

「分かった」

陽太は慣れた手つきで自分の携帯に番号を打ち込んでいく。幸平は、何を言おうか迷って、必死に「陽太君」と声を絞り出した。

「好きな時に連絡して」

陽太が静かな視線を幸平に向けたまま、言葉なく頷く。

幸平は精一杯微笑んで、一歩後ろへ戻った。

「じゃあ、またね」

「うん、また」

陽太が微笑む。それは幸平が告白して、初めての笑顔だった。

……あ、やばい。

幸平はサッと背を向け今度は躊躇《ためら》わずに歩き出した。これ以上話していたら涙が滲《にじ》み出ていただろう。落ち着くために深呼吸をするが、頭の中では陽太の言葉が延々と繰り返されている。

『俺とシたいってこと？』

深く、深く、呼吸をする。何度も蘇る、陽太の言葉を聴きながら。

角を曲がりやっと立ち止まった。両足がガクガクと震えている。電柱を頼りにかろうじて立っていた。たった今、起きたすべてが信じられない。でも現実だ。夢なんかじゃない。

携帯を見下ろす。繋がりが、できた。

六人目に、なれたらしい……


体の関係を持ったのは、告白後、最初に陽太の部屋で会った夜だった。

初めてのセックスは痛かった。『セフレの作法』を何度も読み返し、少しでも陽太が満足できるよう、ネットに従って十二分にアナルを解した。面倒に思われたくなくて「経験はあるから」と嘘をついた。少しでも長く一緒にいたくて「バイトは休んだ」と正直に伝えた。

だから陽太も安心して、自分を抱いてくれた。しかしセックスは苦しかった。

体内への異物の侵入はとてつもない圧迫感を齎《もたら》す。事後に確認すると、幸平のシャツに、アナルが切れたのか血がついていた。慌てて隠したのできっと陽太には気付かれていないはず。

体への負担だけでない。陽太が当然のようにコンドームを持っていることにすら、幸平の心は締めつけられて、苦しくて、その痛みは、どこにも行き場がなかった。

それでも幸せだった。陽太が自分の体に反応してくれたのが嬉しくて堪らない。最後までできたのが、叫び出したいほどに幸せだった。陽太に触れて同じ呼吸ができた。彼を一番近い距離で見つめて、唇の触れる距離で囁《ささや》くことができた。「陽太君」と。

だが、長く時間を過ごすのは無理だった。幸平を抱いた陽太は言葉少なにシャワーへ向かってしまう。これが恋人ではなくセフレとしての過ごし方なのだろう。

でも、大丈夫。初めから分かっていた。作法は何度も熟読したのだ。陽太がシャワーを浴びている間に幸平も身支度を整えた。

「――コウちゃん、これ」

しかし、帰り際に陽太から渡されたのは、一万円札だった。

……そこから一人暮らしの部屋に帰るまでの記憶はない。

だって幸平は知らなかった。それは作法のどこにも載っていない。行為の後にお金を渡される事例があるだなんて、知らなかったのだ。

「……っ」

幸平は帰宅後、一人の部屋で一万円札を握りしめた。なぜ渡されたのかまったく分からない。

――なんで？　対価……何の？

幸平は知らなかった。一万円を渡されることが、こんなにも心が痛くなることだなんて。

「陽太君……」

――だとしても、どれだけ痛くても、俺は陽太君のそばにいたい。痛みよりも強い幸福と安心が、彼との時間にあるから。
幸平はずっと、愚かにも切実に、どうしても陽太に、恋をし続けている。

第三章　溝口陽太　十八歳

家に帰るまでの記憶はほぼなかった。何度か振り返った気もするが、そこに幸平の姿は既に見えず、それでもまた振り返り、そうしているうちに、自宅の玄関の内側にいた。数時間前に高校の卒業式を終えたのが遠い昔の出来事のようだった。

陽太は靴も履いたままその場に突っ立っている。たびたび思考が停止する。ハッとして目が覚めて携帯を手にしたが、十五分程度その場に立ち尽くしていたらしい。まだ両親は帰ってきていない。陽太は鞄を玄関に放り、スーツのまま家を出た。

いても立ってもいられない。携帯を開いて通話ボタンを押す。

「謙人、やばい」

電話口の向こうは騒がしい。まだバスケ部の部活仲間と高校にいるのだろう。謙人はそれでも『何？　悪ぃ、聞こえねぇ』と通話に応じてくれた。陽太は深呼吸をして、震える声で告げた。

「コウちゃんに告られた」

『はぁ？』

「付き合うことになったわ」

自分で言いながら自分で驚く。コウちゃんに、告られた。好きだと言われた。……なんで？

『落ち着け。夢だ』

謙人は冷静に言い放った。

『一回顔洗えって。良い夢見れてよかったな。卒業式の後にすぐ昼寝とか、やっぱ根性強いのな。しかしそんな夢の後じゃ、目覚めは寂しかっただろ。泣くなよ』

謙人の口調には憐れむような気配すらあった。信じられないのも分かるが、これは夢じゃない。

「夢じゃねぇから」

『いや……ちょ、移動するわ。もう集まり終わったし。……あれ。通じてる？ 陽太？』

「告白された」

『え、マジなの？ 本気で言ってる？ 証拠は？』

「ねぇよ、そんなの」

陽太も一瞬思った。録音しておけばよかったと。あまりにも現実感がなさすぎる。夢だったのでは？ と思うけれど、幻じゃない。実際に幸平の携帯番号を手に入れている。

「でも携帯番号手に入れたから」

数秒の沈黙後、『な、なんで？』と彼は問う。その声は動揺で満ちていた。陽太は歩き続けている。

『なんで？ 好きって、陽太を？ は？ それ、いつ？』

「今。十分くらい前……いや、三十分経ってた」

また無言をおいて、謙太は『お前今どこいんの？』と聞いてくる。「家の近く歩いてる」と答えたら『三十分ずっと？』と驚かれるので「分かんねえ」と正直に答えた。謙人は『マグロかよ』と言った。

『止まったら死ぬのかよ。……おい、聞こえてる？』

陽太は「え、何？」と返した。謙人が向こう側で深い息をつき、『一回止まれ』と呆れたように告げた。陽太は忠告を無視して歩き続け、公園へ突入する。

『どこで言われた？　学校で？』

「いや……なんか、いたんだよ。家の近くに」

謙人は患者を相手にするように、丁寧に言った。

『幻想ではないですか？』

「違う。携帯番号手に入れてんだぞ。好きって……」

――言われた。コウちゃんから。好きと。

暑い。全身から汗が噴き出ているのが分かる。心臓が破裂しそうだ。破裂したら、どうなるのか。

『いやいや、だってお前、全然喋れてなかったじゃん。なんかずっとコソコソ見てるだけでさ……。大学だって外してるし。あの人と同じ大学受かったって喜んでたと思ったら間違ってて、この間お前ガチ泣きしてただろ。俺、男の涙久しぶりに見たもん。お前さ、男の涙見たことないだろ。結構ビビるぜ。なんか、こっちも悲しくなるんだよ。堂々と話しかけることもできてなかったのに、ラストでそんな都合良いどんでん返しくるわけないって。……おい、聞いてんの？』

「……え、何？」

歩数計が回りまくっている。腕に巻きつけたデジタルウォッチが、勝手に歩数を計測し消費カロリーを出していた。この数十分で百キロカロリー消費したらしい。

『関わりなかったじゃん、つってんの。……まぁ、あったらあったで、森良君も大奥の一人とか言われてたかもしんねぇけど。失礼だよなアレ。一部女子は喜んでたけど、人によってはイジメだろ』

「……あ、ごめん。聞いてなかった」

すると、終始ツラツラと話し続けていた謙人の声に慎重さが増した。

『マジで、告られたのか？　ちょ、あのさ、……友達として好き的な。ぬか喜びじゃねぇ？　大丈夫？　お前その後落ち込むんだから期待すんのやめとけって』

陽太もその可能性を危惧して、その場で確認を取ったのだ。

「確認したから。俺とシたいとかそういう好き？　って。うん、って言ってた。たぶん」

謙人は納得がいかないようで、『たぶん……なんでたぶん？』と訝《いぶか》しんだ。

「……とにかく、なんか、付き合えた。謙人、俺、どこ行ったらいい？　普通、デートってどこ行く？　男同士でも違和感ねぇのってどこ？」

『俺の人生で一番面白いと思ったこと言っていいか？』

「今？　なんだよ早くしろ」

『お前が初恋拗《こじ》らせて、デートも手繋ぎもキスもしたことない童貞だってこと』

陽太はもう一度時刻を確認する。今更ながら、幸平を家まで送っていけばよかったと悔いる。人生は後悔ばかりだ。悔いながらも新たな未来のため、陽太は繰り返した。

「デートどこ行ったらいい？」

『無視かよ』

「デートって何時からするもん？　朝はキツイよな。昼とか午後？　それとも夜？　あれ……そしたらコウちゃん大変だよな。夜バイトあるだろうし。いや、昼もバイトあるよな……あれ……何も分かんねぇ。助けてほしい」

『これ、ついにおかしくなった陽太の妄想聞いてるとかじゃないんだもんな』

謙人は混乱した様子だった。陽太も同じだ。まだ現状を完全に理解したわけではない。そもそも肝心の、なぜ告白されたのか、という疑問が解決していないのだ。それでも、陽太はあまりにも嬉しくて、デートが気になる。コウちゃんとデート。響きが素晴らしくて、逆にありえない。これは現実？

『ひとまずさ、一回止まれば？　なんか呼吸荒くなってきてるぜ』

「……そうしよっかな。あっつ……なんか熱出てきたかも」

『嘘だろ。今日、みんなで飯食うの忘れてねぇよな』

飯……。幸平はどうするのだろう、と陽太はふと考える。あれほど家族思いの幸平だから、きっと森良一家で過ごすのだろうけれど、誘えば良かった。

「そうだっけ。全部吹っ飛んでた」

『あははははすげぇよお前、こんな完璧な童貞見たことねぇよ』

謙人は高校へ入学してから友人になった男だが、出会いはクラス内ではない。学校外でたまたま知り合って、その後同級生だと知ったのだ。

友人は笑いすぎて咽《む》せながらも『なんで』と言う。

『なんで大奥とか言われてんだこいつ。んなのあるわけねぇのに。たぶん人類の誰もお前がこんな男だって気付いてねぇよ。つか森良君ってお前の噂とか知ってる？　大奥説否定しといたほうがいいよ』

「あー……うん」

『可哀想な陽太。お前は好きな子に少しでも良く見られたくて猫被ってただけなのに。良い人やろうとしてるせいで否定が甘いから、「遊んでねぇよ」ってやんわり言っても、周りは「笑顔で否定してる……！　本当なんだ……！」ってつう理解になっちまう。なんだこれ。可哀想すぎる。まぁお前が怖い奴ってのは本当か。あははははは』

「……コウちゃんって俺のこと好きなんだ」

何度考えても現実離れしている。思わず会話の脈絡を無視した心の声が口に出てしまうが、それが独り言だと謙人も分かっていて、ひとまず笑いを無理やり抑えてくれた。

『返事なんつったの？』

「……やべ……何も覚えてねぇ。頭真っ白になってた」

爆笑が聞こえてくる。あまりのやかましさに携帯を少しだけ離し、ひとまずブランコに座る。

やはり録音しておけば良かった。深くため息を吐くも、相手の笑い声でたちまち消える。心臓は未だ信じられない速さで脈打っている。時間が経てば経つほど、動揺が増していく。単に歩き回りすぎて息が上がっているのかもしれないが、それがなくても、鼓動は騒がしかったはずだ。

『デートなら、外はどうなんだろうな。お前、目立つし。存在感えぐいじゃん。外でさ、秋田さんとかに会ったらキツいだろ。一見ヤクザだし……あの人ゴリッゴリの筋肉ゴリラだもんな。ただの彫り師だけどデカすぎて幸平君は怖がるだろうから、気を付けろ。ビビらせて振られないように』

振られたくはない。でも、自分には振られる要素しかない。

校内で特に陽太と親しい友人は、謙人も含めて三、四人程度の男女だ。陽太が長らく幸平に片想いしていることを知っているのは謙人だけだが、二年の修学旅行で幸平と話している様子をそのうちの一人に見られてからは、陽太が幸平となんらかの関わりがあることを知られている。

彼らも言っていた。『つり合わない』と。陽太と幸平が友人であることが信じられないと平気で陽太を揶揄《からか》っていたのは当然だ。

幸平は同級生の間でかなり印象が良い。高校は進学校ということもあり、ものを言うのは賢さだ。学年内でもトップクラスに頭の良い幸平は一目置かれている。また、どこか洗練された落ち着いた雰囲気や、何よりも優しい性格は、局所的に過度な好意を集めていた。女子からは特に人気で、「森良君可愛い、か弱い感じ。儚くて良い」「顔整ってるのにその顔の良さを自覚してないとこがすごい」「これがリアルの天然国宝」と有名だ。

だから友人らも、優しくて頭が良くて顔の良い森良君は、陽太とつり合っていないと口々に言う。実のところ幸平は、『可愛くてか弱い』存在ではないのだけど。

『家デートで良いんじゃね？　人の目気にせず喋ったら？　話すことたくさんあるよな』

「確かに。でも緊張する。話せるかな」

『童貞仕草だな。コウちゃんもお前と話し始めたばっかなら緊張してるだろ』

「だからコウちゃんって呼ぶな、殺すぞ」

狼狽《うろた》えつつ『こぇんだよ……』と呟いた謙人は、口調を変えた。

『森良君とお前が打ち解けたら、外行けば。どっか遠く行けば見つかんないだろ』

「水族館とか？　調べた」

実際に調べたのはかなり前だ。《もう一度コウちゃんと遊べるようになったら、行きたいところリスト》を作ったことがある。まさかそれが活用されるとは思わなかった。

「遊園地とかも行ってみたい」

『良いじゃん良いじゃん。童貞っぽい。童貞判定だと満点』

「好きに言えよ。俺は幸せだ。……つーかさ、映画館とかよくデートとかに行くっていうけど、普通に嫌じゃね？　隣にずっといんのキツい。つーか、外で二人でいんのとかがまず無理」

『ヘタレすぎ』

どのサイトにも映画館が最上位でランクインしている。これにはまったく同意できない。あの暗闇で画面だけ眺めて好きな相手と近距離でいる状況を二時間半も耐えるなど、なかなかの苦行だ。気まずくて耐えられない気がするのは、自分だけなのだろうか。

『お前の見た目でこのヘタレ純愛童貞って、誰も分かんないだろうな。なんだろうなぁ、森良君以外のすべてに対してだと、見た目通りの男なんだけどなぁ。俺が陽太に初めて会った時、お前、酔っ払いに攻撃してたしな。高一の時、クラブでさ』

何度も何度も童貞と繰り返す謙人としては煽《あお》っているのかもしれないが、一ミリも怒りは湧かない。単なる事実だからだ。『お前は猫派だから』と枕詞《まくらことば》にされているのと同じくらい、そうだな、としか思えない。猫は好きだし、幸平はもっと好き。

『あれすげぇ怖かった。あんな躊躇《ためら》いなく人を瓶で殴らねぇから』

「あの瓶は平気な瓶……」

『なんだそれ。人殴る用の瓶があんのかよ。ま、でもあれで俺は陽太を好きになったんだ。こいつ良い奴じゃん！　って。周りの男どもビビって助けることもできてなかったろ。あのままトイレ連れ込まれたらあの女の子やばかった。だからさ、自信持てって。お前は良いやつだよ。童貞だけど』

猫好きだけど。動物映画だとしても納得できない。

「デートで映画行くって嘘だろ？」

『まだその話続いてんの？』

「都市伝説だと思う。ぜってぇ集中できないじゃん。絶対映画の内容把握できなくて、後の会話でしどろもどろになる。つうか外で俺みたいのといると、コウちゃんまで変な目で見られそう」

『お、目立ってる自覚はあるんだ』

「目立ってるっつうか、暗いじゃん。怖いってすげぇ言われるし。やっぱ髪染めよっかな。天パだしさ。ボサボサだよ……なんかしたいな」

『大学デビューキショい』

「そう？　やめとこ」

この天然パーマは、童貞よりもよっぽどコンプレックスだ。昔は幸平が「陽太君の髪好き」とニコニコ触ってくれたから良いが、今は好かれているかどうか分からない。幼馴染《おさななじみ》とはいえ、なぜ幸平が今の自分を好いてくれているのか、考えれば考えるほど謎すぎて、陽太は思わず呟いた。

「どうしてコウちゃんは俺を好きなんだろ。なんで俺なんか好きになるんだろ。分かんねぇなぁ」

『ごめん、同意。あの人なんでお前のこと好きなわけ？』

謙人は本音を話してくれるから楽だ。電話の向こうで頷いているのがありありと目に浮かぶ。

『ストーカーみたいに遠くから花壇眺めてるし、本屋だってチキって月一でしか行ってなかっただろ』

陽太はワイヤレスイヤホンでの通話に変えて、一年前に撮った写真を眺めた。

『あの人不思議な感じだよな。ずっと勉強してるイメージ。お前を好きになるとは思わなかった。陽太の魅力って言ったら、なんか悪い雰囲気だけど優しいからギャップ萌え的な。あとはセフレ希望的な。それで女の子達も寄ってくるじゃん。その二択じゃん』

修学旅行の夜、幸平と過ごした時に撮った写真だ。不意打ちで撮ったのであとから盗撮だと気付いたが、どうしても消せない。画面には、幸平の横顔が映っている。何度も眺めた写真だった。

『俺にも幼馴染《おさななじみ》くらいいるけど、好きとかは完全ない。しかも男相手だろ？　絶対ありえねぇ』

そう。男同士だ。なのに、なぜ、幸平は……

『……ま、今は浮かれようぜ』

真相は不明だが、緊張せず話せるようになったら理由を聞きたい。陽太は「おう。そうする」と頷き、いくらか声を明るくした。

「俺も一人暮らしするし、引っ越したら二人で会いたい」

『そしたら俺からもお祝いのプレゼントやるよ』

「何？」

『コンドーム』

「死ね」

謙人の爆笑する声に、陽太は再度「死ね」と混ぜる。

『なぁこれって、陽太はどっちなんだ？　挿れるほうと挿れられるほう。ついに童貞卒業だけど、処女卒業の可能性もあるよな。お前の可能性は無限大だ。未来ある若者あははは』

笑い声は尽きない。あまりにも煩《うるさ》いのでイヤホンのボリュームを下げる。

未来ある若者か、と陽太はそこに幸平がいることが嬉しくて叫び出しそうだった。

……しかし同時に、胸にじわと暗い気配が滲《にじ》むのを自覚している。それは靄《もや》みたいなもので、どれだけ息をしても取れない。脳裏に朝焼けの光が過《よぎ》り、思わず唇を噛んだ。

深く息を吐き、目を閉じて、陽太は謙人の明るい笑い声に心を委《ゆだ》ねた。

その日は朝から曇天で、空に広がる重たい雲は雑巾《ぞうきん》みたいに絞れば、大量の水が滴《したた》り落ちそうだった。しかし雨は降らない。それが夕方。まだ幸平と二人でこのマンションの一室にいた時。あの告白は数日前で、あれから初めて幸平と会う日だった。幸平が陽太の部屋を訪れてくれたのだ。

そして一人になった今、陽太は携帯を手に取る。真っ暗な広い部屋に画面が白く浮かんだ。液晶の白い光は毒じみた刺激的なものでくらっとする。時刻は九時を過ぎていた。雨音が鼓膜を擽《くすぐ》る。その時になってようやく雨が降っていることに気付いた。幸平が帰ってから、三時間ほど経っている。

『……陽太？　どうだった？』

通話は三コールほどで通じた。陽太はカーペットにあぐらをかいて、項垂《うなだ》れた。体の力が入らない。唇だけがかろうじて動き、呆然とした心地で「謙人……」と呟く。

「俺ら、付き合ってなかったっぽい」

『はぁ⁉』

「せ」

声がうまく出てこない。口から出た瞬間に蒸発したみたいだった。もう一度息を吸って告げる。

「セフレだって」

陽太は自分で喋っていて、意味が分からなかった。つい先ほどまでの光景が頭の中にまた浮かび上がり、心が暴風雨で荒らされたようにぐちゃぐちゃに乱れる。耳に傾《なだ》れ込《こ》んだ雨音がさらに陽太を追い詰めた。

ハンズフリーで通話する陽太は目を見開いて携帯の画面を見つめている。フラッシュバックしたのは、幸平の携帯だ。あの画面に書かれていた文字。

『セフレ？』

謙人がはっきりと繰り返す。陽太は息を呑んだ。

『……陽太？　今、なんつった？　ごめん聞こえないわ。……なんか……、お前泣いてる？』

「……うわ」

陽太は息をドバッと吐き出す。燃えるように熱い吐息だった。

「きつ」

謙人は混乱していたが、口調を変えて『今どこいる？　家？　そっち行くよ』と告げる。陽太は片手で顔を覆った。

「あ、やべぇかも」

『何が？』

「吐きそう」

力の入らない足で立ち上がると、陽太は強い目眩《めまい》に襲われた。激しい呼吸を伴いながらもトイレへ向かう。背中に謙人の『陽太？　そっち行くからな』と大声が追いついてきたが、答えられなかった。

——知らなかった。

混乱が許容範囲を超えると体に影響が出ること。何も分からなくなって、吐き気がして、昼に食べた物を嘔吐した。体の内側に嵐が巻き起こっている。腹の中にも、脳にも心にも、指先ですら震えている。つい三時間前までの情景が、嵐を掻き分けて頭に蘇った。

幸平と……関係を持った。どうして、そうなったんだっけ。なぜか幸平がセックスに関してを口にして……いや、それは大事なことだ。

でも、経験があると言っていた。幸平は誰かとしたことがあるらしい。誰と？

セフレ……。強い光が爆発したみたいに頭に起こる。それは携帯の画面だ。幸平はロックをかけていないらしく、携帯の画面が開きっ放しになっていた。

そこに書かれていた文字は、《セフレの作法》なるものだった。

強烈な文字列に思考が停止したことまでは覚えている。しかし一瞬で辻褄が合った。幸平がすぐに性行為を持ちかけたのはそのためだったのか、と。

——けれど、好きって……言ってたよな？　あれは、幻聴だった？

あの画面を見た瞬間パニックに陥ったが、陽太は死ぬ気で動揺を隠して幸平に接した。求められていると察したから応えた。幸平を繋ぎ止めたくて必死だった。パニックはすべての感情を底上げし、陽太は暴発した心に追いつけなくなり、無我夢中で行為に至った。

……何が起きたのだろう。記憶が分からない。たった三時間前のことも、卒業式の後のことも。好きと言われたのは、妄想だったのか？　セフレって……

「……セフレって」

何。それってどうやんの。

部屋に明かりがついたのは、謙人がやってきてからだった。

陽太の部屋は、２ＬＤＫのマンションで、まだ引っ越したばかりで物は少ない。そのただでさえ物がない部屋から消えた唯一は、謙人から貰ったコンドームだった。

陽太は二人掛けのソファに座り、テーブル越しに謙人がカーペットの上であぐらをかいている。言葉が続かなくなる陽太を、謙人は深刻な顔つきで見上げ、「まじか……」と声を漏らした。

「俺、何したらいいんだろ。セフレって何？　どうやんの？　遊園地とか行くの無理かな」

陽太は口内に溜まった唾液を飲み込んで、言葉を重ねた。

「そういうの、ダメな関係ってことだよな」

「あー……どうだろうな。恋人なら行くけどさ。セフレは……うーん。……セフレ……森良君は、陽太とセックスしたくて告白してきたってことか？」

陽太は答えない。謙人は続けて、「まぁ」と一度頷き、苦悩の表情で続けた。

「普通の男なら、セックスしたくなるの分かるけど。あの人は男とシたかったのか？」

「けど、好きって言われた」

しかし記憶が曖昧《あいまい》だ。曖昧《あいまい》というより、自信がない。幸平から貰った告白の言葉は忘れてなんかいなくて、はっきりと覚えているが、信憑性が失せてきている。あれは幻聴なのか、と陽太は考えに耽る。

謙人は「もっかい、確かめれば？」と言ったが、すぐに自分で退ける。

「無理か。お前死んじゃいそう」

「たぶん俺が、余計なこと言ったんだ」

卒業式の日の告白で、自分がなんと返したか覚えていない。いつも、自分の発言は信用できない。思い出すのは修学旅行の夜だった。あの日も余計なことを言いかけた己に慄《おのの》いたのだ。

「……まぁ、でも、セフレ作るってなったら陽太なのは分かるけど。しっかし、俺、全然あの人が何考えてるか分かんねぇな。そもそも、陽太に告白したってのも謎だった」

「なんでそのイメージなんかな。違うっつってんのに。怖いってのは分かるけど」

なぜ大奥が展開されるのか。怖がられているのはこの見た目なのだから理解できる。怯《おび》えられるのはまだ分かるが、なぜ遊び人などと。

「人当たり良いからじゃね？　お前無理して良い人やってたじゃん」

謙人は「余裕そうにニコニコしてっからだろ」と付け足した。陽太はぼやくように言った。

「じゃねぇと怖がられるから」

「せっかく森良君と同じ高校行けたのに、高校を変な空気にしたくなかったんだもんな。遊び人的な……イメージに関してはさ、森良君が勘違いしてんのも正直無理ないと思う。逆に陽太をそうじゃないと見破るほうが怖い。超能力者っつうか……盗聴器とか仕掛けてる犯罪者レベルだと思う」

謙人は頭を掻くと、眉尻を下げて気まずそうな目をする。

「そんくらいお前の見た目は将軍なんだよ。そういう男に森良君も告白したんだからすげぇけど」

「……セフレって、普通いるものか？」

「俺はいないし、俺の周りにいる奴もいない」

「セフレとかいて、女遊びしてて、モテる男って、どんな振る舞いすんだろ」

「普段のお前で良いんじゃね？　悪い男風なのに女に絡まれても余裕そうに笑ってる感じ。やけに落ち着いてて、女に性欲あからさまにしないのが良いんじゃん？」

それが、俺なのか。幸平が告白した俺は、余裕な男だと。

そう思うなり、陽太は途端に心が重くなるのを感じた。先の未来が一瞬にして不安の色に濁る。余裕なんかある訳ない。謙人は哀れむように言った。

「余裕っつうか、単に本命がいたから他に興味がないだけで、本命に少しでも良く見られるために愛想良くしてただけなのにな。中学の不良イメージを挽回するために。うーん。タトゥーとかピアスとか入ってて……悪い感じなのに優しいのが良いんじゃん？」

「……」

「そういえば、お前がタトゥーとか入れたのってコウちゃんの影響って言ってなかった？」

「……温泉に……」

思わず呟くが、謙人は聞き取れなかったのか「ん？」と訊き返す。陽太は軽く首を横に振り、いくつもある理由のうちの一つを口にした。

「ガキの頃、スミレさんを見たコウちゃんが、「あの人強そうで、かっこいいね」って」

あれはまだ小学生だった。公園にいた陽太と幸平のもとに、『おお。陽太じゃねぇか』とスミレがやってきたのだ。幸平は彼の腕に彫られた龍のタトゥーや、耳を飾るピアスをキラキラした目で見つめていた。軽く言葉を交わして去っていったが、幸平は見惚《みと》れるようにスミレの後ろ姿を眺めていた。その横顔を見て、ドッと焦りを抱いたのを覚えている。

謙人は驚いた顔をして言った。

「スミレさんって秋田さんのこと？　なんで会ったの？」

「偶然。スミレが母さんに会いに来てて」

「あー、あの人、タトゥーもピアスも舌ピもやべぇよな。やっぱコウちゃんって、怖い男好きなのかも」

……コウちゃんって呼ぶな……、と陽太は謙人を睨む。

「でも結果出てんじゃん。スミレさんみたいに悪い男風になったから、森良君も……ほら、告白？してくれた？　んだし？」

謙人は無理やり声色を明るくした。押し黙る陽太を見て、謙人はさらに重ねる。

「いや、でもさ、仮にセックスがしたくて体の関係を持ったとしても、関係なんてそこから変えられるだろ。分かんねぇけど。分かんねぇな。んー、質問小袋で聞いてみるか？　はは……」

陽太は二十秒ほど微動だにせず黙り込んでいたが、おもむろに携帯を取り出した。陽太の動きに遅れて気付いた謙人が目を見開く。

「何してんの？」

「聞いてみる」

「はぁ？」

謙人はすぐさま立ち上がり、隣に座ってきた。陽太の携帯を覗き込むと、「おい」と焦り出す。

「やめとけよ。言い出したのは俺だけど、こんなサイトろくな回答寄越さねぇんだから」

「でも俺らじゃ何も分かんねぇし」

「……まぁそうだけど。いやいや。でもさぁ。うわ、お前文章書くの早っ」

陽太はすぐさま投稿して、携帯を放る。文にすると一層、頭の中を整理できた。謙人が携帯を拾い、文章を黙読し始める。そこに書かれた質問文はシンプルだ。

《質問》
【ID非公開さん】
恋愛に関して質問があります。アドバイスをご教示いただければ幸いです。

ずっと昔から幼馴染《おさななじみ》に恋をしています。

その人は自分とは不釣り合いの憧れの存在で、子供の頃から好きな相手でした。

幸いにもその人と体の関係を結ぶことができました。

しかしセックスが終わると、すぐに解散です。いわゆるセフレという関係らしいです。

どうしたら自然に、恋人になれるでしょうか？

（0人が共感しています）

謙人は軽くため息を吐いた。

「ちゃんと情報ぼかしたんだな。小袋に集まる奴らって暇だから、返信早いらしいぜ」

言いながら携帯を渡されるので受け取る。謙人は「そういや」と思い出したように続けた。

「陽太、飯食った？　俺なんかコンビニで買ってくるよ。腹減ったし。何欲しい？」

しかし無言でいると、謙人は気遣うように部屋を出ていった。欲しいものは思い浮かばない。幸平のことばかり考えてしまう。陽太は倒れるように体を傾けてソファに仰向けになった。蛍光灯の光が強すぎて目を閉じるが、瞼《まぶた》の裏が眩しい。目元を手首で覆う。陽太は唇の隙間から声をこぼした。

「……飽きられないようにしねぇと」

幸平が見ていた自分が分からない。彼が好きだと思ってくれている『溝口陽太』を自分自身で把握できていない。幸平の見ている溝口陽太が、皆に噂される溝口陽太ならば。

「面倒だって思われないように……」

その本性がこんな男だとバレないようにしなくては。有益な存在でいなくては。モテそうな男でいなくては。少しでも飽きられたら関係が終わる。余裕があって経験が豊富な溝口陽太など、本当はこの世のどこにもいない。しかしそれを知られたら幻滅されてしまう。

『大丈夫。俺、経験あるから』

不意に記憶に浮かんだ幸平の言葉に、陽太は目を見開いた。

陽太が幸平を部屋に呼んだのは、落ち着いて話がしたいと思ったからだ。セックスのことなどまるで考えていなかった。事前に調べてはいたが時期尚早だと思っていたし、二人で対話することが目的だったので、性行為に関しては度外視していた。部屋に置いてあったコンドームやジェルなどは謙人が勝手に寄越したもの。セックスを求めたのは幸平だ。彼は言った。自分は経験があると。

……なぜ？　それを聞いた陽太は、応えなければという焦燥と、激しい嫉妬で胸を荒らされた。だから『経験がある』という言葉に含まれる真意までは考えが至っていない。今更ながら思う。

――それは本当に、幸平がしたくてしたのか？

みるみる血の気が引いていく。その可能性に気付き、体が硬直した。

それは、本当に、同意なのか？　幸平は確かに経験があるようだった。初めてでは挿入まで至らないと書かれたアナルセックスについての記事を読んだことがある。その場所が異物を受け入れるには時間がかかるらしい。

だが幸平は違った。幸平は何事もなく陽太を受け入れて、血も何も出なかった。血を出したのはむしろ陽太のほう。さまざまな感情であまりに興奮して、鼻血が出たのだ。たぶん、幸平は気付いていないと思うけれど……。

なんで経験が……と、嫌な想像ばかりが陽太の脳内を埋め尽くす。陽太の心を掻き乱すのは焦燥と、今度は嫉妬なんかでなくて、激しい怒りだった。

だって、『奴』ならやりかねない。もしそうならば、どうしよう。

幸平は上書きしたかったのではないか。だとすれば陽太は正しく上書きできたのだろうか。こちらの経験がなさすぎたばかりに無理をさせたはずだ。

体の芯が凍っていくような感覚に陥る。吐息だけが妙に熱くて、気味が悪かった。

すると玄関から物音がした。陽太は体を起こし、先ほどと同じ体勢でソファに腰かける。何事もなかったみたいに携帯を弄《いじ》り出したタイミングで、謙人が入ってくる。同時にメールが届いた。サイトを見ると、通知マークが赤く光っていた。謙人が不満そうに言う。

「下のコンビニ、唐揚げ売ってなくね？　どうなってんの？」

「……回答がきた」

「はっや。やっぱ暇人しかいねぇんだな。見に行くか」

謙人はカーペットの上に座り込み自分の携帯を取り出した。陽太も自分が投稿した質問をクリックする。一件の回答が投げられていた。

《回答》
【ＩＤ　kkk＊＊＊＊＊＊＊＊＊さん】
残念ながら脈なしです（笑）
男はセックス脳なので、ヤることがゴールです。
その過程で告白やデートや恋人になるなど段階があるのに、あなたは最終目的を最初に与えてしまったのです。
もう既にゴールに達しているのに、ここからわざわざ面倒な過程を経てデートなど恋人らしいことなんてしてくれません。
金も時間もかかるし、男にとっては面倒でしょう。
厳しい意見でしたらすみません（笑）
このまま都合の良い存在のセフレとしてやっていくのも良いですが、諦めるなり離れるなりしたほうが吉かと思われますw

「何笑ってやがる！」

激怒した謙人は大声で罵《ののし》った。

「こいつ！　低評価っ！　俺が低評価つけてやる！　何が吉だテメェはおみくじかっ。おい陽太、真に受けんな！　ごみみたいな回答にショックなんか受けんなよ！」

陽太はその回答文をぼうっと眺めた。正確に言えば、七行目を。

——金も時間もかかる……。コウちゃんの全部だ。

陽太は力なく「別に、受けてない」と答える。だが謙人は陽太の様子を見ると焦り出した。

「これは場合が違う。森良君はこんなクソみてぇなこと思ってない」

そうだ。幸平はそうじゃない。けれど、他者に言われて改めて突きつけられた。幸平の金と時間を奪ってしまうのだ。

今日の別れ際に、幸平に一万円札を渡した。幸平がバイトを休んで陽太のもとへ来たと言っていたのでとっさの行動だった。陽太はバイトをしたことがない。今の家は裕福なので金の問題はないのだ。

しかし幸平は違う。彼は彼自身と、家族の生計を立てている。本来ならば得られるはずの金を陽太がゼロにしたのだ。だから、陽太が誘わなければ得られたはずの金を差し出した。

有益にはなれなくても、有害でいたくない。でも、そうか。幸平と過ごせば過ごすほど陽太は彼の時間と金を奪う。幸平は初めから、大学に入ったら働きたいと教えてくれていたのに。

「あれ。この飴まだ持ってんの」

すると謙人がテレビ台の下に腕を伸ばして、ミルク味の飴を手に取った。彼は呆れたように言う。

「さすがに腐ってんじゃね？」

陽太は立ち上がり、謙人から飴を受け取る。テレビ台の上に飾っていたのが落ちていたらしい。幸平に気付かれなくて良かった。

テレビの横にある棚の一番下の引き出しを開く。そこへ飴を仕舞うことにした。中には、何冊もの小説本が収まっている。本棚は作っていない。これは、幸平が勤めていた本屋で購入した書籍だった。饅頭を包んでいた包装フィルムも残っている。一般的にはゴミと呼ばれるものでも、陽太にとっては大切なプレゼントだ。

幸平のおかげで陽太が得たものはいくらでもある。携帯の写真フォルダには、幸平の横顔が映った写真や、幸平が育てた花の写真がある。どれも陽太の心をじんわりと温める宝物だった。

幸平から貰ったものは、いくらでもある。だけど……俺は？

何か、差し出せたものはあるだろうか。

何かあげられる？　何があげられる……

「考えたんだけど、お前とにかくさ、自分からちゃんと告白したほうがいい。まだ取り返しつく」

陽太はソファの背に体を埋めるようにして腰かける。カーペットに座っている謙人は真剣に陽太を見上げた。

「お前は、森良君へ好きって言ったのか？　言ってねぇからセフレ扱いされてんじゃねぇの」

あの卒業式の日、幸平に「好き」と言われた陽太は混乱し、なんと返したかはほとんど覚えていない。きっと自分の思いを伝えていない、のだろう。陽太は自分を信じていない。でも普通が分からない。

今まで何年も伝えられなかった思いを、予告もなく現れた相手へとっさに渡すことができるのだろうか。ずっと好きだった人に話しかけられた時、普通は満点回答を返せるものなのだろうか？

陽太にはそれができたと思えない。本当は気付いている。幸平に「好き」だと言えなかったのだ。

陽太は幸平と違って、弱い。そして幸平は陽太と違って、強くてかっこいい。

「なんでコウちゃんって、俺のこと好きなんだろ」

彼の背骨は剣のように強く、まっすぐに一本通っていて、決して崩れない。

幸平こそが、本物の幸福を手に入れるべき人間だ。

「俺が好きって言って、良いのかね」

「良いのかねって……」

謙人は心配そうな目つきをした。陽太は手先を見つめる。

「よく考えたら、おかしい」

「……大丈夫？　やっぱ一回寝たほうがいいって」

突然、どっと疲労が肩にのしかかった。陽太は抵抗なくソファに寝転ぶ。力が入らなくて、完全に止まってしまう。止まって、泳げなくなって、そうしたら……

浮かれてしまって、冷静になれていなかったのだ。陽太は薄く口を開いた。

「それって……俺に告白されるって、本当に良いことなのかよ」

謙人が不思議そうに「え？」と呟いた。

——俺では。

「俺じゃ、何もあげらんねぇし……」

「なんつった？　聞こえねぇ」

謙人が腰を上げて、こちらにやってくる。陽太は目を閉じた。すると途端に、途轍もない眠気に襲われた。瞼《まぶた》を開けられない。陽太は虚ろに呟く。

「……庭で、プレゼントを……」

「……陽太？」

まるで落とし穴に踏み出したようだった。その瞬間陽太は眠りに落ちた。謙人が何か言ったような気がしたが聞き取れない。謙人は現《うつつ》の世界の住人で、陽太はたった今、夢の国へと国境を越えたからだ。

夢の世界の、大人に。

第四章　溝口陽太　七歳

給食を食べ終えた子から昼休みが始まる。クラスで一番ひょろりと背の高い陽太はすぐに食べ終えて早くにクラスを飛び出し、下駄箱へ一直線に向かった。真新しい上履きから靴へ履き替え、裏庭に回る。

教室にはいたくなかった。小学二年に上がってから引っ越してきた陽太はまだクラスに慣れていなくて、男子には遠巻きにされ、女子には囲まれてしまう。目の色が薄くて、髪がくるくるしていることを何度も言われるから、陽太は居心地悪く感じていた。

裏庭には野菜や花を育てる花壇と、夏休みに持ち帰られず置き去りにされた朝顔の植木鉢が残されているだけだった。花壇に雑草が鬱蒼《うっそう》と茂っているのを見下ろしながら、陽太は待っていた。

すると、反対側から一人の少年がやってくるのが見えた。

その姿を認めて、陽太は顔をパッと明るくする。

「コウちゃん！」

「陽太君」

駆け寄ると、俯《うつむ》きがちに歩いていた幸平が顔を上げる。ノートと鉛筆を持った幸平は、「今日あったかいね」と柔らかい笑顔を見せた。

幸平は、近くのアパートに住む同い年の男の子だ。クラスは隣だが、家が近いために放課後に遊ぶことが多々ある。

幸平はいつも天気を気にしている。会うたびに「おはよう」より前に「あったかいね」「さむいね」「雨がふってるね」などと、天候に関して口にするのだった。

決して陽太の容姿には触れてこないし、どこから来たのか、なぜくるくるしてるのか、好きな子はいるのかなども聞かない。

初めからそうだった。放課後の幸平はいつもこの花壇付近にいる。じっと座り込んでぼうっとしていたり、図書室の本を読んだりしている。

そんな幸平に話しかけたのは陽太のほうだ。彼は陽太が転校生であり、近くの家に引っ越してきていたことも把握していた。だが、根掘り葉掘り質問してくる同級生達とはまるで違う。

最初の会話でも幸平は「今日は雨がふるらしいよ」と陽太について言及せずふんわりと笑っていた。天気を把握している割に、彼の姿はそれに適していない。今日も随分と冷え込んできているのに、薄っぺらいシャツを着ていた。

対して陽太は、母の兄であるスミレから貰った上着を羽織っている。コウちゃんは寒そうだなぁと心配になりながらも、枯れた朝顔の植木鉢の前に座り込んだ幸平の隣に、陽太も同じようにしゃがんだ。幸平はノートを開き、指全部で覆うような、少し変な握り方で鉛筆を走らせる。

「なにしてるの？」

「あさがお、おいてった子の名前かいてるの」

幸平の横顔は真剣だった。陽太はこてん、と首を傾げて、「なんで？」と問いかけた。

「先生がそうしてほしいって」

変なの、と思い、陽太は頬を膨らませる。

幸平の言う『先生』は、いつだって幸平のクラスの担任教師を指す。いつだって幸平はあの女の先生の言いなりで動いてる。それってパシリ、ってやつなんじゃないか。陽太はいじけたように「なんでそんなこと、コウちゃんがやんの？」と言った。

「係だから」

幸平はそう呟く。

花が好きなの？　と以前聞いたことはあるが、幸平は無言で首を横に振っていた。じゃあ何が好きなの。陽太がそう訊ねると、幸平はその時ぼうっとブランコを漕ぎ、自分でも『分かんない』と不思議そうに呟いた。

「コウちゃん、こっち、三組のミヤシタだって」

「ありがとう」

役に立ちたくて一番端の鉢に書かれた名前を読み上げると、幸平はふんわりと笑ってくれた。それほど数はなく、すぐに書き終えた幸平はノートを閉じて、でも、しゃがみ込んだまま花壇の土を触っていた。

幸平の指が途端に汚れた。爪が伸びている、気がする。陽太は鉢にも花壇にも興味はない。土を眺めている幸平の横顔ばかり見つめて、無邪気に笑いかけた。

「コウちゃん、公園のはなし、きいた？」

幸平が首を傾げる。こちらに目を向けてくれるのが嬉しくて、陽太はさらに声を明るくした。

「遠足で行くやつだよ。公園！　コウちゃん、いっしょにお弁当たべようよ。クラスがちがくてもたべていいよって、先生いってた」

「そうなんだ。うん。そうしよう」

「やった！　公園楽しみだね」

幸平が気弱に微笑み返してくれるのを眺めてから、陽太は幸平の足に視線を落とす。

幸平の靴は汚れていて、元の色が何色かも把握できない。クラスメイト達の靴は色とりどりで鮮やかだ。でも、幸平は違う。いつだって幸平は、みんなとはちょっと違う。

遠足で行くのは広大な敷地の公園で、コスモスの花畑もあると先生は言っていた。だが幸平が花畑を楽しみにしている気配はちっとも感じられなかった。なぜだろう。いつだって花壇にいるのに。

夏休みに陽太は、この花壇で幸平を見かけた。夕方だった。二本だけ育ったのっぽなヒマワリの下で、幸平は『弟』と一緒にいた。いつも花の近くにいるのに、花を好きではないと言うなら、幸平は何が好きなのだろう。遠足が楽しみではないのは、なぜだろう。

陽太の心は不思議で一杯で、幸平を知りたくて仕方ない。

それから、遠足が楽しみでない理由は当日に分かった。

幸平が遠足に乗り気でないわけは、日にちが被っていたからだった。花畑のある公園は、小学校から近い。小学校だけでなく、幸平の弟――進が通う保育園からも近場だ。

「進、ちゃんと上までしめて」

「兄ちゃんもおはな、みにいくんだよねぇ？　じゃあ兄ちゃんにあえる？」

「どうだろうなぁ」

無邪気な声がアパートの外階段の下で弾けた。隣の家からは仕事へ向かう大人が出てきて、こちらに見向きもせず歩いていく。陽太は声をかけず、その兄弟を眺めていた。

「これはお昼ごはん」

「ごはん！」

弟の進は、四歳だ。今年から児童館と隣接する保育園に通っている。どうやらイレギュラーな入園らしく、幸平はいつも、弟に友達がいるかなど心配ばかりしていた。

その進もちょうど今日、花畑公園への遠足があるらしい。幸平は無表情で進の小さな鞄を整理していた。なぜか部屋の外で身支度を整えている。

「お昼に、みんなでたべるんだよ。おにぎりとソーセージ」

「ソーセージ!?」

幸平はとっさに弟の口を塞ぎ、不安げな表情でアパートの二階を見上げ、やがて手を離した。白いビニール袋に入れた『お昼ごはん』を鞄に詰めようとするも鞄が小さいのか苦戦している。

「ナイショな。ふりかけをかけた、おにぎりだよ」

「やったーっ」

「こんなんしか作れなくて、ごめん」

「ソーセージ好きだよ」

進は嬉しそうに言った。無表情だった幸平が小さく微笑む。

鞄が小さくて荷物が入らないようだ。すると幸平は自分の肩にかけていたリュックを下ろし、弟の荷物と自分の荷物を入れ替え始めた。進のお昼ごはんと、タオルと、ペットボトルをリュックに詰めて、ジッパーを閉めて、弟の背中に背負わせる。それから地面に並べた幸平自身の筆記用具と、一つだけ丸い何かを弟の鞄に放り込み、肩にかけた。跪いたまま、進を見上げて言う。

「じゃあ行こうか」

「うん。あ、ヨウタだ！」

すると、進が陽太のほうに気付いて小さな手を振った。幸平が表情のない顔で振り向き、「陽太君」と言う。

青白い顔の右側だけが、隣に立つ弟の影に覆われている。幸平はかすかに笑みを作り、「おはよう」と目を細める。天気については触れない。笑みが強張《こわば》っているように見えた。

「ヨウタ、きょうねー、おれ、えんそくだよ」

小さな体に大きなリュックを背負った進が駆け寄ってくる。陽太は進の頭を撫でた。

「よかったね」

「うんー」

「陽太君、また後でね」

遅れてやってきた幸平は弟の手首を強く掴んだ。陽太は「ちこくしない？」と問いかける。

「大丈夫だよ」

幸平は横顔だけ振り向き、唇の端をちょこっとだけ引き上げる。目が眠そうだった。

太陽の日差しが左頬に当たる。右側と比べて、より白く見えた。

「行こう、進」

「うんー」

幸平は進の手を引いて歩いていく。進は小さな歩幅で必死に歩く。幸平もまた、おぼつかない足取りだ。不完全な歩みを、二人で支え合っているみたいだった。

進の通う保育園は児童館の隣にあって、小学校からすぐ近くだ。園児達は児童館にやってくる小学生達とたまに遊んでいる。対して幸平はいつも、小学校の裏庭で花壇を眺めているか、陽太と公園で遊んでいるかだ。『かえりましょー』とチャイムが町中に鳴って西陽が沈むと、夕闇の中すっくと立ち上がる。そしてようやっと、弟を迎えに行くため保育園へ向かう。

陽太には門限がないので陽が沈んでも遊んでいられるけど、チャイムが鳴れば、みんな家へ帰る。だが幸平はいつもじっとしている。もっと早く保育園へ行ったり児童館で遊んだりすればいいのに、幸平はそれをしない。陽太がこの町に来る前は一人で夕闇の中にいたのだろうか。

「ちこくしてたね」

「うん」

弟を保育園へ送り、それから学校へやってきた幸平は、やはり集合時間に少し遅れていた。

公園までの道のりはクラスごとだけど、公園に着いたら誰と遊んでもいい。陽太は真っ先に幸平のもとへ向かった。幸平はコホコホ咳をして、ちっちゃい子用の鞄から鉛筆を取り出している。

幸平は配られた画用紙を手にして「コスモスのほう行こう」と呟いた。

「そうしよう。色ってなくちゃだめかな？　鉛筆しかもってない」

「俺もだ」

「先生に聞きに行こっか。……あのさ、コウちゃん」

「なに？」

寒くない？　と聞きかけて今朝の風景を思い出す。幸平はシャツ一枚だが進は上着まできちんと着込んでいた。気温は知っていてその格好を選んでいるなら、陽太は何も言わない。

「お弁当、ソーセージ入ってるんだね」

「え？　うーん。あ、先生だ」

幸平はなぜか言葉を濁す。同時に先生を見つけると、走り出した。

先生から色鉛筆を借りて、二人はコスモス畑へ移動した。遠足では絵を一枚描かなければならないのだ。他の同級生達はレジャーシートを敷いていたけれど、幸平も陽太も持っていないので、木陰を選んでそこに腰を下ろすことにした。

「陽太君、これなんの絵？」

「あの木」

「木は分かるけど、これ何？」

「先生だよ。木の下にいるだろ」

「あ、人なんだ。ハトかと思った」

「ハトじゃないよ！」

途中で幸平のクラスメイト達がやってきて、「黒崎《くろさき》君、あっちにトランポリンあるよ。トランポリン面白いよ。転校生君も行こー。トランポリンやったことある？」と誘いをかけてきた。

彼らが指差す先に、不自然に盛り上がった白い丘が見える。あれが、トランポリン。興味を示す陽太に対し、幸平はなぜか周りの視線を気にしていた。

やがて彼は小さく「ううん、大丈夫」と返す。

クラスメイト達は「そっかー」と言って、トランポリンのほうへ去っていった。

「……いいの？」

幸平は「うん」と小さく頷いたけれど、その後もチラチラとトランポリンを気にしていた。

また、強く俯《うつむ》いて、絵を描き始める。陽太は雑に絵を描き終えて、リュックからサッカーボールを取り出した。幸平と遊ぼうと思って持ってきたけれど、幸平はまだ真剣に絵を描いている。陽太は草っ原にあぐらをかいて、ボールを弄《いじ》りながらすぐ近くにあるコスモス畑を眺めた。

ふと振り向くと、幸平が倒れている。

「え、コウちゃん？」

驚いて駆け寄ると、幸平は桃色の色鉛筆を握りしめたまま、眠っていた。

――なんだ。寝ちゃっただけか。

陽太はホッとして、その寝顔を眺めた。左頬が見えている。幸平が眠っているのを良いことに、陽太はそれを凝視した。

何度見ても、不思議な形だ。もう痛くないのかな？　そう思いながらジーッと見下ろしていると、不意に背後で、声がした。

「黒崎君、どうしたの？」

振り向くと、幸平のクラスの女の先生が息を切らして立っている。崩れ落ちるように膝をつき、眠る幸平を覗き込んだ。慌てた様子の先生に陽太は動揺しつつ「コウちゃん、ねちゃった」と言った。

「あっ、寝てるだけなのね……そう。もうすぐお昼だよ。二人ともご飯持ってる？」

陽太が頷くと、そこで、幸平が無言で瞼《まぶた》を上げた。

陽太ははじめ、幸平が目を覚ましたことに気付かなかった。先生はすぐに察して、にこやかに、

「黒崎君お昼だよ。お弁当持ってる？」と訊ねる。幸平はのそりと上半身を起こし、寝ぼけ眼をこすりながら「はい」と頷いた。すると先生は何かに気付いたように息を呑み、顔を曇らせた。

「黒崎君、日焼け止め塗った？」

幸平は「あっ」というような顔をする。先生は「塗ってないよね。赤くなってるよ」と、自分のリュックから日焼け止めを取り出した。幸平は躊躇《ためら》ったが、先生は「使って」と強引に受け取らせる。幸平は恐る恐る蓋を開き、けれど慣れた手つきで顔に日焼け止めを塗る。

陽太はサッカーボールを弄《いじ》りながら、「いたくない？」と問いかけた。

「いたくないよ」

幸平は両手で顔を覆いながら答えた。

「ちっとも？」

「うん」

「でもいたかったよね？」

幸平は顔を上げて、眉尻を下げて笑った。

「前はね」

陽太はその左頬を見つめながら、「ふぅん」と返す。

幸平の顔は生え際から目元と頬にかけて茶色く変色している。火傷《やけど》の痕だ。今は少し赤くなっていた。

曰《いわ》く、日焼け止めを使わないと赤みを帯びるらしい。先生は返された日焼け止めを受け取ると、リュックに入れながら立ち上がり、頭上の生い茂る葉を見上げた。

「ここなら木陰だね。お弁当食べていいからね」

「うん！」と陽太は答え、「はい」幸平も頷いた。

先生はしかしその場から動かなかった。陽太はリュックから、コンビニで買ったパンとおにぎりと、フルーツの盛り合わせを取り出す。幸平は小さな鞄から、丸いおにぎりを一つ取り出した。

「あれ、コウちゃんそれだけ？」

進にはもっといろいろ渡していたような……。ラップに包んだおにぎりを齧《かじ》った幸平は、無言で一度頷く。まだ眠そうな目をしていた。陽太はパンの袋を開けながら「ふぅん」と呟く。フルーツはコウちゃんと半分こにしよう。そう考えていると、先生はリュックからウェットシートを取り出した。

「二人とも、手を拭いてから食べよっか」

一枚ずつ渡されるので、陽太も幸平も受け取る。手を拭いてからまたパンを食べようとすると、先生は次に飴を差し出した。

「絵を描き終わった人には飴をあげるの。二人ともよく頑張ったね」

ミルク味とりんご味の飴だった。眠そうだった幸平は顔を上げて、パッと表情を明るくし、それから陽太に目を向けた。「飴だって」と嬉しそうに、先に陽太に選ばせようとする。

でも、陽太は知っていた。幸平はりんご味の飴が好きだ。だからミルクを選び、「こっちのが好き」とニッと笑いかける。幸平はほんわりと笑みを浮かべ、「そっか」とりんご味を手にした。先生へ顔を向け、嬉しそうに目を細める。

先生は膝をついたまま薄く微笑んだ。それから、真剣な眼差しを幸平へ向ける。

「先生も頑張るからね」

それは一瞬だった。先生は泣き出しそうな顔できゅっと唇を噛んだのだ。

幸平は不思議そうに首を傾げたし、陽太も理解できないままパンを食べた。先生は二人を眺めると、また小さく笑みを作ったが、スッと立ち上がりまた別の子供のところへ歩いていった。

陽太は飴をポケットに放り込んだ。幸平もすぐには食べず、鞄の中に大事にしまう。

「コウちゃんのクラスの先生、飴くれるんだね。いつもくれるの?」

「たまにだよ。あとね、パンもくれる」

「パン? なんで?」

驚いて目を丸くする。幸平曰《いわ》く、花壇での仕事をきちんと終えると、放課後に先生がこっそり菓子パンをくれるらしい。

「ナイショだよ」

「へー。やさしいね」

幸平は嬉しそうに微笑んだ。なんだ。パシリじゃなかったのか。ああやって、あさがおを置き忘れた子の名前を書くことになんの意味があるのかと思ったけれど、そういうことだったのか、と思った。

それからは、二人でそれぞれのお昼ご飯を食べた。

すぐそばにいる他のクラスの女子達が、お弁当を楽しそうに広げていた。幸平はそちらには目を向けず、ぼんやりと遠くを眺めている。

青空には雲が張り付いていた。白い筆で線を引いたような雲が、頭上に広く伸びている。葉の隙間からこぼれた陽光が幸平の頬に降り注ぎ、光はまつ毛に落ちて煌《きら》めいた。

すると、幸平がぎゅっと瞼《まぶた》を閉じる。風が吹いて、コスモスの花々が一斉に揺れ、騒めいた。幸平は薄く瞼《まぶた》を開けた。小さな口でまたおにぎりを齧《かじ》る。二人の間には言葉はないけれどこの世界にはたくさんの音が流れていた。すぐ近くのようにも、別の世界からの声のようにも聞こえる高い笑い声が聞こえては、溶けていく。原っぱにも風が渡り、広がる草に反射する光が、砂糖がばらまかれたようにきらきらと輝いた。

幸平は真っ白な一つだけのおにぎりをゆっくり、ゆっくりと食べていた。その横顔は遠くの白い丘を眺めているようでもあったし、何も見ていないようでもあった。

陽太は空よりも花よりも幸平が気になって、その横顔を何度も盗み見ていた。


幸平はたまに、学校を休む。

中休みに隣のクラスを訪れると「今日は黒崎君休みだよー」と人伝《ひとづて》に教えてもらうことが多々あった。家の近い子達は一緒に登校するから、本来なら朝に欠席を知るものなのかもしれない。でもこんなに家が近くても、陽太と幸平は朝の登校を共にしない。幸平を誘ったこともあるけど、彼は困った顔をして首を横に振った。弟を保育園まで送るから、と。

「コウちゃん、今日も休みなの？　なんで？」

「知らなーい」

幸平の教室を訪ねると、クラスの子はそう答えた。知らないってなんだよ。拗《す》ねる陽太はため息を吐く。十一月に入って、空は曇ってばかりいる。幸平はここのところ休みが多い。

すると、すぐ近くの席にいた男子が、わざとらしい大声で言った。

「またごぼひらに会いに来たのかよ！」

ごぼひら。幸平を揶揄《からか》った名前だ。瞬時に怒りを覚えた陽太は叫び返した。

「ウルセェっ、ハゲッ！」

「はあぁ!?」

幸平はクラスでいつも端っこにいて、こういう奴からわけの分からないあだ名で呼ばれている。

この間なんか奴らは公園で幸平をいじめていた。陽太はもちろん幸平の味方をして、男子達にサッカーボールをぶつけたりした。この男子も、つい数日前の大喧嘩にいた男子だ。

「溝口調子のんなよッ！」

「てめぇがな」

「なん……！」

「やめろよ」

いきなり声が割って入ってくるので振り返ると、このクラスで一番体の大きい中田が立っていた。

こいつは先日の大乱闘の中心にいた人物で、幸平を虐めていた張本人である。陽太はキッと中田を睨みつけた。中田は陽太よりも背も高く大きいので、内心で怯《ひる》んでしまう。しかし、中田は言った。

「黒崎はカゼで休みって先生が言ってた」

「あ……そうなんだ」

ちゃんと教えてくれるので、陽太は呆気に取られてしまう。中田が自分の席に戻ってから、彼が『やめろよ』と言った相手が陽太ではなく、仲間の男子なのだと気付いた。

中田は幸平を『ごぼひら』ではなく『黒崎』と呼んだ。中田は幸平にちょっかいをかけなくなったのだろうか。クラスでの居心地がマシになったならいいのだけど……。そう幸平に聞きたくても、彼は休んでいる。

本当に風邪？　陽太はすっかり不安になって、それからの授業は上の空だった。

放課後、幸平の家に行ってみることにした。実のところ陽太は幸平の家に行ったことがないが、どこにあるかは知っている。陽太もオンボロな平屋に住んでいるけれど、それよりももっと古びたアパートの、二階の右端の部屋だ。遊びに行っていいか聞いたことはあるが、幸平は困った顔をするだけだった。だからあの部屋を訪ねたことはないけれど、風邪を引いているなら心配だ。一人で苦しんでいるかもしれない。

だって、陽太は幸平の両親を見たことがない。あの部屋に出入りする大人は、とても幸平の父親とは思えない、目つきの鋭い男の人のみだ。

陽太は学校が終わるとすぐにアパートへ向かった。ここ最近はずっと曇りがちで、今日も暗い雲が空を覆っていた。ランドセルを背負ったままアパートの外階段を上がり、幸平の部屋のベルを押してみるが反応はない。

「コウちゃーん」

小さく呼びかける。返事はない。

「コウちゃん。コウちゃーん」

大声で呼ぶが、やはり無反応だった。陽太はしばらくその場に立ち尽くしていたが、やがて踵《きびす》を返した。ひとまず帰宅したが、玄関にランドセルを置いてまたすぐ家を出る。幸平の弟である進が通う保育園へ向かうことにした。

児童館と隣接している保育園にはそれぞれ庭があるが、その二つの庭は柵で区切られているだけだ。

陽太はまず児童館に入館した。スニーカーを脱いで靴箱に靴を入れようとする。靴箱には黄色や青や緑……色とりどりの靴が並べられていた。

陽太は不意に、この華やかな靴の中に真っ黒に汚れた幸平の靴が並んだら、と考えた。しかしどうしても想像できない。すると近くの部屋から叫び声みたいな笑い声が聞こえてきた。ハッとした陽太は靴を棚にしまって、庭のほうへ歩いていく。庭の入り口に用意されたサンダルに足先を引っかけて柵へ近づく。が、おやつの時間なのだろうか。保育園の庭に子供達の姿は見えない。

「誰か探してるの？」

突然背後から大人の声がして陽太は振り向いた。女性が陽太へにこやかに笑いかけていた。閉口する陽太の隣にやってきた女性は児童館の職員らしく、『明石《あかし》』と名札に書かれている。

「保育園に兄弟でもいるの？」

困惑する陽太に明石は、児童館で遊ぶ子供達も弟妹《ていまい》の様子をここから眺めているのだと説明した。

しかし、陽太に兄弟はいない。素直に「おれの弟じゃない」と否定した。

「黒崎進って子。友達の弟」

「進君？」

明石は目を丸くした。陽太に向き直り、「進君のお兄ちゃんが、あなたの友達なの？」と、なぜか顔を曇らせる。

「あの子、元気にしてる？」

陽太は首を傾げた。幸平は児童館に近寄らないのに、なぜ知ってるのだろう。

「ねぇ、友達なら、あの子に『児童館で待っててていいよ』って伝えてくれる？」

「待つ？」

「うん。進君のお兄ちゃん、いつも保育園が終わるギリギリまで、外で待ってるでしょ。小学校の先生が言ってたよ。学校の裏庭の、公園の時計が見える位置で六時になるのを待ってるって。大丈夫だから、児童館へおいでって伝えてほしいの」

「……大丈夫って、何が？」

問いかけながらも、脳裏を過《よぎ》るのは学校の裏庭だ。幸平は裏庭の日陰になった場所でじっとしているか、公園の隅にいるかだった。確かにあの場所なら公園にある時計が見える。それに幸平が保育園に向かうのはいつも、チャイムが鳴ってしばらく経った六時頃。

同時に、ふと思い出す。以前、幸平の部屋から男の人が出てくるのを見かけた。あれも確か、六時頃だったような……

「児童館は五時半までだけど、三十分くらいなら過ぎてても、いていいってこと。君も今日だけじゃなくてたくさん遊びに来てね。遊ぶ物いっぱいあるよ」

明石は柵に手をかけ、力を込めて握った。それからニコッと笑いかけてくる。陽太は、「コウちゃんってここに来たことあるの？」と問いかけた。

「何回かね。でもあの子すごく細いからさ、心配になって声かけちゃったんだよ。……そしたら、警戒されちゃったのかな、来なくなっちゃって」

あまり意識していなかったが、言われてみると痩せているかもしれない。『すごく細い』の意味は理解した。けれど、『警戒』には納得できなくて、陽太は口を噤《つぐ》む。

初めて幸平に話しかけた時も彼は落ち着いて陽太と会話し、笑いかけてくれさえした。クラスではたくさん喋る性格ではないようだが、話しかけられれば誰にでも優しく返してくれる。

幸平が『警戒して』誰かと話す姿は想像できない。そこまで考えて、この間の遠足の光景が突然頭に蘇った。

幸平は木の根元で眠っている。すると、そこに先生がやってきて……。先生は、幸平が眠りから覚めたことに気付いた。幸平は何も言っていなかったのに。

そうだった。幸平は言葉なく目を覚ましたのだ。起き上がる前の彼の表情が一瞬だけ見えた。目を見開いて、唇を噛み締め、視線だけで先生を見上げていた。それは奇妙な静寂の一瞬で……

あれが、『警戒』なのか？　だとすると、幸平が先生やこの人達を警戒するのは……大人だから？

「今日は進君、見てないなぁ。休みなのかもね」

そこで館内から「あかしせんせー」とはしゃぐ声がした。隣のその人は「はぁい」と大声を返し、

「君もよかったら、遊んでいってね。今日は卓球の日だよ」と微笑みを残して去っていく。

陽太はしばらくその場に突っ立って、向こう側の庭を眺めていた。この柵は、こどもと子供の境

界線。こちら側の庭では、一輪車を練習する女子達が高い声を上げて楽しそうにしている。

ここにもし幸平がいたら、と想像してみる。すると、不思議なことに、庭にぼうっと幻想の線が浮き出た。その線は、遊ぶ女の子達と時間を待つ幸平の間に浮かび上がる。庭を二つの世界に分けるように。

靴箱もそうだ。あれは、カラフルな靴と幸平の濁った靴を分ける区切り。遠足の公園では、幸平と陽太は地べたに座り込みそれぞれ自分で用意した食事を食べて、花畑を隔てて向こうにいた子達は、ブルーシートの上で誰かが用意したお弁当を広げていた。

いつだって境界線が引かれている。あっちの子達と、こちら側。花畑は、風に揺らいで煌《きら》めく綺麗な、あちらとこちらの国境だった。

陽太は踵《きびす》を返す。児童館から出て、自分の世界へ帰ることにした。

家に戻る前にもう一度幸平のアパートの部屋を訪ねたが、やはり返事はない。仕方なく自宅に帰ってしばらくすると、大粒の雨が一斉に降り出した。子供の手で乱暴に叩くように、雨が横殴りで窓に襲いかかる。

その夜、陽太は一人で過ごすことになり、カップラーメンを夕食にした。先週から母は入院していて、今日はスミレが来る予定だったけれど、この大雨で到着が遅くなると連絡が入った。テレビを眺めていると、途端に眠くなる。眠気に侵された頭でも、まだ幸平のことを考えていた。風邪は大丈夫なのだろうか。進も風邪を引いてしまったのだろうか。明日は学校に、来るだろうか。

——と、そこで陽太はハッと目を見開いた。

畳の上で横たわっていた上半身を起こす。今、チャイムが聞こえた。

とっさに時計を見る。まだ十時だ。すると再度チャイムが鳴った。幻聴じゃない。陽太は勢いよく起き上がり、玄関へ向かう。なぜなのかは分からないけど予感はしていた。

「陽太君」

扉の向こうに幸平がいる、と。

「コウちゃん。どうしたの」

「陽太君、あのね、薬持ってない？」

幸平は雨でびしょ濡れだった。傘は持ってなくて、背に黄色い何かを担いでいる。それが黄色いカッパを着た弟の進だと気付くのに数秒かかった。幸平はやはりシャツ一枚で、よれよれの首元が濡れて肌が透けている。

陽太は慌てて、「薬？　入って！」と玄関へ通す。幸平は小さく頷き、こちら側に入ってくる。豪雨の音でいっぱいの真っ暗な世界から境界を越えて明るい室内に入ると、背後で扉が閉まった。

幸平は廊下に膝をつき慎重に進を床に横たえる。進は酷く朦朧《もうろう》としていた。幸平は弟をまっすぐに見下ろして「進の熱が下がらない」と呟く。

「熱……進、風邪引いてんの？」

「うん。でも、薬がなくて」

「風邪薬？　たぶんあると思う。二人ともこっちに来て」

幸平は進のカッパを脱がした。濡れた弟の顔を覗き込み、濡れた手でその頬を拭う。それからすぐ進を背負って、よろめきながら居間に入ってきた。陽太はタオルを二つ取ってきて手渡す。

幸平は進の顔をタオルで拭く。進はぐったりとしていた。眠りが浅いらしくぼうっと瞼《まぶた》を開き、「にいちゃん」と、幸平だけに聞こえる細い声で呟く。幸平はそのたび「うん」と呟き、タオルで進の体を拭う。陽太はタンスの中を漁った。トレーナーとジャージを引っ張り出し声をかけた。

「エナジーゼリーあるから飲んで。服濡れてるから、先に着替えよう」

幸平は「ありがとう」と何度も繰り返し、躊躇《ためら》いなく進の体を持ち上げる。陽太は何も言わずに幸平へ着替えを差し出した。幸平は慣れた手つきで、しかし震える手で、弟の服を取り替える。

トレーナーは進には大きくて、その小さな体がすっぽり覆われる。陽太は進が着ていた服を洗濯かごの中に入れた。カッパを着ていたので、服はさほど濡れていない。くたびれたボトムのポケットに何か入っている。ソレを取り出し、ズボンに戻した後、陽太は弟を覗き込む幸平の横顔を見下ろした。

「……お父さんは？」

もう十時だ。こんな時間に、進を抱えて陽太を頼ってきた。他に頼る人はいないのだろうか。

「大丈夫。たぶん明日か明後日の夕方とかにかえってくるから」

帰ってくるから大丈夫、なのではなく、いないこと自体が大丈夫みたいな言い方だった。

陽太は冷蔵庫からエナジーゼリーを二つ取り出す。居間の真ん中が、幸平が座り込む場所を中心に濡れていた。幸平のシャツから滴《しずく》が絶え間なく落ちている。陽太は、意を決して訊ねた。

「じゃあ、お母さんは？」

「え？」

弟を見下ろしていた幸平が、こちらを見上げる。

視線がかち合った。幸平は、しかし、すぐに戸惑ったように目を逸らす。

「分かんない……」

陽太は思わず息を呑んだ。こちらを見上げたあの幸平の目が、驚くほど幼かったのだ。

進みたいな、ちっちゃい子の目をしていた。

「……これ、飲んで。薬も」

「ありがとう」

エナジーゼリーを二つ手渡す。幸平は味があるほうを選び、蓋を開けた。「進、あまいのあるよ。ゼリーのもっか」と声をかけている。進がまた、世界に兄しかいないみたいに、「にいちゃん」と囁《ささや》く。無表情だった幸平が、わずかに笑みを浮かべる。無理やり作ったような笑い方だった。

陽太は兄弟のやり取りをただ眺めている。

……タオルもゼリーも、進だけに渡したわけではない。着替えも幸平のためのつもりだった。でも幸平は迷いなく弟を着替えさせて、まだそこで濡れている。ソーセージだってそうだ。幸平は白いおにぎりを一つ食べるだけで、自分には分け与えない。

あの飴だって、先生は幸平に渡したのに。進のズボンから出てきたリンゴの飴は、幸平が食べるべきものだったのに。

幸平は進にゼリーを飲ませている。陽太は風邪薬の箱を取り出し錠剤を数え、水を用意してから、居間に座り込む幸平の前に膝をついた。薬を目にした幸平はまつ毛を震わせる。幸平の目の奥に安堵が浮かんでいるのを見ながら、陽太は告げた。

「コウちゃんも、熱あるよね？」

薬に視線を向けていた幸平が顔を上げる。その顔は真っ赤だ。あの変色した皮膚もより赤くなっている。さっき幸平の肩に触れて、陽太は心臓が飛び跳ねるほど驚いた。幸平の体が熱かったのだ。

雨に濡れて、汗の匂いがさらに増している。幸平はたまに、何日も洗っていないようなシャツを着ている。だからクラスメイトの輪に入ろうとせず、教室の隅にいるのかなと前々から思っていた。

「コウちゃんもゼリー食べて、薬飲んで」

「ううん、大丈夫。明日の進に飲ませる」

幸平はすぐに答えた。薬を大事そうに受け取り、また進に向き直る。

腕のシャツをたくしあげて、進が濡れないように裸の腕で彼の体を起こし、慣れたように薬を飲ませた。もうずっと昔から弟に尽くしているみたいだった。進が薬を飲み込んだのを確認すると、すぐに体を横たえさせてやる。進は苦しそうに呼吸しながら眠り始めた。

「でも、コウちゃんも熱がすごい」

幸平は答えずに進のそばであぐらをかき、手の甲で額を拭った。

「コウちゃん、薬飲んで。薬もゼリーもまだあるから。コウちゃんも食べて大丈夫だよ」

「なんで」

するといきなり、幸平は押し殺すような声を出した。

陽太は唇を引き締める。幸平は眉の辺りを手の甲で抑えた。

「なんで、こうなんだろう」

こんなに不安定な幸平の声を聞くのは初めてだった。

「おれは、薬も、もってない……ゼリーも、何ももってない。何もできない。進のために」

瞳が揺れている。ずっと目眩《めまい》がしているみたいな目だった。熱で涙腺が緩んでいるのか、幸平の目にみるみる涙が浮かんでいくのが見えた。弟だけを見つめる幸平を陽太は見つめている。

「進は、おれを助けてくれたのに」

熱で腫れぼったくなった唇を舐めた幸平は、「これから」と呟く。

「どうしようかなって、あの時、たくさん考えて。もう……いいや。痛いし、もうやめよう。あきらめようって思ったけど、でも」

あの時と言った幸平は、頬の火傷《やけど》の痕を触った。

「進がおれを呼ぶから、がんばれた。にいちゃんって呼んでくれるから、あきらめたらダメだって」

幸平は言って、「進」と囁《ささや》く。荒い呼吸に「おれは」と消え入りそうな声が混じる。

「おれは、進のために生まれてきたんだ」

涙の膜が張っていて、その目はキラキラと輝いていた。

よれよれのシャツの胸元から、顔と同じ火傷《やけど》の痕が肩から胸の辺りまで侵食しているのが見えた。白くなった丸い跡が、肩の下にいくつもついている。陽太は、聞きたいことが聞けない。いつもそうだ。でも聞かないから、幸平は近くにいてくれる。もし訊ねたらもう一緒に過ごしてくれないかもしれない。

だから言わない。けれど他にも言葉はある。

「薬は進の分もまだあるから大丈夫。進の着替えもあるから、コウちゃんも違うのに着替えて」

陽太は口調を強めた。すると幸平が無言で陽太を見つめる。

やがて幸平は小さく息を吐き、その瞬間に溜まった涙があふれ出た。幸平は首を傾げていたから、両目の右端から涙が伝っていた。

幸平は自分の腕で乱暴に涙を拭う。陽太は見ないふりをして、タンスから違う服を取り出す。幸平は自分の服を脱いだ。汗の匂いが充満するシャツは、進の服と違ってびっしょりと濡れていた。

幸平が進のそばから離れようとしないので、陽太も幸平のそばから離れなかった。

幸平は言われた通りゼリーと薬を飲んでくれた。それからすぐ、秋晴れの公園でそうだったように、予告もなく突如として横たわり、眠りに落ちた。

陽太は布団を引っ張り出して、まず先に進を横たえる。そのすぐ隣にも布団を敷き、幸平を眠らせる。幸平がそうしていたように、陽太もまた、眠る彼の近くに座り込んだ。

頭の中で反芻するのは、先ほどの誓いみたいな幸平の言葉だった。

幸平の心や体を動かすすべての原動力。

『おれは、進のために生まれてきたんだ』

それを聴いて、陽太は天命を知るみたいに思った。

――おれは、コウちゃんに出会うためにこの街へ来たんだ。

「コウちゃん」

呼びかけるが、反応はない。それでも陽太は届かない声を繰り返した。


目が覚めたのは午前五時過ぎだった。スミレからは《ごめん、今日行けそうにない》と連絡が入っていた。

オンボロな平屋には二つの部屋があって、一つは幸平と進が眠り、もう一つの部屋で陽太は床で寝ていた。昨晩、陽太が眠る頃には二人とも落ち着いて眠っていたがもう大丈夫だろうか。陽太は風邪なんか一晩寝ていれば治るものだけど、二人は普通の子と違って細っこい。心配になって覗くと、片方の布団が空になっていた。幸平の姿がないので陽太も部屋を出た。

きっとアパートに戻っているんだ。確信して向かうも、陽太は案外すぐに幸平の姿を見つけた。

「コウちゃん」

「……陽太君」

幸平はアパートの外階段の下に座り込んでいる。

以前から置いてある謎の箱にもたれかかってこちらを見上げた幸平は、笑って言った。

「雨止んだね。まだ暗いけど、雲もない。今日は晴れるよ」

陽太は数秒立ち止まったが、地を蹴って軽い足取りで駆け寄った。

「うん。晴れるって言ってた」

「誰が？」

「イイジマさん。お天気の人。あと今日はイチイチイチの日なんだって」

「なにそれ？」

「十一月十一日。昨日言ってた。明日は晴天でしょうって」

両手の人差し指を立てて笑いかけると、幸平も微笑んでくれる。二人でまだ暗い朝の下、隠れるように座り込んでいた。

「もう熱はないの？」

「あんまり分かんない。体温計あるかなって取りにかえったんだけど、なかった」

二人は誰もいないのに、内緒話をするように話していた。聞くか迷ったけれど、どうしても気になったので、「部屋、誰もいなかった？」と問いかける。幸平は、ふにゃりと笑って「うん」と頷いた。

「そっか……進はまだ寝てるよ」

「うん。起きる前にかえろ」

「起きる時とか、分かるの？」

「なんとなく」

不思議だけど、不思議と信じられる。陽太は感心して呟いた。

「すごいね。きっとコウちゃんは、進とつながってるんだ」

幸平は「え？」と首を傾げた。陽太は言い迷いつつも、身振り手振りで説明する。

「コウちゃんはさ、進のこと全部わかってるみたい。おれは弟とかいねぇから分かんないけど、兄弟ってそうなのかな」

「……陽太君もそうだよ」

すると幸平は囁《ささや》いた。三角座りをした膝にこてんと頬を乗せて、陽太へふわっと笑いかける。

「会いたいって思ったら、会いにきてくれた」

幸平は、本当に嬉しそうに目を細めていた。

「すごいね。陽太君も、おれとつながってるのかな」

綺麗な目が陽太を見つめている。小さな囁《ささや》き声の、この世の誰にも見つからない二人だけの会話。

「助けてって思ったら、陽太君が助けてくれた。前もそうだった」

幸平が視線だけで箱を振り返る。その中には以前、夕暮れに包まれながら作った秘密兵器がある。

視線を陽太へ戻し、「きっとずっとそうだよ」と目を細めている。陽太はまるで見惚《みと》れてしまったみたいに幸平を見つめていたけれど、それを幸平は困っているのかと勘違いしたらしく、恥ずかしそうにした。我に返った陽太は慌てて「うん。助けにいく」と答える。

幸平は小さく歯を見せて、無邪気な笑顔を見せた。

「でも次は、二人で倒すんだっけ。陽太君と作ったこの秘密兵器で」

「うん。でもコウちゃんさ、中田と仲直りしたの？　中田がコウちゃんのこと黒崎って呼んでた」

「あぁ。なんかね、この間絵描く授業で席順で中田君と一緒になったからかな。中田君のエクボ、いいねって言ったら、黒崎って呼ぶようになった」

「えーっ、友達になってんじゃん！」

幸平は嬉しそうだった。だから陽太も、途端に嬉しくなってしまう。

いつの間にか、東の空にかかっていた黒いベールが溶け始めている。あまりに静かに世界は変わっていく。幸平が箱に寄りかかった。「陽太君」と幸平の声が空の片隅へ密かに響く。

「おれたち、幸せになりたいね」

「しあわせ？」

「うん。幸せな家族になりたい」

幸平はゆったり瞼《まぶた》を閉じる。眠いのか声色もとろっとしていた。

陽太は小さく問いかけた。

「幸せな家族って何？」

「うーん……公園でさ、シート広げて、お弁当食べる家族」

「あぁ。クリスマスでケーキ食べる人たち？」

「プレゼントもある。陽太君の家、サンタきたことある？」

「えっ、ないよ」

「そっか。あれって、お父さんがサンタになってるんだって」

意味がわからない。でも、想像すると面白くて、陽太は軽やかに笑った。

「なれるよ。コウちゃんは将来、幸せな家族を作るんだ」

陽太も幸平も知らないから、それは絵本とかドラマとか、一枚挟んだ越しの幻想の世界だけれど。

「コウちゃんは優しいから、すげぇ良いお父さんになると思う。コウちゃん頭良いし、きっとモテるし、出世するし、プレゼントなんてなんでも買ってあげられるお父さんになる」

幻を掴み取るのは幸平だ。言いきると、幸平は屈託なく笑った。

「おれ、出世すんの？　あはは……陽太君は？」

「おれはダメだよ、バカだし」

「そんなことないよー」

「コウちゃんはさ、先生みたいな優しい人と結婚すんの」

「それ、いいねぇ」

傍目から見ても、幸平が先生を好きなのはわかった。それは恋とかではないかもしれないが、「パンをもらった」と語った幸平の目は、先生を信頼しているようだった。

「それでさ、庭のある家に住む。庭にはブランコがある。犬もいる。猫とか、シカも。で、クリスマスはコウちゃんがサンタになる。なんでサンタになる必要があんのかおれには分かんないけど」

「あはは。シカもかぁ」

「コウちゃんは子供が五人いるからプレゼントが大変だね」

「それは大変かも」

「進も遊びに来て、コウちゃんの子供と遊ぶ。全員、元気いっぱい。全員、プレゼントを貰える。みんなに羨ましがられる家になるんだよ」

「そっかぁ……」

まだ暗い夜明け前に幸平を見つけた時、一番に思ったのは、『生きてる？』だった。階段下に蹲《うずくま》っていた幸平が微動だにしなかったから。

今、すべての気力を使い切ったみたいに座り込んでいた幸平が未来の話をすればするほど、明るくなっていくのが分かる。まるで熱を放たれたみたいに、その頬には血色が戻り、瞳も煌《きら》めいていく。

すべての色を混ぜこぜにしたみたいな、深い紺色の東空に赤が放たれている。いつの間にか東空は真っ赤な炎が一面に広がっていて、赤と紺の縁は、黄色く煌《きら》めき始めていた。

幸平は夢見るように呟いた。

「欲しい物全部あげたいな」

そうして安心したように目を閉じる。陽太は色の違う二つの頬を眺めながら確信している。

——コウちゃんならできる。

できる。プレゼントも与えられるし、なんの危険もない安全な家を作れる。進も子供も、みんなが笑える、絵本みたいな、普通みたいな未来が、必ず幸平に訪れる。

空が青く透き通って、祝福の光に満ち始めた。平和な空が、この地にも訪れようとしているのだ。

陽太は幸平の小さな顔を見つめる。心は、確信に満ちあふれていた。

——きっとできる。必ずやってくる。

中学生になる頃には、幸平は黒崎幸平ではなく、森良幸平になっていた。

小学校の途中で、幸平のクラスの担任教師が幸平の父親に殴られた。それにより父親はアパートからいなくなり、幸平達は保護されて、お母さんが迎えに来てくれたらしい。近所の噂話では、お母さんは幸平達の居場所を知らずずっと探していたのだと聞いた。陽太にはよく分からなかった。幸平はいつも自分のことを語らない。陽太も大事なことを訊かない。

「修学旅行って、みんなでお風呂入らなきゃだめなのかなぁ」

授業を終えて二人で下校していると、幸平がいきなり呟いた。幸平の制服は彼には少し大きく、中学に入学して一年以上経った今も変わらない。対して陽太は二年生になると、ぐんっと背が伸びた。もう百七十センチは優に超えていて、制服は小さいほどだ。

最近、日差しがより強くなっていた。日陰のある道を選ぶが、太陽が高すぎるせいで道に影はほとんどない。できる限り陰になるほうを幸平に歩かせながら、陽太は「あー」と唸った。

「俺だけだよね。お風呂入れないの」

「コウちゃんだけじゃないよ。温泉とか入れない人って、元気な人でもいる。やくざとか」

「えっ⁉」

「刺青《いれずみ》たくさん入ってると入れないんだって」

目を丸くした幸平は、次には「あははは」と声を出して笑い始めた。

「俺、怖い人達とお揃いなんだ」

「お揃いって言い方合ってる？」

「なんか、いいね。頼もしい」

変なの。何が楽しいのか、幸平はにこにこしていた。

幸平は、森良幸平になってからはよく笑うようになった。相変わらず教室では端のほうにいるが、陽太と二人でいると幸平は元気が良い。その顔の傷さえなければ、幸平も隅に隠れるように過ごしていなかったかもしれない。

中学に入学した当初に、幸平は噂になった。別の小学校から来た同級生達は幸平の顔の傷に慣れていなくて、陽太のいない間に幸平へ傷の理由を問い詰めたようだ。幸平は何も言わなかったけれど、落ち込んでいるのは雰囲気で容易に読み取れた。

……余計なことを。そう思い、陽太は幸平を追い詰めた同級生をすぐに追い詰めたが、加減を間違えたらしい。例の男子生徒らは陽太ただ一人が相手なのに泣き出してしまって、少しだけ問題になった。

スミレは『お前の恫喝《どうかつ》は俺仕込みだから、子供相手にやるもんじゃねぇよ』と笑っていたが、陽太としては恫喝《どうかつ》とは思っていない。警告だ。コウちゃんに余計なことを言うな、という。

「大丈夫。コウちゃんが入んないなら俺も入んない。そうだ、刺青《いれずみ》たくさん入れよっかな」

「えーっ。あはははは」

幸平はまた楽しげに笑う。

一度だけ、スミレと幸平が出くわした日を思い出した。小四の時だから、もうずっと前だ。公園で遊んでいると、早い時間から我が家を訪れたスミレが買い物帰りに公園を通りかかった。

『砂遊びか？』と笑いながら近寄ってくる彫り師のスミレには、首から足の先まで刺青《いれずみ》がたくさん描かれていて、その上、体も大きい。スミレはすると幸平を見下ろし、大きな手で幸平の小さな頭を撫でて『陽太をよろしくな』と言った。

颯爽と去っていったスミレの背中を、幸平はずっと見つめていた。

『大きい。かっこいいね』

呟いた幸平の目が珍しく煌《きら》めきにあふれていた。憧れ、みたいなものを彼の瞳から感じ取る。

陽太はその瞬間、背中が燃えるように熱くなった。

焦燥に襲われたのをまだ覚えている。自分でもよく分からないが、やばい、と思った。もう二度と、スミレと会わせたくないな、とも。

なんにせよ、幸平がスミレみたいな男を好きなのは確かだ。未だ隣で「じゃあ俺、刺青《いれずみ》の人達とお風呂入りたいな」と冗談なのか本気なのか笑う姿を、陽太は自分の真《ま》っ新《さら》な腕を見下ろしながら聞いている。すると、いきなり後ろから声がした。

「幸平先輩っ！」

振り返ると、同じ制服を着た少年が駆け寄ってくるところだった。隣の幸平が、「室井君」と呟き立ち止まる。後輩である一年の室井は幸平目がけて走ってくると、遅れて陽太へ目を向けた。

「あ、溝口先輩か。こんにちは」

つまらなそうにそう言い、すぐに「幸平先輩、あの、畑、畑見ました!?」と幸平へ笑顔を向けた。

「猫がいましたよ。野良猫です！　係の人達で餌とかあげようって話してるんです。先生に相談したらご飯用意してくれるって。今なら猫まだいますよ。見に戻りません？」

幸平は明るく「いいね」と頷き、「陽太君も見に行こう」となんの疑いもなく笑顔を向けてくる。

陽太は少しの沈黙の後、「二人で行ってきて。俺、用事あるから」とにこやかに告げた。

不思議そうに首を傾げた幸平だが、すかさず室井が「幸平先輩、行きましょう」と笑みを浮かべる。その妙な間に気付かない幸平はまだ不思議そうな顔をしていたが、「じゃあ、また明日」と陽太へ手を振り、学校へ戻っていく。

陽太はその場に立ち尽くし、なんだろうこれ、と呟いた。

最近、室井と幸平が話していると、陽太はやけに焦って心が重くなるのを感じていた。

あの二人が共にいるのを見たくない……俺は『コウちゃん』なのにあいつは『幸平』と呼んでるし。と、遅れて、幸平を学校へ向かわせるのではなく、理由を付けて一緒に帰らせればよかったのだと気付いた。

モヤモヤ、うずうず。気になって仕方なくなり、陽太も学校へ戻ろうか考えたが、やめた。後ろ髪を引かれる思いで通学路を歩く。

たった今さっきの会話を思い出してみる。幸平は修学旅行を迷っていた。笑って言っていたけれど、きっと体の傷は幸平にとってかなりの負担で制約を齎《もたら》している。陽太が初めてきちんと、彼の体に残る夥《おびただ》しい傷跡を見たのは、以前に幸平と進が風邪を引いて陽太の家にやってきた時だ。

あの体は、衝撃的だった。

『なんでスミレは彫り師になったわけ？』

不意に脳裏を過《よぎ》るのは、ついこの間の会話だ。

スミレは近頃、頻繁に我が家へやってくる。母の体調が日に日に悪くなっているからだ。陽太もまた、中学に上がったあたりから彼女の世話をするため、たびたび学校を休んでいる。

「そんなことを真剣に聞いてくる年になったとはな」

スミレは目を細めて言った。それから、優しい目をして、少しだけ教えてくれる。

「俺が初めてタトゥーを見たのは、日本じゃない。海外の、かなりいい年の爺さんだった。戦地で捕虜の証として入れられていた墨の上に、新しい絵を描いたんだとよ」

スミレは次に、己の足を指差して「俺が初めて彫りを入れた男は、ここんとこにでっかい手術痕があった」と言った。

「十八の男だった。あれからアイツは真っすぐ立つようになった。背筋がピンと張ってさ。ファッションで入れるやつもいる。銭湯に入れなくなるとか、日本じゃ偏見はあるけど、偏見だってたまにはいいもんだぜ。アミが入れたのだってそのためだ。触られなくなったからな」

アミは陽太の母のことだ。確かに腕にタトゥーが入っている。母は弱い自分を危険な人間に見せるため、わざと入れたらしい。

幸平はたぶん一生、人前で自分の体を晒さないのだと思う。そして温泉に入れないのは、クラスの中で幸平だけだ。幸平の周りに仲間はいない。幸平にとっての仲間はむしろ、銭湯に入れない人達。

考えれば考えるほど、怒りみたいなものが湧いてくる。

どうして幸平だけいつも違うのか。少しでも同じになりたい。今日も繰り返しそう自問自答しつつ、室井に幸平を連れていかれた陽太は一人で自宅付近まで帰ってくる。ぼうっとしていて、初めは気付くのに遅れた。

そして、ソレを見た瞬間、心臓が止まる思いになった。

「……あ」

幸平のアパート。階段のそばに、あいつがいる。あいつだ。幸平の、父親。

体が動かず硬直していると、向こうが陽太に気付いた。最初は睨みつけてきたが、何か閃いた目をしてこちらに近寄ってくる。初めて、目の前からその男を見た気がする。

あ、だめだ。と思った。違う。全然違う。普通じゃない。

目つきや歩き方が変だ。「おい」と呼びかけられると頭が真っ白になった。空洞みたいな黒い目に見つめられ、陽太は、あぁ、と思った。これを幸平は見てきたのか。これを見上げてきたのか。

「何してんだよ。陽太に何の用だ」

その時後ろから怒鳴り声がした。

聞き慣れた声で、呪いが解けたみたいに体が動くようになる。振り返ると、大男が立っていた。

「スミレ……」

「さっきからこの辺うろうろしてっけどさ」

スミレは幸平の父親を睨みつけ、そいつはスミレを見ると明らかに怯《ひる》んだ目をした。スミレの腕や首をたった一瞬見ただけだ。グッと何かを呑み込む顔をして一歩後ずさり、「ウルセェよ」と吐き捨てて、すぐに背を向けてあっという間に去っていってしまった。

隣のスミレが「なんだあいつ」と舌打ちして、片眉を上げた。

「あいつさ、もしかしてお前の親友の――」

「俺にも入れて」

陽太は自然と口にしていた。

スミレは少しだけ目を丸くして、陽太を見下ろす。陽太は繰り返した。

「俺にも入れて。それ。タトゥー、俺にも必要だから」

スミレは唖然としていた。すぐ近くの道を、親子連れが明るい笑い声を撒《ま》き散らしながら通り過ぎていく。父親と母親の間で、小さな男の子が無邪気に笑っていた。二人に守られた少年にはなんの脅威も迫らない。陽太は「スミレ、俺もそれが欲しい」と切迫した口調で告げた。

「俺がふざけて言ってるんじゃないって、スミレには分かるよな」

薄く口を開いていたスミレが、静かに唇を引き結び、あの男が立ち去った方角へ視線を向ける。

やがて無言で頷き、静かに呟いた。

「……お前はいつも、本気だよ」


この街に越してきて六年以上が経つ。今となってみると六年前より昔の記憶は曖昧《あいまい》だった。幸平と出会ってからの時間だけを覚えている。幸平に話しかけた瞬間に、人生が始まったみたいだ。

幸平はあの父親が家から出ていってからも引っ越さなかった。いつだって彼の家は複雑なので理由は分からない。そのおかげで同じ中学に通えているので嬉しいけれど、最近はなんだかうまくいかない。

　幸平と前みたいに無邪気に話せなくなっている。前よりも明るくなった幸平の笑顔を前にすると言葉が出にくくなって、言いようのない感情が胸に広がり、「うん」とか「そっか」とか、曖昧《あいまい》な言葉しか返せない。嫌だった。変だ。こんな感情、小学校の頃はなかったのに。

　以前、陽太は『陽太の感情が希薄なのは、あいつが原因だ』とスミレに言われたことがある。今とは真逆だ。当時の陽太は意味が分からず首を捻るだけだったが、今にして思えば『あいつ』が指すのは父親なんだろうと察する。

　陽太がこの街に越してきたのは、両親の離婚が原因だった。幸平と出会う前の記憶は曖昧《あいまい》で、父の記憶も薄れている。薄れたことに、悲しみも切なさもなく、どうでもいい。

　陽太が考えているのは幸平と、あのオンボロな平屋に二人きりで生活する母のことばかりだ。母は持病がある体の弱い人で、たまに体調が良い日は共に出かけることもある。しかし一言も発さないほど俯《うつむ》いている日だってあった。

　寝込む母を眺めるたびに思い出すのは、陽太と幸平、進と母の四人で、我が家で昼食を食べた日々だ。子供の頃は夏休みになると、「コウちゃん達連れておいで」と言って、四人で焼きそばを食べたりした。

　……母さん。治るのかなと、日中はいつも気が気じゃない。何かに落ち込んで寝込んでいるだけならまだいいけれど、年に何回か、学校から帰宅すると食器が粉々に割れていたりする。母のことが心配なので、部活には入らず早めに帰るようにしていた。

今の生活費はスミレと、母と仲の良い『謎おっさん』と陽太は呼んでいる男が出してくれている。でもよく考えると不思議だ。そもそも、なぜ……

「なんで母さんって、父さんと離婚したんだろ」

スミレが経営するタトゥースタジオは家から徒歩十分だ。スタジオの二階にはスミレが住んでいて、陽太が入れるタトゥーの話をするため、たまに寄る。煙草をふかしながらスミレは首を傾げた。

「知らねぇの？」

「スミレは知ってんの？」

「一応は、妹だぞ」

スミレ曰《いわ》く「かなり一応」らしい。血が繋がっているとかいないとか、本当は他人で兄妹のふりをしているだとか。スミレは苦虫を噛み潰したような顔をした。

「浮気だよ。不倫不倫不倫不倫」

スミレは長くなった髪をゴムで纏《まと》め上げた。暑さが鬱陶しいのか、はたまた不倫が許せないのか、鬼みたいな顔をしていた。

「最悪だよ畜生。殺してやりてぇわ」

意外だった。自分の母ではあるが綺麗な人なのに、それでも、浮気されるなんて変なの……あ、そうだ。俺もいるんだった。子供もいるのに不倫か。大人って、そういうものなのかな。

頭に幸平の姿が思い浮かぶ。……好きな人と結婚して幸せになれて、どうして浮気なんかできるのだろう。本当に愛する人と一緒になれたなら、その人以外へ心を向けるなど、陽太は考えられない。

もしも一緒になれたなら……。そう考えていると、スミレは低い声で告げた。

「しかも相手、男だしな」

「……え？」

思考が止まり、言葉だけ体外にこぼれる。陽太は目を見開いてスミレを見つめた。

スミレはまだ怒りが収まらないようだ。腸《はらわた》が煮えくり返った様子で、煙草を噛み潰す。

「俺も詳しくは知らねぇけど、あの男の不倫相手、男だったんだよ。クソ野郎どもが……」

スミレは怒りを流すために深く息を吐いた。鋭い視線をこちらに寄越し、「かなりくるだろ。こうさ。俺は頭にくるけど、アミは精神にきた」と告げる。

陽太は思わず黙り込んだ。

「相手はお堅い教師だったかその辺で、あっという間に噂が広がっちまって、だからガキのお前ひっ連れて俺ん家の近くに引っ越してきたんだぜ。ふざけやがって」

スミレは薄暗い表情で、独り言みたいに呟いた。

「アミが死んだらあいつのせいだ」

スミレは激情型の男だ。きっと心の底では母の病気と父の不倫は関係ないと分かっていても、何か理由を見つけないと気が済まない。でも、本当に関係ないのだろうか。

「許さねぇ。陽太はそんな男になるんじゃねぇぞ。おい、聞いてんのか」

「あ、うん」

関係が、ないのだろうか。

「ならないよ……」

陽太は静かに頷いた。一度は浅く。二度目は深く頷く。

ならない。母さんを傷つけるようなことを、俺がするはずない……

その夜、夢を見た。

幸平がダボダボの制服を着ている。ブレザーを羽織っているが、なぜか下は裸だった。幸平が陽太の名前を呼ぶ。座り込む陽太に近づいて首に腕を回してくる。ぴたりと密着して首に鼻先を擦り付けてきた。

陽太は幸平を引き剥がせない。これは夢だと途中で気付いたのに、どうしても終わらなかった。

幸平が陽太の胸を触る。だんだん手は下がって、陽太の下のほうを弄《いじ》り始めた。上目遣いで幸平が見上げてくる。艶《つや》めいた唇で、また呼んだ。……陽太君、と。

「っ！」

目を覚ますと股間に違和感を覚えた。それの正体を知っている。陽太は掠《かす》れた吐息と共に呟いた。

「……ならないって」

ならない、はずだったのに。ほんと、今更すぎる。陽太はこんなことで自覚してしまった。自分が抱く幸平への想いが、友情だけではないことを。

一番は、怖かった。この感情が幸平に知られること。いずれ母や、スミレにバレてしまうこと。この感情が知らない間に漏れ出ていたのではないかと、過去の自分の行動が怖くなる。

『アミが死んだらあいつのせいだ』

母さんが死んだら俺のせいだ。これ以上母を、追い詰めるわけにはいかない。

そう誓った陽太は夏休みに入るまで、極力幸平と距離を置くことにした。幸平のいない生活などしたことがなかったので不安でいっぱいだったけれど、クラスが違うことは思いの外利点でもあった。

むしろ、自分が今までどれだけ積極的に幸平に会いに行っていたかを自覚する。部活動が一緒でもないし、一年でクラスが被っていたわけでもない。ただ家が近いという理由だけで幸平とばかり遊んでいるなんて、きっと変に思われていたに違いない。

考えてみると、よく噂されていた。『溝口君、なんで森良君と仲良いんだろう』と。室井が言っていたように『タイプが違う』らしいのに共にいることを疑問に思われていた。邪《よこしま》な感情が露わになってしまうのは時間の問題だったのだ。

まだ、取り返しがつくかもしれない。きっとこの感情は間違いに違いない。もっと違う人達と関われれば、勘違いだったと気付けるはず。

そうして幸平を避けたまま、夏休みに突入した。

スミレの店は繁華街の裏手にある。夏休みの間入り浸るようになると、隣の料理屋に中学の先輩達が頻繁に訪れていることを知った。彼らはなぜか陽太の存在を知っていて、特に女子の派手な先輩から「溝口君じゃん」と絡まれた。

そうだよ。こうやっていろんな人と過ごせば、気の迷いだったと分かる。今までの陽太の生活にはあまりにも幸平しかいなかった。視野を広げれば、この感情も間違いだったと気付けるから。

だから大丈夫。俺は大丈夫。俺は、そうはならない――

「――あ？　それ、誰」

夏休み明けも、料理屋で集まっていた先輩達とつるむようになった。温和で性格の良い先輩も、攻撃的な先輩もいた。攻撃的ではあるけれど、タトゥーを入れる陽太に「痛くねぇの？　大したもんじゃん」と笑うところは好きだった。身内には気の良い男ではあるが、外の人間に対しては排他的な人だ。そんな先輩の前で、幸平が話しかけてきてしまった。

夏休みの間もずっと避けていたのに、幸平は「陽太君」と笑ってくれる。久しぶりに目にした幸平を前に、胸がはち切れそうになる。どうしよう、と思った。何を返せば良いのかまったく分からない。「戸惑う陽太の背後に、先輩はいた。

「何こいつ」と冷めた視線で幸平を見下ろす先輩を「関係ないっすよ」ととっさに遠ざけようとしたが無駄だった。幸平の頬を見つけた途端、先輩の目の色が変わり、好奇の一色に染まる。

あ、やばい。幸平を遠ざける前に彼は言った。

「なんか、君さぁ……顔キモくね？」

幸平の瞳が震える。一気に光をなくして、恐怖と困惑で充溢《じゅういつ》する。先輩は嘲笑《あざわら》いながら言った。

「何それ、どうなってんの？　なんでお前なんかが、陽太に話しかけ――」

一瞬で陽太の頭に血が上った。

幸平の傷ついた表情の次に陽太が見たのは、目の前で倒れた先輩の姿だった。頬を殴打された彼は地べたに座り込んでいる。

「……行って」

吐き出した声は、怒りと焦燥と混乱が混ぜこぜになって、黒く沈んでいる。

幸平の「……陽太君」という小さな声が蝉の鳴き声にまみれながらも耳に届く。その声は、泣きたいほどに胸を締めつけた。

「さっさと行けよ」

ここに幸平はいてはいけない。陽太はそう思いながら幸平を睨みつける。

幸平は迷っていたが、さらに強く言うと、戸惑いながらもその場を去った。

暴力に慣れた人間など案外いなくて先輩は陽太を恐れた。怯《おび》えた瞳を静かに眺め下ろし、やはり違うんだと確信する。俺は普通じゃない。俺は頭がおかしい。イカれてる。俺の体には最低な血が廻っている。だから、男の幼馴染《おさななじみ》に恋なんかする。

――だから……コウちゃんに、あんな顔をさせてしまうんだ。

蝉の鳴き声がうるさくて、世界が眩《くら》む。つんざくような音が体の内側に入り込み、どこまでも追い詰めてくるようで吐き気がした。

――コウちゃんを傷つけて、コウちゃんに恋をして、俺はやっぱりイカれてる。

頭の中で反響する己の声の冷酷さに、陽太は心を抉《えぐ》られた。

――コウちゃんのそばにいる勇気がない。

母の看護のために日中を家で過ごすと、たびたびあの男——幸平の父親がアパート付近にやってくるのが見えた。

見かけるとすぐに陽太は外へ出ていく。初めて追い返したのは、左腕にタトゥーを入れた後だった。陽太の腕を見ると、奴は戸惑った顔をした。舌打ちをして去っていく姿を見た時、そうか、と理解した。ああいう奴は、女の人や子供とか、か弱そうに見える人だけに強く出るのだ。

幸平の父親を見かけても、幸平とは会っていない。彼は修学旅行へ行かなかったらしい。本当は行く前から知っていた。陽太と同じだからだ。母の体調を理由に修学旅行へ行けない旨を伝えると、先生は、同じように欠席するのは陽太だけでないことを教えてくれた。

幸平と陽太はあの何百人もいる中学で、二人だけが同じだった。でも本当は同じではない。体に傷がついた時の痛みは、自分なんかよりよっぽど幸平のほうが痛かったはずだ。

修学旅行の日程の間、幸平が部屋にいるかは分からなかったけれど、陽太はずっとあのアパートを見守っていた。敵が来たら守りに行けるように。幸平が気付くより早く撃退するために。幸平は何も知らなくていい。幸平は戦わなくていい。次こそ、必ず倒してやる。そう思っていた。

でも、もう幸平の父親は姿を見せなくなっていた。

どうしてかは分からない。陽太はもう、幸平に訊ねることなどできない距離にいたから。

中学三年に上がると、母は手術に成功した。手術費用は、以前から母に懸想《けそう》していた謎おっさんが出してくれた。ついにおっさんの片思いは成就し、母とは事実婚関係になった。おっさんといっても母と同年代で、よく笑う母と違って生真面目な資産家の男だった。母の手術前、おっさんは不安なのか終始青ざめていて、母は呑気に笑う。彼女曰《いわ》く、素直になってからは楽、らしい。

素直になると楽なのだろうか。陽太には分からない。

四月の中旬だった。幸平と距離を置くようになって、八ヶ月近くが経っている。

去年までは高校に進学する気など露ほどもなく、当然のように働くつもりだったが、新しい父がやってきて状況が一変した。

父は、母や陽太との生活を築くのに金を惜しまなかった。高校に通ったことがない母は進学を推奨する。陽太に後悔をしてほしくないみたいだった。

いきなり選択肢が増えると戸惑うもので、陽太はどうしたらいいのか、葉桜の植わる裏庭を見下ろしながら考えている。予告もなく試合に立たされた気分だった。観客席でビールを売る仕事をしていたのに、突如としてマウンドに駆り出されたような。バットを握ってもいいし、ボールを投げてもいい。選択肢が用意されている。でも陽太はそのグラウンドで一人だった。

思い出すのは、子供の頃、幸平と二人で作った秘密兵器だ。

『俺達はチームだから』

より強大な敵を倒すために作った武器。サッカーボールを給食着袋に詰めて、二人だけの内緒の武器を作った。俺達は二人で一つ。今は負けているけど二点取れば逆転する。チームだから二人で協力する。サッカーなのか野球なのか曖昧《あいまい》な台詞だったけれど、二人で笑い合っていた。

三年になった今はもう美化委員ではないから花壇の仕事はない。陽太はこうして、遠くから裏庭を眺めるだけだ。今日の放課後は、花壇に幸平の姿は見えなかった。もう帰ったのかな。進といるのかな。それとも……誰か友達や、彼女、みたいな子ができたのかな。

根無し草のような気分で校舎をふらりと巡る。学校に通っていない日も勉強は続けていた。なぜか同級生達には学校を休んで遊んでいたと思われている。

思い立って、自習室へ足を向けた。この中学の自習室はかなり不人気で滅多に人がいない。二階の端っこにあるせいで日当たりが良すぎることで有名だ。空調が甘いので、晴れた日には暖かくなりすぎる。

静かに扉を開けると、中に人がいた。その姿を視界に入れて、陽太は目を見開く。

——コウちゃん。

陽光で満たされた室内には、幸平一人だけがいた。

日差しが強く差し込んでいる。空気中の塵に光が宿り、キラキラと輝いている。その細やかな煌《きら》めきの向こうに、幸平の横顔が見えた。

新しい客人に幸平はちっとも気付いていなかった。小さな唇をキュッと引き締めている。左頬が見えた。変色した色もここでは白く見えた。それがどんな色であれ、本当はなんだっていいのだ。

幸平の色は変わらないから。

陽太はその横顔に見惚《みと》れていた。とても綺麗だった。

——……うん。好きだな。

視界が潤むのを感じた。どうしたって幸平が好きだ。陽太はこっそり扉を閉めて、その場を後にした。淡い光の中に見た幸平の姿が、幻影のように陽太の脳裏に浮かぶ。こんなの普通じゃないって分かっている。普通じゃない。普通じゃない普通じゃないこんなの、異常だ。

でも好きだった。

何ヶ月も話していなくても陽太が考えているのは幸平のことばかり。酷いことを言って突き放して、幸平には嫌われてしまっただろうけれど、遠くからでも見ていたい。

どうしても離れたくない。その晩、陽太は、母に「高校へ進学したい」と話した。

「受験したい。金とか、かかると思うけど」

「もちろんいいよ！　お金なんか、そんなの、平気だよ。お金しかないんだからっ」

父となったおじさんは隣で朗らかに頷いた。母は「勉強生活だぁ」と明るく笑う。おじさんは、受験に必要な費用は協力すると言ってくれた。陽太は二人に頭を下げながら、心の中で呟いた。

……ごめん。母さん。

「いいよいいよ、がんばってね」

何も知らない母は嬉しそうに笑った。陽太は高校へ進学すると決めた理由を口にしなかったし、二人は陽太が突然進路を変えた理由を聞かないでくれた。本当のことはいつだって言えない。邪《よこしま》な感情が母を傷つけるものだとも分かっている。

それでも、幸平と離れたくなかった。

受験が終わり無事幸平と同じ高校に合格すると、スミレの店の常連客でもある友人に都内にある某クラブのイベントへ連れていかれた。そこで出会ったのが関謙人だった。

酔った客が女性をトイレに連れ込もうとしていたので、陽太はひとまず手頃な酒瓶を男の頭に振り下ろした。その場に居合わせていた謙人に、「学校に言ったら容赦しねぇぞ」と脅したところ、「えっ、なんで？　感謝状ものなのに」と本気で驚いた顔で返されたのが交友のきっかけだ。

それから一年半が経つ今、謙人は学校で一番共に時間を過ごす友人となった。放課後、教室の窓際近くの席で駄弁《だべ》っているとクラスメイトはいなくなり謙人と二人きりになる。陽太は早速彼の話題を口にした。

「そういえば昨日、コウちゃんと少し話した」

「え？　やったじゃん」

クラブで共にいたスミレの友人が謙人へベラベラと「君の学校に噂の『コウちゃん』いんの？」と暴露したことにより、陽太の恋心は初めからバレている。学校でも謙人と二人になると話題は幸平ばかりだ。

「すげぇよな……あー」と改めて昨日の放課後を思い浮かべて呟くと、「なんで？　どこで？」と問いかけてくる。陽太は幸平がバイトで働いているブックカフェでの一部始終を話した。

「コウちゃんがレジしてて、小銭落としたんだよ。『ごめん』って言われたから、『いいよ』って返した。ビビったし焦ったけど……良かった。あー。また小銭落とさねぇかな」

「……それで？」

陽太は「それでって？」と眉根を寄せる。謙人は「まさか終わりか？」と驚愕した。

「そりゃそうだろ」

「ゴミかよ。夏休みも結局遊び誘えなかったんだろ？」

「そうだけど。でもいつもは値段言ってお釣り受け取るだけなんだぞ。昨日は違った」

「あーはいはい、お前がわざと高額出して、できる限り時間稼ぐやつな」

校内で陽太の進学の理由を知っているのは謙人一人だけだ。一年では謙人とクラスは別だったが、二年になって同じクラスとなった。出会いも出会いだから、すっかり気の置けない友人となっている。

「もっと通えよ。もっと小銭落としてもらえよ。もっとバイト先行けばいいのに」

「謙人お前何言ってんの？　普通に考えて、知り合いが仕事先に頻繁に来るの嫌すぎるだろ」

「……え、もしかしていきなり正論？　俺は論破されたのか？」

幸平は高校に入学してすぐ、地元駅のブックカフェでバイトを始めた。偶然それを知った陽太は、自然な風を装って、一ヶ月に一度ほど店へ足を運んでいる。店に入らず外から様子を眺めている日もあり、謙人には『溝口陽太のキモルーティンで紹介動画撮ろうぜ』と揶揄《からか》われている。

初期のほうは、会計の際に幸平がタイミング悪く奥に引っ込んだりして会話を交わすこともできなかったが、近頃は彼が対応してくれることも多い。会計でのやり取りももちろん『会話』の範囲に入る。

「発想がストーカーすぎる」

「言葉を交わしたら会話だろ」

「そうだけど……つうか、ごめんって言われて『いいよ』って何？　もっと何か言いようなかったのか？　ほら。『大丈夫だよ。コウちゃん相変わらずおっちょこちょいで可愛いね大好き』とか」

「コウちゃんはおっちょこちょいじゃねぇし、コウちゃんって呼ぶな」

謙人は本気で嫌そうな顔をして、「ビビリが何か言ってるわ……」と小さく言い添えた。

確かに返し方は変かもしれない。陽太はいつも、幸平が申し訳なさそうな顔をしたり悲しんだりするとすぐに「いいよ」と返してしまう癖がある。どうしても、幸平の悲しげな顔は胸が痛むのだ。

不意を突かれるとそれはより顕著になって、まだこの癖は生きていたのかと改めて実感した。

「でもさ、二年もクラス離れてお花係にもなれなかったんだから、もっと積極的になんねぇと」

「……まさかお花係希望があんな多いと思わなかったわ」

「あれは俺も意外だった。まじでなんで？　お前、じゃんけんクソほど弱ぇし」

「気付いたんだけど、俺グーしか出せねぇかも。焦るとグー出して終わってる」

「アホの子じゃん」

謙人は両手を挙げると、拳を握り、踊るみたいに上下に揺れ出した。とぼけた顔で「グーしか出せねぇの？　クマさんじゃん」と独特の感性で煽《あお》ってくる。

「クマさんじゃねぇし……」

「陽太って焦りとか、戸惑いとか、全然顔に出ないよな。じゃんけん負けた時、めちゃくちゃショック受けてたのに気付いたの、たぶん俺だけだぜ」

「コウちゃんまたお花係になってた」

「ムロもだろ？　ムロに聞いたぜ。ムロもお前らと同中だったんだな」

……そう。例のあいつがまさかの一年ぶり二度目の登板だ。

この春入学した生徒に本気のイケメンがやってきたと話題になった。それが室井だったのだ。縁があるので最近は陽太達のグループにも後輩枠で交じっている。特に謙人は室井がお気に入りだ。なんでも、あの顔で毒舌なのが面白いのだと。

「あいつ、顔可愛いのに毒とか下ネタ吐くの良すぎる。ムロの写真芸能事務所に送っていいかな」

「好きにすれば」

「なんだよー。陽太ってさ、ムロに冷たくね？」

「いや、そんなことはないけど」

実際、室井と話すのは楽しい。明け透けな物言いは面白いし、男子間の集まりで謙人が放つ強めの下ネタにケラケラ笑っている姿だって好印象だ。だが室井は、その一面を幸平の前では見せない。

「だってムロ、実は二重人格だから」

愚痴っぽくなった口調に自分で驚いた。が、謙人は気にせず笑いながら言う。

「実はっつうか、そうだろ。俺ら以外の前だとニコニコして猫被ってる。んで女子とかに『かわいー』とか言われてる。中身可愛くねぇのに。でもムロって森良君の前だともっと違うよな」

どこかの教室にいる生徒の笑い声がうっすら聞こえた。謙人は顎に指を当ててゆっくりと語り出す。

「この間ムロと森良君が話してるの見たんだけど、森良君相手のムロって良い子なんだよ。女子相手のムロって『僕がこう言うと喜ぶんだろ？』的な魂胆が見えてんじゃん。それを分かってて女子も楽しんでる感じ。でも森良君の前のムロって、ふっつーで、ただの高一なんだよな。ムロ、わりと森良君のこと好きなのかな。分かるけどさ。森良君頭良いし、優しい感じするし」

「……中学の時とか、よくダシにされた」

謙人は机に頬杖をついて興味深げな顔をする。陽太は文庫本を適当に開きながら呟いた。

「あん頃は気付かなかったけど、コウちゃんと話すために俺に話しかけてきてた」

「うわー、あいつやりそー。鈍感くまさんの陽太がよく気付いたな？　そんくらいあからさまだったか。皮肉な話だよ。こんなに執着してる陽太は森良君に話しかけられないのに、ムロはヘラヘラしながら話せる。お前は、踊り場から森良君を盗み見るしかできないのに」

陽太のクラスである二年Ｈ組は東側にある階段に近い。その踊り場からは、実は花壇が見える。幸平と、その友人の谷田が花壇付近へたまに出没するので、昼休みは踊り場で彼らの姿を眺めたりしている。それを知った当初の謙人は、さすがにドン引きといった様子だった。

「こんなに陽太はキモいのに、大奥とか言われてるの馬鹿すぎ。つうか、何読んでんの？」

陽太は素っ気なく「本」と返す。幸平が働いているブックカフェで購入した本だ。その中でも、幸平がお勧めの紹介文を書いている小説である。文字の癖で幸平の字だと分かった。彼の好きな本を読めば、話しかけるきっかけになるかもしれないと購入して読んでいるが、いざ店で幸平を前にすると言葉が出てこなくなる。

一度距離ができるとこんなにも関係が変わってしまうらしい。幸平を突き放した三年前の自分が憎たらしくて仕方ない。けれどいくら時をやり直しても、あの頃の自分はそうするのだろうなとも思う。

高校二年に上がってから、幸平ら森良一家はあのアパートから引っ越してしまった。今の陽太にはもう、ブックカフェに通うしか幸平に近付く方法はない。

いっそこの恋心さえなければ、素直に謝って、また友人として交流が再開したのかもしれない。

「タイトルからして難しそうな本だな。森良君、そういう難しい本読んでそう。読書好きそう」

陽太は返事をしなかった。そうは思わなかったから。

確かに今は幸平も読書が好きなのかもしれない。環境に余裕ができたからこそ享受できる娯楽だ。だがそれは今の話で、昔の幸平は本なんかちっとも読んでいない。本だけでなくあらゆる娯楽とは無縁で、興味を示さなかった。

いや、新しい遊びに興味が湧いても、決してそれに手を出さなかったのだ。

小説を読み進めると、『幼い頃から脅威に晒されてきた子供の特徴』を登場人物が語り出した。彼曰《いわ》く、そうした子供達は、新しい玩具を目の前に差し出されても周囲をチラチラと不安そうに確認するだけで、ソレには触れようとしないのだと。

陽太の記憶に蘇るのは、小学生の頃に遠足で向かった公園での光景だった。

トランポリンに行こう、とクラスメイトに誘われた幸平は、首をふるふると横に振った。でも陽太は、幸平がトランポリンに興味を示していたのを分かっていた。幸平はその後も子供達の群がる白いトランポリンを気にしていたが、注意深く周囲を警戒し、視線を画用紙に戻した。笑い声なんか何も聞こえていないみたいに、自分のするべきことに集中していた。

彼らは決して新しい物に手を出さない。自分を守ることに必死で、未知に足を踏み入れたら次にどういった脅威が迫るのか、不安で気が気でない。その瞬間を生きるのに精一杯なのだ。

……後悔することばかりだ。あの時陽太は幸平の手を取って白い丘へ駆け出すべきだったのに。

「読書か勉強してるイメージだわ。森良君優しくて人気なのに、谷田くらいしか友達いないよな」

少なくとも陽太が隣にいた三年前までの幸平はそうだった。あの優しい幸平に友達がさほど多くない理由を、陽太は、幸平が自分のことを語らないからではないかと思っている。

自分の話をしないように注意深く避けていて、そのせいで距離を置いている。陽太はその点、幸平から彼の情報を無理に聞き出そうとしない姿勢を意識的に保って過ごしていた。

だから幸平は安心して一緒にいてくれたのだ。

今の一番の友人は谷田のようだが、きっと彼も幸平に深入りしないのだろう。ぼうっと考えていると、謙人は「とりあえず」と話を総括し始めた。

「目下の目標は、ちゃんと会話することだな」

「してんだけど」

「会計以外の会話をする。もうすぐ夏休みだし、その後は修旅だろ。森良君と話す機会じゃん」

「……コウちゃん、行くのかな」

「え、何。どういうこと？」

意味が分からなそうに眉根を寄せる謙人を軽く眺めて、陽太は視線を文庫本へ戻した。謙人は「行かないとか選択肢あんの？」と怪訝《けげん》そうに言ったが、陽太はもう答えなかった。

修学旅行。意識するとそのことばかり考えてしまう。今回こそ幸平は参加できるだろうか。陽太は今回こそ参加する。次こそ、話をしたい。

その決意をして数日後だった。いつも通り訪れたブックカフェで、事変が起こる。

「——陽太君、この本読むんだね」

最初はとうとう、自分の頭がおかしくなったのかと思った。

コウちゃんが話しかけてくれている。「陽太君」と懐かしい響きで名前を呼んでいる。

いや……いやいや、そんな、都合が良いこと。白昼夢に陥ったように、陽太は動きを停止した。

しかしすぐに我に返り、無理やり意識を引き戻す。

夢じゃない。今、まさに、俺は、コウちゃんに話しかけられているんだ。

「うん、好き」

問いは「読むんだね」なのに陽太の回答は「好き」だった。

自分で自分の発言に驚き、同時に慄《おのの》く。あまりにも無意識だったのだ。それは幸平の問いかけに対する答えではなく幸平に対しての感情だ。パニックで痙攣《けいれん》した思考は、なぜか幸平への恋心を口にしてしまった。

……終わった。血の気が引いたが、奇跡的にかなり際どい範囲で会話は成立していたらしい。

「俺も好き」

幸平は嬉しそうに返す。情報を処理するのに時間を要する。体感としては五分ほどだったが、幸平の反応を見るに数秒程度の無言の後、陽太は落ち着いた声色で返した。

「そうなんだ」

「うん。あ、今月はハロウィンだから飴配ってるんだ。この飴、美味しいよ。陽太君ミルク好きだったよね」

あまりの感激で本気で涙が出るかと思った。幸平が、陽太がミルクの飴が好きだと覚えていた。それは昔、幸平に好きな味を選ばせるために吐いた嘘だった。でもこの瞬間、陽太は本当の意味でミルク味の飴が好きになった。世界一好きになった。

コウちゃんが好きだ。そう思っていると、彼はにっこりと笑ってくれた。

「ハロウィンおめでとう。お疲れ様」

目の前で、幸平が笑ってくれている。自分だけに笑ってくれている。

飴と本を受け取る指が震えるほど感情があふれていた。幸平は震えに気付いていないので、決してあふれた感情を顔に出さないよう意識する。

——話かけ、られた。話しかけて、いいんだ。

今なら聞けるかもしれない、と陽太はふと思う。夏休み前からずっと気にしていた、修学旅行の件だ。意識した時には、陽太は口を開いていた。

「あのさ、コウちゃん」

だが途中で、ハッと思考がクリアになる。今更ながらに考えた。参加への期待ばかりをしていて、もしも欠席ならどうするんだ、と。

そして陽太は「しゅ、」まで言いかけた言葉を呑み込み、とっさに「この味好きだよ」と飴に返事の焦点を当てる。陽太はできる限り自然に見える笑顔を作った。

「ありがとう。お疲れ」

幸平も小さく笑ってくれる。

それから店を出て、自宅への道のり間の記憶は曖昧《あいまい》だ。貰った飴は食べずに、自室の棚の引き出しに仕舞った。仕舞った数分後に取り出して眺めた。溶けないように戻すが、再度、取り出す。

幸平と会話したことは、感慨深かった。またもや余計なことを聞きそうになったけれど、穏やかに会話できた。約三年ぶりだ。緊張しすぎて、心臓が破裂しそうだった。

一番陽太が恐れていたのは、幸平が自分をなんと呼ぶかだった。同級生達に倣《なら》って『溝口さん』に変わっていたら、その場で泣くか死ぬかの自信があった。でも、幸平は違った。

「陽太君……」

噛み締めるように、陽太はその場で呟く。幸平は昔のようにそう呼んでいた。昔のような、あどけない笑顔で。

「陽太、君」

嬉しくて嬉しくて目が熱くなる。瞼《まぶた》を強く閉じて、喜びと興奮と感動でごった返しになる心を落ち着ける。深呼吸し、本と飴を握りしめた。

この三年間で、今日の出来事が一番嬉しかったかもしれない。

「――コウちゃん、何してんの」

修学旅行の夜。庭の片隅の東屋《あずまや》。夜風に揺れた黒髪がふわっと浮き上がり、幸平がこちらのほうを振り返る。目を丸くした幸平は呟いた。

「……陽太君」

あたりにはポツポツと明かりが落ちている。柔らかい光に飾られた幸平は、やっぱり綺麗だった。陽太はまた胸が締め付けられて、言葉を奪われた心地になる。

だが陽太は、この修学旅行では落ち着いて話すと決意したのだ。偶然を狙ったのではなく、幸平からしたら奇襲かもしれないけれど、陽太にとっては予定通りだった。本当は陽太も温泉には入っていない。部屋風呂でシャワーを浴びて幸平を探し回っていただけ。

もう一度、コウちゃんと、ちゃんと話す。心の中でそう繰り返しながら、陽太は何気ない口振りを意識して語りかけた。

「こんなとこあったんだ……」

それから、同級生達がやってきて幸平が逃げるように去るまでは、二人きりで会話をした。会話している最中、あまりにも緊張してまたしても余計なことを聞きそうになり自分でもゾッとした。幸平が温泉に入れない理由なんて分かりきっているのに、なぜか訊ねてしまったのだ。

やはり陽太は陽太を一番信用していない。慌てて取り繕ったので、幸平も気にした様子はなかったのは救いだった。

それ以外は概ね成功だ。勢い余って幸平にもらった饅頭をその場で食べ切ったのは完全な失敗だったが、ゴミは捨てずに持ち帰ったのでヨシとする。しかも彼の写真を撮ることができた。嬉しい。

部屋に帰ってきてからは、一言も発さず余韻を一人きりで味わった。ベッドに横たわり彼の写真を見返す。期待にあふれかえる胸を抑える。次はもっと話せるかもしれない。

次は体育祭だ。次こそは、二人で写真を。もっと、たくさん話がしたい。そう思って、陽太は瞼《まぶた》を閉じた。


『溝口さんってローテンションだよな』とクラスメイト達が話しているのを立ち聞きしたことがある。謙人も『感情が見えにくいのはあるかも』と分析し、その上で『案外喋るから、俺は分かるけどさ。たまに爆発するよな』と苦笑していた。

クラスメイトからは、体育祭や文化祭に参加するような人間ではないと思われていたようで、買い出しや体力のいる作業の手伝いなども始めのうちは勝手に免除されていた。

積極的に加わろうとは思わないがすべてを退けたいわけではない。むしろ運動は好きだ。体育祭の練習にもサボらずに参加したところ、最初はかなり驚かれた。意外にちゃんとやるんだね、と。

無事に迎えた体育祭当日。半袖だとタトゥーが見えるから、と教師達に頼まれ、黒い七分袖のインナーを着用した。その代わりに、休憩時間には原則的として立ち入ってはならない校舎で涼んでいてもいいと許可された。

幸平も顔の傷跡を刺激しないためにも、おそらく教室で昼を過ごすだろう。ならばそのタイミングがベストだ。校舎には基本的に生徒達は立ち入らないので、うまくいけば二人で話せるかもしれないし、あわよくば二人で写真を撮りたい。

体育祭の最中は常に幸平を眺めていた。視線の先にいる幸平は、谷田とその友人に連れられて人混みの中へ消えていく。やがてアナウンスが流れ、昼休みへと突入した。グラウンドを一通り見渡してみるが幸平の姿は消えている。きっと教室へ戻ったのだ。「陽太ぁ、先クラス戻ってるぞ」と当然のように校舎へ戻っていく謙人達と軽く言葉を交わし、一人でその場を去る。

緊張で張り詰める心を抑えて、幸平の属するB組へ向かった。爆速で打ち付ける胸の鼓動を感じながらも訪ねてみるが、教室は空っぽだった。陽太はしばらく教室の扉付近で立ち竦《すく》む。

ここにいないならどこにいるのだろう？　あれだけ高鳴っていた鼓動も落ち着き、出端を挫かれた陽太はそれでも諦めきれずに数分留まるが、一向に幸平らが戻ってくる気配はない。仕方がないので踵《きびす》を返し、意気消沈でH組に戻ると、友人達がなぜか幸平の話をしていた。

「森良君か弱そうだし。陽太と話したらビビっちゃうだろ。釣り合ってなさすぎ」

どうやら修学旅行で幸平と共にいた場面を見られていたらしい。幸平に関して訊ねられた陽太は、どうするべきか少しの間考えるも、結局素っ気なく返した。

「仲良いとかじゃない」

彼らの好奇心に満ち満ちた目を前にして、幸平との関係など口にできるわけがない。幸平に迷惑をかけるくらいなら、変に肯定して口封じするよりは、初めから否定したほうがいい。

それにしても、世間は幸平の強さをまるで分かってない。幸平はか弱い男ではない。強くて、かっこいい人だ。昼食のパンを齧《かじ》りながら幸平に関する噂に対して内心で愚痴る。コンビニ飯なのは子供の頃と一緒だ。

——今頃幸平は、何を食べているのだろう？

陽太は窓の外へ目を転じ、グラウンドで笑い合う生徒達の中に幸平を探す。いつまで経っても、陽太は彼を見つけられなかった。

結局、体育祭で幸平に話しかけることはできなかったし、もちろん写真を共に撮ることも叶わなかった。それどころか、幸平と話す機会はその後、ついぞ訪れなかった。

幸平の働いていたブックカフェが休業したのだ。会計で会話する機会を失うと、めっきりチャンスはない。クラスも離れている上に、幸平は放課後、すぐに帰宅してしまう。何度か校舎で見かけることはあったが、常に陽太の周りには人がいて、二人きりになる瞬間など一秒もない。

気のせいかもしれないが、幸平に避けられている気もした。元々避けられるほど距離も近くないのにおかしな話だ。しかしそう感じてしまうほどに、校舎で幸平を見かける回数も減った。きっと被害妄想だ。だが一度そう考えると不安が胸の内側にべったりと貼り付いた。

知らないうちに迷惑をかけて嫌われてしまったんじゃないか。知らない場所でまた新しい噂が立ち、幻滅されたんじゃないか。考えれば考えるほど行動ができなくなり、不穏な思考で雁字搦《がんじがら》めになる。

それ以降はただ、無情にも月日が過ぎ去るだけだった。不甲斐ない日々の中、思い出すのは、高校二年の体育祭の後に訪れた十一月十一日だ。修学旅行の夜、幸平と『イチイチイチ』の話をしたので、もしかすると幸平が来るのではないかと思い、陽太はその日の明け方に幸平のアパートへ向かった。

……分かっていたことだけれど、幸平はあの外階段下に現れなかった。

約束なんかしていない。だから現れなくて当然だ。それでも幸平を待ち続けていた。かつて子供の頃の二人が、隠れるように身を縮め合った場所で、陽太は一人朝を迎えた。

幸平はいない。陽太は一人。もうずっと、何時間経っても、何日経っても。季節が訪れて、新しい風に吹かれて去っていっても。

あの夜明けの世界で、一人きり立ち止まったまま時間が進まない。

……子供の頃、夜明けを迎える街の片隅で幸平と二人きり、この世の誰にも聞こえないよう内緒話みたいに未来を語った。

『陽太君、おれたち、幸せになりたいね』

今にも途絶えそうな子供の囁《ささや》くような声が、まだ心に残っている。

『なれるよ。コウちゃんは将来、幸せな家族を作るんだ』

子供達は、囁《ささや》き合った。そこは誰にも見つからない一番端っこで、まるで、別の世界……別の星みたいに、二人の他には誰もいなかった。

ただ幸福だけに包まれた未来を語る幼い声が心に蘇る。全部が夢見るような響きだった。幸平は陽太だけに笑ってくれた。

『欲しい物全部あげたいな』

あの時陽太は、確信していたのだ。疑いなく純な心で信じていた。透き通っていく空は綺麗で新しい星みたいだった。偽りない思いで幸平の未来を見つめ、願う。

きっとできる……、と。

平和な家族を持つ未来が必ずやってくる。幸平は家族に惜しみない愛を与え、与えられるのだ。クリスマスにはプレゼントを。夜には安全な寝室を。そうやって愛に満ちあふれた家族を作る。

幸平ならできる。愛を、与えられる。きっと……

◇

——俺が奪いさえしなければ。

「……あ、陽太。起きた？」

謙人は真上から陽太を覗き込むと、「一時間くらい寝てたぜ」と片手の携帯を確認した。陽太は無言で上半身を起こす。起きるまで待っていてくれたらしい謙人は、「飯食えよ。それとも、どっか食べいく？」と首を傾げた。

まだぼんやりしていて頭が働かない。変な眠り方をしてしまったせいか、陽太は夢を見ていた。今日は、幸平と会ったから心も体力も消耗していて……

——コウちゃんと、セックスしたんだ。

「お前さ、寝る前なんか言ってなかった？　庭だとかプレゼントだとか」

夢は幻想ではなく、過去の出来事の再生だった。

あれは十一月十一日。幼い二人は夜明け前に夢を語った。あの頃の自分達は互いに遠足でお弁当を持たない子供で、ドラマや漫画で当然のように現れる家庭は、誰かが描いた理想のカタチでありどこにも存在しない。サンタがいないのと同じように、そんな家族などどこにもいないと思っていた。

でも今の陽太は知っている。

ふと携帯を見下ろすと、スミレから連絡が入っている。メッセージには写真が添付されていた。スミレは姪っ子……つまりは陽太の妹に、新しい服をプレゼントしたらしい。

妹が生まれたのはこの間の夏だ。陽太は《かわいい》とだけ返信し携帯を閉じる。生まれたばかりの妹は、心配性の父と溺愛型のスミレにより、たくさんの愛を受けて毎日元気に過ごしている。きっとあの子は、新しい玩具を迷いなく掴むような子になる。陽太はやっと知ったのだ。正しく愛し合う夫婦がいて、宝物みたいに愛される子供がいること。そして陽太ももう、その世界の中にいる。

幸平だってそうあるべきだ。陽太は瞼《まぶた》と口をうすく開き、己の腕を見下ろした。

「……謙人。俺は思うんだけどさ。このままでいいかも」

謙人は理解が追いつかなそうに眉間に皺を寄せた。『告白しない、セフレのままでいい』の意味だと気付き、その皺を深くする。

「何、馬鹿なこと言ってんだよ」

「うん。馬鹿だなとは思う」

「森良君が陽太に好きっつったのが妄想じゃないなら、なんかきっと食い違ってんだよ。陽太からもちゃんと告白すれば関係動くかも。弱気になるなよ。飯食って作戦会議して、動こうぜ」

「でも男同士だぜ」

謙人が息を止めたのが分かる。陽太は、ただ、不思議だった。

どうしてこんな簡単なことも分からなかったのか。

「両思いになりました。はい、幸せ。じゃないだろ」

ずっと片思いをしていたから一瞬で舞い上がって、すっかり付き合う気になっていた。

でも、どうなのだろう。高校を追いかけて大学受験も幸平のことばかり考えていたくらいには異常な片思いだ。両思いを確かめ合い、恋人同士になったなら……もう放せない。

「俺は、与えられないから。……俺にはソレがどうしても叶えられない」

もう絶対に幸平を解放できない。幸平は結婚することも、五人の子供を持つこともできずに、一生、庭で遊んでクリスマスプレゼントを与え合う家族を知ることはない。幸平の知る『子供』は体中に傷があるお弁当も食べられない子供のままで終わってしまう。

幸平の家族を作ることはできない。幸平から未来を奪うのは、陽太にとって、とても怖い。

謙人は何も言わなかった。陽太は嘲笑《あざわら》うように呟いた。

「……中途半端なやつだな、俺は」

謙人は以前、陽太を『ヘタレだ』と貶《けな》していた。その通りだ。だが、ヘタレで中途半端のほうがいいのかもしれない。

思い切らずに、幸平が自由になれるような間柄でいたほうがいい。決して解放できない関係を築いたら何かが狂うことを陽太は知っている。もう顔も覚えていない父に、母は随分と苦しめられた。陽太は幸平に自由でいてほしい。一度幸平が離れたら、もう二度と帰ってこなくてもいいように、このまま曖昧《あいまい》に時間を過ごす。

一生分の思い出を作ってしまえばいつかこの関係が終わっても、幸せだったと思えるはずだから。そして幸平は夢を叶えるのだ。幸平は優しくて家族思いな子だから、きっとドラマみたいな家族ができる。陽太はそばにいられないけどきっとできる。きっと……そばに、いたいけど。

「あーあ……」

どうしたらいいんだろう。

――本当は、会いたいと思ったのも、助けてほしかったのも、俺のほうだ。

幼い幸平は「おれ、陽太君しか友達いない」と笑っていたが、陽太こそが幸平を唯一の仲間だと思っていた。わけも分からず流されてやってきた街には、色とりどりの靴を履き、お弁当を食べる子供達がいた。夜中に一人きりでコンビニ飯を食べる陽太は、自分だけが別の星の住民みたいに思えた。

でも、幸平も同じだった。同じ星に行けるただ一人の仲間。

アパートの階段下の小さな空間で、二人きりで座り込んだ夜明けは、宇宙船に乗っているみたいな時間だった。そこだけは地球ではない。陽太と幸平だけの、誰にも見つからない小さな星だ。

だから周りの子達と違っていても大丈夫。だって二人は皆とは別の星にいるから。敵が現れても大丈夫。後ろの箱の中には秘密兵器が眠っている。二人で力を合わせれば、きっと勝てる。きっと勝てる。

……しかし今はもう、宇宙船も星も遠く見えなくなってしまった。

それでいい。幸平は地球に還るんだ。

幸平を地球に還せないなら、あんな宇宙船も陽太も、存在するべきじゃなかった。

第五章　森良幸平　二十歳

幸平は今でもたまに、子供の頃に陽太と共に作った秘密兵器のことを考える。給食着の袋にサッカーボールを詰めただけの玩具の武器だ。

クラスメイトと喧嘩をした帰りに、次はこれを使って倒そうと言い合いながら作ったけれど、結局喧嘩をしていたクラスメイトとは和解をしたので、あの武器の出番はなかった。アパートの階段下の箱にはきっとまだ秘密兵器が眠っている。小学生時代はたびたびそれを取り出して遊んでいたが、もう何年もあの箱には触れていない。陽太はあの秘密兵器のことを覚えているのだろうか。

居酒屋からの帰り道、陽太が『スミレ』という女性と電話しているのを見かけてから三週間が経つ。

あの後、陽太が幸平の部屋に置いていったパンは、腐らせるのもどうかと思ったので幸平が一人で食べてしまったし、陽太にスミレについて聞くこともできていなかった。

陽太はスミレに会いに行ったのだろうか。今もまだ陽太が背を向けて、あの女性と通話しに向かう姿が瞼《まぶた》の裏に思い浮かぶ。

幸平は何も聞けずにいる。今だって、そうだ。

「……陽太君」

陽太と会うのは飲み会以来、三週間ぶりだった。大学の講義後の午後三時、陽太が幸平の部屋を訪れてくれた。いつものようにセックスをしたが、珍しく疲れていたのか陽太は眠ってしまっている。

シャワーを浴びて部屋に戻ると、陽太がベッドの上で仰向けになってかすかに寝息を立てていて、びっくりした。こんなことは初めてで、驚くと同時に嬉しさが込み上げる。

「陽太君、眠ってる……」

陽太が眠っている。寝息も表情もとても穏やかだった。

ベッドのそばに座り込んでじっと彼の寝顔を見つめる。こうしてまじまじと眺めると絵のように綺麗な顔だなと目が釘付けになる。昔からかっこよかったけれど、最近はより綺麗で、見つめているだけなのに心臓が高鳴ってくる。でもたぶん、これは自分だけに起こる現象ではない。陽太は誰が見ても綺麗な人だから。

自分だけが特別ではない。調子に乗らないように幸平は何度も何度も自分を戒めるけれど、陽太を見つめていると心が揺さぶられてしまう。

わけも分からない切なさに胸を巣くわれて大きなため息が漏れ出た。陽太を想うと幸平はいつも苦しくなる。これが恋というやつなのだろう。

時刻は午後六時で、窓の外は真っ暗だ。今日幸平はバイトがないが、陽太のこの後の予定は分からない。いつもはすぐに解散してしまうが、このまま陽太を起こさなかったら、この部屋に留まってくれるだろうか。陽太はボトムだけ履き、上半身はまだ裸だった。幸平は床に落ちていた彼のシャツをなんとなく折り畳み、その体を見下ろす。

「どうやって筋肉つけるんだろう」

改めて立派な体躯だと思う。昔から背は高かったが、子供の頃はほっそりとした印象が強かった。今の陽太は筋肉質の引き締まった体をベッドに横たえている。太い腕はがっしりとして、同じ男の自分でも陽太に抱きしめられると吐息が漏れてしまうほど逞《たくま》しいので、尊敬もしている。

その肩と腕には花の絵柄のタトゥーが描かれていた。……絵の端から端をなぞってみたいなと思った。陽太の肌に触って撫でていたいという欲情が腹の奥に宿るが、実際には決して触れずに眺める。不意に、陽太の母もタトゥーが入っているけれど陽太はそれを真似したのだろうか、とぼんやり考えた。

綺麗な体、綺麗な絵。他の人の筋肉質な体やタトゥーを見ても何も思わないのに、陽太が相手だと美しいと感じる。

何度こうして眺めていても、好きだなとしか思えない。

どれだけ考えてもまだ整理がつかない。

陽太には好きな人がいるらしい。

きっと『スミレ』だ。幸平も、陽太に好きな人がいる可能性を考えてこなかったわけではない。ただ、陽太には恋人はいなかったし、片思いをしているようにも見えなかったので、真剣には悩んでいなかった。

幸平の呑気な想定とは違って陽太には好きな人がいる。いないように見えたのではなく、幸平が陽太を知らなすぎただけなのだ。実際、陽太とより親しい距離にいた室井は知っていたのだから。

そして室井は、陽太と幸平が関係を持っていることも把握している。

どうして気付いたのだろう。陽太から何か聞いたか、もしくは室井が自ら察したか、だ。

後者だとすると彼が陽太をかなり注意深く見ていたことになる。高校の頃、陽太と室井が特別な関係だという噂を聞いたことがある。あの時は幸平も真面目に捉えていなかったが、今は室井の気持ちが気になってしまう。

どうしても考えてしまうのだ。幸平にわざわざ陽太の話をしてきたということは、もしかして室井も陽太を好きなのだろうか……

室井の気持ち、陽太の片思いの行方。考えても答えの出ないことだらけで、幸平の頭の中はごちゃごちゃだ。陽太は今もまだ、スミレを好きなのかもしれない。好きな人がいるのに幸平と関係を持つのは、それだけ彼の恋が苦しいから？　もしもスミレとの恋が成就したなら、幸平との関係も終わるはず。

——いつまでこのまま、二人で過ごせるのかな。

長く吐いた息が冷たい。暖房をもう少し強めてあげよう。幸平一人で過ごすなら暖房などつけないけれど、陽太がいるなら違う。

陽太にとって居心地の良い場所でいたい。

「……陽太君」

鍛え抜かれた腕に描かれる花を見下ろしながら呟いてみる。

その時、決して声量は大きくなかったはずなのに、まるで導かれるように陽太が瞼《まぶた》を開いた。スッと薄茶の視線が幸平に移る。起こすつもりでなかったのでハッと息を止める幸平を見て、陽太が柔らかく目を細めた。

「コウちゃん」

その響きに涙腺が緩む。あぁ、だめだな、情緒が不安定になっている。もっとちゃんとしないと。そう思いながら幸平は唾を飲み込み、なんでもないように「おはよう」と笑いかけた。陽太は寝惚けているのかこちらをじぃっと見つめて、数秒後に気の抜けた声で囁《ささや》いた。

「俺、寝てたんだ。びびった。寝るつもりなかったんだけどな。ベッド占領してごめん」

上半身を起こした陽太が、手を櫛《くし》がわりにして癖毛のその髪を撫でる。幸平は「全然平気」と答えて、膝の上に置いておいた彼のシャツを渡す。陽太はベッドに腰かけると、掠《かす》れた声で「ありがとう」と言って、それから付け加えた。

「さっき、俺の腕見てた？」

「えっ!?」

焦って自分でも驚くほど大きな声が飛び出てしまう。

筋肉質な腕に見惚《みと》れていたのがバレてしまったのだろうか。寝ている間に観察しているなんてまるで変態だ。努めて表情には出さないよう気を付けたが、幸平は顔の内側では狼狽している。

一方で、陽太はシャツを着ると、まだ寝起きの無表情でじっと幸平を見つめた。幸平は慌ててかぶりを振り、しどろもどろで答える。

「あ、えっと……タトゥー。タトゥー入れるの痛くなかったのかなって」

「あぁ、タトゥーね。確かに痛かったけど、俺はそこまでじゃないよ。つか結構寝てたっぽい？」

『俺は』という言葉に少し違和感を覚えたが、動揺を指摘されなかったのでひとまず良しとする。

陽太は瞼《まぶた》を擦ってまだ眠そうだ。寝惚けているのかな、と先ほどの違和感はあまり気にしないことにして、「ううん、一時間も経ってない」と答える。

「陽太君が寝てるなんて珍しい。疲れてる？」

「そういうわけじゃない、と思うけど」

そう答える口調は、寝起きのゆったりとしたものというより、言い迷うように聞こえた。

「まぁ大丈夫。俺もびっくりした。携帯弄《いじ》ってたはずなんだけど、いきなり寝てるから」

「眠いならもっと寝てていいよ。最近」

忙しいの？　と問おうとして言葉を呑み込む。

脳裏に『スミレ』からの着信の画面が過《よぎ》ったからだ。彼女が関係しているのかもしれないと考えると、途端に臆病になって続きを紡げなくなる。代替の台詞をかろうじて見つけ出し、愛想笑いの出来損ないみたいな笑みをぼうっと浮かべ、自然に聞こえるよう続けた。

「最近、寒くなってきたから。そのせいで陽太君も知らない間に体が疲れてるんじゃない？」

「俺そんなか弱くないよ。でも寒いよな。もうすぐ十一月だし、確かに冬感強まってきてる」

幸平の台詞に不自然さを見出さなかったらしい陽太はヘラっと笑った。その無邪気な笑みを見て、安堵で口元を緩める。

「寒いよね。雨の降る日も多いし」

「コウちゃん、冬服買ってる？　相変わらず物が少ないように思えんだけど」

「大丈夫だよ」

「うーん。返答が曖昧《あいまい》だな。さては買ってないな？」

服を買っていないのは図星だったので、幸平は困って微笑みだけで応えた。陽太は呆れたように眉尻を下げたが、決して幸平を強く咎《とが》めなかったし、その眼差しも喋り方もどことなく優しかった。

「言ったよな？　進達への仕送りばっかに金使うなって」

「そんなことないよ。俺も使ってる」

「なら良いんだけど。コウちゃんが体調崩すのは嫌だよ。そういえば、進は元気？」

「えっ、進？　うん。高校生活満喫してるみたいだよ」

内心で幸平はこっそりと驚いた。まさか進の話を続けるとは思わなかったから。

こうして陽太とまた二人で話すようになってからも、家族の話にはならないことが多い。たまに進の名前が出てもすぐに話が流れてしまう。家族のことには触れないのが暗黙の了解みたいになっていたのに、今こうして、進について問いかけられるとは意外だった。

陽太がこちらに踏み込んでくれたみたいで……幼馴染《おさななじみ》のようで嬉しく、一気に胸が熱くなる。幸平は込み上げる熱を抑えるように、心臓のあたりを押さえ首を上下に振った。

「高校の友達と夏祭りに行ったって話してたよ。夏休みは皆で海に行ったらしい」

「進のやつ、青春満喫してるじゃん」

「そうなんだよね。学校終わりにカラオケ行ったりしてる。楽しそうだよ」

「そっか」

陽太は言いながらベッドから降りて、カーペットの上に座り込む幸平の隣に腰を下ろす。幸平は彼との間近な距離よりも、次の言葉に目を見開いた。

「夢、叶ったじゃん」

「……う、ん」

——覚えていて、くれたんだ。

心に喜びが満ち満ちて涙腺が緩むのをなんとか堪える。記憶に蘇るのは二年前の修学旅行の夜だった。

その夜、修学旅行先の旅館で、東屋《あずまや》に偶然訪れた陽太と久しぶりに二人きりで話をした。陽太と落ち着いて話せることにすっかり感極まって、進が普通の高校生みたいな生活できるようになれたらと長々と夢を語ってしまったのだ。

あの時陽太は穏やかな笑みで相槌を打ってくれた。今の陽太が当時と同じ笑みを浮かべてくれる。

「これからもコウちゃんは、夢を叶え続けると思うよ」

その表情があんまりに優しいので、心の輪郭が溶けて何かがあふれそうになる。それが涙だと気付いた幸平はとっさに目を逸らした。やっぱり情緒が不安定かもしれない。これ以上好きな人の目を見つめていられないので、陽太の肩のあたりをじっと凝視しながら声を絞り出す。

「陽太君、修学旅行のこと覚えててくれたんだね」

「覚えてるに決まってる」

「……本当に偶然だったよね。俺は、陽太君が現れてびっくりしたんだよ。陽太君もあの庭に俺がいるから驚いただろうけど」

なぜか妙な間があった。まるで濁すみたいに「まぁ」と返すので、不思議に思って顔を上げる。

「……っ」

その瞬間、唇が重なった。反射で「うわっ」と声があふれ出て、陽太の唇が呆気なく離れてしまう。

「うわ、って。嫌だった？」

「えっ、いや、ううん！」

だめだ。未だに陽太からのキスにいちいち動揺して、心臓の動きが加速する。陽太にとっては大したことではないと分かっているのに。

陽太はおかしそうに目を細めていた。幸平を揶揄《からか》うみたいな笑みを唇に描く一方で、その瞳が甘いから妙な錯覚に襲われる。気持ちを落ち着かせるために深呼吸をしようとするタイミングで陽太がまた唇を塞いでくる。戯れ合うようなキスが、まるで恋人同士のような空気を作っていた。その空気に取り込まれて幸平は欲を抱いてしまう。

こうしてずっと陽太のそばにいたい。セフレのくせにこんなことを思うなんて、自分が傲慢だということは自覚している。

それでももっと隣にいたいという気持ちはもはや誤魔化《ごまか》しようがない。

大学が同じだったならもう少し違ったのかな……。そんな風に考えているとキスの時間はとっくに溶けてしまい、陽太は片手で顔を隠しながら携帯を操作し始めた。

一つ一つのキスにたじろぐ幸平と違って、陽太にとって今の時間は寝起きのなんでもないひときだ。もう既に陽太の意識は誰かからの連絡へ集中しているようで、画面を見つめる彼の横顔は、なんだか深刻に思案しているように映った。

不意に居酒屋での光景が蘇る。女子に囲まれる陽太の姿を思い出すだけで胸がぎゅうっと締め付けられて、胸に重みが圧《の》しかかる。今しがた、『大学が同じだったなら』と想像したばかりなのに、あの光景を常日頃眺めているのは耐えられないと、幸平は頭の中の幻想だけでへこたれた。

しかしあれは幻想ではない。高校時代の自分がよく見ていた場面の一つで、今にしても思うと当時の自分はよく平常心でいられたなといっそ慄《おのの》いてしまう。こうして関係を持ったから、我儘《わがまま》になってしまったのか。同じ大学に通えたらだとか、もっと一緒に過ごせたらだとか……考えてばかりだ。

ふと、居酒屋に行く前にこの部屋で交わした会話を思い出した。共通の知り合いを通せば陽太と遊ぶことができないかと思い立って、時川の名前を出したのだ。

あの時陽太はどんな反応をしたのだっけ。すぐに行為が始まってしまったので覚えていないが、時川の話題は放られた気がする。

「あれ……」

そういえば、時川と陽太は飲み会の帰りで会話を交わしていたことを思い出す。

「コウちゃん、どうした？」

知らぬ間に声を発していたらしく陽太が首を傾げる。自分でも不確かな記憶だったので言うか言うまいか迷ったが、正直に聞いてみることにした。

「えっと、陽太君、この間時川と話してなかった？」

「時川……」

あの夜は間違えて酒を呑んでしまい、幸平は強烈な眠気に襲われていた。飲み屋から出た際の記憶は特に曖昧《あいまい》で、陽太と時川がどんな会話をしていたのか、そもそも本当に二人が話していたのかさえ思い出せない。実際のところはどうだったのだろうと答えを待っていると、陽太も思い出したのか宙に目をやった。

「ああ、うん。そうだね」

すぐにこちらへ視線を戻し、軽く微笑みを見せる。その笑みが一瞬冷たく感じたが、幸平が瞬きをするともうその気配は失せている。

「時川さんがどうしたの？」

「えっと、時川と話してどうだった？」

「あー……まぁ、独特な人だと思った」

そうかもしれない、と幸平は思う。時川は昔から自由な考えを持つ人で思慮深い性格をしている。

「優しい人だよね」

「……コウちゃんって、時川さんとかなり仲良いよな」

「うん、陽太君もきっと仲良くなれると思う」

「どうだろう」

その声音の低さに引っかかりを覚えて幸平は唇を結んだ。もしかして、陽太は時川とは性格的に合わなかったのだろうか。いくら友達だからといって無理に時川を紹介するわけにはいかない。共通の友人作戦は諦めるべきかも、と考えていると、突然陽太が呟いた。

「……ごめん、今日はもう帰る」

彼が携帯に目を落としてすぐだった。躊躇《ためら》いなく腰を上げるのを幸平はただ見上げることしかできない。

もしかしてスミレさん？　と根拠もなく思ってしまうのは、幸平自身が彼女の存在を気にしているからだ。けれど本当にスミレから連絡を受けたのかもしれない。その推測に自分でショックを受けて、反応に遅れているうちに陽太がジャケットを羽織る。

あまりにも急だったので対応できないでいると、陽太が財布から一万円札を取り出す。テーブルに置かれたそれを認めた途端、目の前が暗くなった。

つい数分前まで、いつもよりは長く穏やかな夜を過ごせると思っていたのに。たった一瞬で浮かれた気持ちは崩壊して、幸平はぼうっと一万円札を見つめることしかできない。

陽太は急いでいるらしく、さっさと玄関へ向かってしまう。かろうじて後をついていったが、帰り際の寸前まで言葉を発することはできなかった。

「それじゃ、コウちゃんまたね」

「……うん、また」

扉に手をかける彼にやっとのことで返事をする。するといきなり、靴を履いて今にも外へ向かわんとする陽太がこちらに振り返り、数秒間見つめてきた。

その行動に疑問を抱く前に陽太が扉を開け、十月下旬の寒空の下へ向かった。

――……なんだろう？

今になってつい数秒前の行動を疑問に思うけれど、もう扉は閉められており、答えを知る人物はいない。

「……陽太君」

どこへ行くの？　一緒にいてほしい。

そんな想いは声に出せなくて、一人きりになった今になって彼の名を呼んでみるが、残ったのは静寂と一万円札だけだ。

玄関から部屋に戻ってきて、金を棚の引き出しに仕舞う。引き出しの中にある何枚もの一万円札は陽太から渡された金で、今まで一円も使っていない。

未だにこの金を幸平自身が拒絶しているからだ。存在を認めたくないのに、いつもこれらの存在は心の隅で靄《もや》となってちらついている。

このままでいいのか、意味を理解しようとしないままでいいのだろうか、と思う。

何かを求めたりはしたくない。陽太にとって居心地のいい存在でいたいから。そして陽太に縋《すが》ることで、突き放されたくないから。

『行けよ』

もう二度と突き放されたくなかった。

今でも中学時代のけたたましい夏は容易に耳の奥に蘇り、それに陽太の声が混じる。記憶の中でもあの真っ青な空は綺麗だった。時間が経つごとにそれらは確実な恐怖の記憶となり、思い出すだけで美しい地獄に触れた気分になる。

あんな風に拒絶されたら次こそ幸平は再起不能だ。でも、このまま何もせずに関係を続けていけるとも思えない。

幸平は陽太の行く先を想像する。『スミレ』のところだろうか。考えに耽っていると、ふと、そういえばここ二ヶ月近く、陽太の部屋に呼ばれていないことに気付いた。

——もしかして彼女が関係している？

だとしたらいよいよ、ただのセフレの幸平は不要になるはずだ。

この関係が、終わってしまう。

完璧なセフレでいようと思ったけれど、自分の中の『セフレの作法』は崩れ去っている。共に過ごせば過ごすほど欲は増していく。これはもう止めようがない。

自分の傲慢さは幸平自身が一番理解している。だが心に嘘を吐くことはできなかった。

陽太の、一番近い場所にいたい。

一緒にいてほしい。陽太と話をしていたい。まだ彼女のことが好きなのか、聞きたいことはたくさんある。自分を好きになってくれる可能性が一ミリもないのかも、幸平は聞きたいのだ。

──俺は、陽太君のことが好きだ。
──本当は貴方と恋人になりたい。

だが、それから一週間、陽太から連絡が来ることはなかった。

◇

十一月に突入し、街はさらに冷え込んでいる。携帯の時刻表示には十一月七日の午後十二時過ぎが表示されている。天気は曇天で、特に寒さの厳しい日だった。

居酒屋の後から谷田には何度か「溝口さんと何話すの？」「溝口さん、怖くねぇの？」と聞かれたが、幸平は「ご飯のこととか」「怖くない」と短く答えるだけで詳しくは話していない。ましてや恋愛相談など、しようとするその発想すら浮かばなかった。

幸平にとって陽太に対する恋心とは、ひたすら黙秘するものだった。陽太に恋をすることがどれだけ烏滸《おこ》がましいことなのか、学生時代の彼の人気を見てよく理解していたので、心の内側に隠し、容易《たやす》く口にしないでいたから、陽太に関して訊ねられてもうまく答えられない。

だから、幸平から陽太について話をするのは今日が初めてだ。

集まりの議題は陽太に関してだった。

陽太の部屋に呼ばれることがなくなったのはいつからだろうと真剣に思い返し、夏休み……九月辺りだと気付いた。もしかして、陽太の部屋には誰かがいるのだろうか。

「彼女、とか……」

本当はその誰かが『スミレ』さんではないかと予想していたが、敢《あ》えて名前は出さなかった。

今日は会議ということで幸平の部屋に友人らが集まっている。休日なので講義はなく、昼から集合していて、ついに本題へ突入したのだ。

「いやいや」

谷田は首を横に振ったが次第にその動きも鈍り、やがて黙り込んだ。苦い顔をして、躊躇《ため》うような間を空けた後、ついには頷く。

「……否定してみたけど、なくはないな」

「今日はとうとう幸平君の恋愛相談会か」

目の前の時川は顎を指先で触って、眼鏡の奥の目を細めた。テーブルを囲む形で幸平、谷田、そして時川がカーペットに腰を下ろしている。幸平はベッドに背を向ける位置に座り込んでいた。

「私、今日の集まり、遊ぶ会だと思ってボドゲ持ってきてたんだけど」

「時川、大荷物兄貴になってんなぁと思ってたら、そんなの持ってきたのか」

「幸平君の家に置いておいて良いかな」

「良いわけねぇだろ」

「それにしても、ついに幸平君が自ら私達に話してくれるとは嬉しいな」

時川は『ついに』に力を込めて言う。

「私達は待ち望んでいたんだぜ」

私達……谷田は分かるが時川が関心を持っていたとは意外だ。

幸平は昔から、自分のことや気持ちを話すのが得意でなくて、追及されるのを避けていた。

だが今は時川達の関心が胸を擽《くすぐ》り、心を柔らかくしてくれる。

――そっか、俺は嬉しいんだな。

陽太への恋心を声にして、確かめられることが嬉しい。陽太への恋心を認めてくれる人がここにいるということが嬉しい。そんな不思議な万能感に包まれて、幸平は唇を噛み締める。代わりに谷田が要点を纏《まと》めてくれた。

「つまり今のところの問題は二つ。一つ目は、溝口さん家に呼ばれないことだな。二ヶ月前までは溝口さんの部屋にも行ってたんだろ？　うーん、確かに怪しい」

「怪しいとは？」

「彼女いるんじゃね。家に。何人かさ」

時川は薄く口を開いて数秒の間、無言になった。本気で意味が分からなそうに眉を顰《ひそ》めると、軽く首を横に振って返す。

「私は谷田君がなぜ溝口陽太さんにそうしたイメージを抱いているのか、まるで分からない」

「時川はあの人のすごさを知らねぇんだよ。高校の時とか、常に女子が……可愛い子が周りにいてさぁ。ちょっと行事出ればすぐ告白されてた。文化祭や体育祭とかすごかったな。いるか？　五十メートル走とリレーの間の五分間で告白されてるやつ。いねぇだろ！　溝口さんクソ疲れてたぞ！」

「私は、なぜ競走種目が連続しているのか、体育祭の主催に疑問を呈したい」

時川は「大変そうだな」と遠い目をする。「溝口さんが」と付け足すと同時、谷田もまた過去を懐かしむように遠い目で続ける。

「大奥とか呼ばれてたんだぜ」

「へぇ。女子が周りにいるだけで、ね。男はいなかったのか？」

「いたけど」

「なら女子を気にしすぎだ。ただ友達が多い人だろ」

「時川は何も分かってねぇな。皆、セフレたくさんいるって噂してたぜ」

「ふぅん……。まぁ、いいや。で、二つ目って何？」

時川は唇を歪めながら顎先を撫でる。またしても、幸平ではなく谷田が「それがさ」と答えるので、時川は冷めた目を谷田へ向けた。

「この一週間くらい、連絡もないんだってさ」

「君に聞いてないんだけど……そうなのか、幸平君？」

「あ、うん」

先ほど時川がトイレに行っている間に谷田へ話したことだ。

陽太との関係で変化したことは二つあり、一つが陽太の家に呼ばれないこと。そして二つ目がこの一週間陽太から連絡が来ないことだった。他にも幸平の心を掻き乱すことはあるけれど、室井については推測でしかないので無闇に話すわけにはいかない。ぼうっとした口調で「そうなんだ」と肯定すると、時川は軽く小首を傾げた。

「幸平君から連絡すれば良いじゃないか」

「それを俺は言ったんだよ」

一応は幸平も会話に参加しようと口を開いたが、谷田の勢いが止まらないのでたじろぐ。

「いつも呼び出しは向こうからかかるらしい。そんなの気にしねぇで連絡しろよって言ったところで、お前がうんこから帰ってきた。ちょうどな。しっかり出たか？」

「内緒」

「幸平曰《いわ》く、この二ヶ月くらいは会う頻度も少なくなってたらしい」

「なるほど。叶うことなら、これ以上は本人の口から直接話を聞きたいものだな」

時川の口元は弧を描いていたが、目は笑っていない。眼鏡のレンズがきらりと光り、その奥の視線がこちらへ向けられていると分かり、自然と背筋が伸びてしまう。彼からの聴取が開始した。

「この二ヶ月は溝口さんの家に呼ばれなくて、この一週間に至っては連絡が来ないってことか。今まではどれくらいで会ってんだ？」

「一週間に一度くらい」

「ほう」

時川はにこやかに微笑み、「案外今日来たりして」と冗談を言う。時川に封じられて一度は黙っていた谷田だが、やはり数秒程度の堪え性で、不満げな顔をして問いかけてきた。

「つうか幸平はさ、卒業式で溝口さんに告白したんだよな。すげぇな幸平。あんなに一緒にいたのに、全然気付かなかったわ」

「言ってないから」

「告白できるとか、かっけぇわ。溝口さんもびっくりしたんじゃね？」

「そうかも」

びっくりはしただろう。『好き』を告げた時の陽太のまん丸な目が忘れられない。

陽太の驚愕の表情は、幸平の記憶の浅いところにあって、ふとした瞬間に思い出しては羞恥心を抱くし、それ以上にあの時の勇気はすさまじいものだなと感心もする。

――陽太君はどうなのだろう。陽太君は自分の好きな人に、告白する気はあるのだろうか。

「前提として知っておきたいんだけど、幸平君は、溝口陽太さんの恋人になりたいんだろ？」

……だとしても、このままではいられない。陽太に好きな人がいると知っているけれど、幸平は終われない。

時川の問いかけは率直で、逃げられるものではなかった。幸平は自分の気持ちからは逃げられなかった。告白して、セフレになれて。それで満足するべきだったのに、過ごせば過ごすほど封じ込めていた欲が現れてしまった。時川の言う通りだ。幸平は陽太が好きで、彼の恋人になりたい。

時川が敢《あ》えてはっきりと言葉にしてくれたのは　ありがたかった。心の中で思っていたことを声にすればするほど気持ちに輪郭が形作られて、臆病な心が励まされていくから。

「つまりこの恋愛相談は、セフレからどう恋人へ昇格するかって話だよな、幸平君？」

「……うん」

幸平は首をかすかに上下に振って、今一度告げた。

「俺は、陽太君の恋人になりたい」

できることなら好きと伝えたい。陽太に好きな人がいたとしても、幸平の心は変わらない。

時川がまた微笑みを深くして頷いた。動揺した様子の谷田も「そうだよな」と小刻みに首を縦に振る。

「幸平が溝口さんの恋人になりたいんだよな。……恋人……溝口さんの恋人？」

谷田からしたらここ数日で考えてもいなかった関係性を知ったのだから、動揺するのも当然だ。自分で自分の台詞が信じられないと言った顔をする谷田の横で、時川は携帯を片手に涼しい顔をする。

「とはいえ、私達はセフレも恋人もいないしな。有識者の意見を伺いたい」

「有識者どこにいんだよ。セフレとか普通、いるわけなくね。俺は彼女欲しい」

「谷田君はしっかり童貞だもんな」

「ウルセェ。俺は時川がガチ元ヤンでヤリチンだったことが心底怖いよ」

「ははっ。何を馬鹿なことを」

「つうか、時川はセフレいたことねぇの？」

「いや、私は歴代彼女達を愛してたから。……あれ？」

薄ら笑いで答えながら携帯をタップし始めた時川が、突然眉間に皺を刻んで首を曲げる。谷田が「どした？」と彼の携帯を覗き込んだタイミングで、幸平の携帯に通知が入った。

「おい時川、なんだこれ？」

時川からのメッセージだ。谷田も同じく届いたようで携帯を弄《いじ》っている。早速送られてきたメッセージを確認すると、記載されていたのはどこかのサイトのＵＲＬだった。

どういうこと？　というような目で幸平と谷田から凝視された時川は、妙なことを言った。

「幸平君がいるんだよ。それ質問小袋なんだけどさ。幼馴染《おさななじみ》、セフレ、で検索かけたら出てきたんだ。見てみなよ」

言われるがままＵＲＬにアクセスする。幸平はその質問文を読んで、思わず声が飛び出そうになるのをグッと堪えた。その質問文は幸平にとって衝撃的なものだったのだ。

《質問》
【ＩＤ非公開さん】
恋愛に関して質問があります。アドバイスをご教示いただければ幸いです。

ずっと昔から幼馴染《おさななじみ》に恋をしています。

その人は自分とは不釣り合いの憧れの存在で、子供の頃から好きな相手でした。

幸いにもその人と体の関係を結ぶことができました。

しかしセックスが終わると、すぐに解散です。いわゆるセフレという関係らしいです。

どうしたら自然に、恋人になれるでしょうか？

もしも幸平が質問小袋に投稿していたなら、まったく同じ文章になっていただろう。それくらい、質問者と幸平の状況は酷似していた。谷田がかなりの大声で「幸平じゃん！」と叫んだのも無理はない。

いつも谷田が突然大声を出す時、時川は目元をひくつかせて嫌な顔をするが、今回ばかりは真剣な表情のまま頷いた。

「そうなんだよ。幸平君だな？」

「お前、いつの間に……」

「お、俺じゃない」

幸平の投稿ではないが、まさしく幸平の悩みと一致しているので心の底から驚いてしまった。幸平はその文章を読み直し、ごくりと唾を飲み込む。

しかし何度読んでも、幸平と同じだった。幼馴染《おさななじみ》に片想いしていることも、体の関係があることも。驚愕すると同時に、質問者の切実な思いに胸を強く打たれて、勝手に指が『共感』ボタンをタップしていた。その仕草を目敏《めざと》く拾った谷田が、「お前今共感押したな？」と険しい目つきで指摘してくる。

「え、した。ダメなのかな？」

「そうやってすぐ反応するのはさぁ……お前……良いことだぜ。反応するのは大事だ。あっちも、共感してくれてる！　と励まされてるよ。その一人の共感が糧になるんだ。幸平、良いやつだな」

「共感するのも感心するのも良いことだけど、しかし回答が圧倒的にゴミだな」

時川がぼやくので、画面をスライドする。その文章を目にして、幸平は思わず眉尻を下げた。

《回答》
【ID　kkk＊＊＊＊＊＊＊＊＊＊さん】
残念ながら脈なしです（笑）
男はセックス脳なので、ヤることがゴールです。
その過程で告白やデートや恋人になるなど段階があるのに、あなたは最終目的を最初に与えてしまったのです。
もう既にゴールに達しているのに、ここからわざわざ面倒な過程を経てデートなど恋人らしいことなんてしてくれません。
金も時間もかかるし、男にとっては面倒でしょう。
厳しい意見でしたらすみません（笑）
このまま都合の良い存在のセフレとしてやっていくのも良いですが、諦めるなり離れるなりしたほうが吉かと思われますw

「時川、今からこいつを殴りにいこうぜ」

「この回答者、現実でもこんな調子なのかな」

「ネットでも嫌われてる奴が、リアルで好かれてるわけねぇよ！」

ぼうっと画面を眺めていると、谷田が慌てた様子で肩を抱いてくる。

「幸平、こいつは俺らが殴りにいくから大丈夫。だから無視しろ。鵜呑みにするな」

「……諦めるのが、吉……」

思わず唇の隙間からこぼれ出ていた。谷田は幸平の肩を掴み直し、「鵜呑みにすんな！」と激しく前後に揺すってくる。されるがまま前後に揺れていれば、見兼ねた時川が「やめなさい」と谷田の腕を掴んで幸平を助けてくれた。

「なんだこいつ！　この回答者さ、なんで笑ってんの？　ムロ君呼ぼうぜ。あの子、罵倒得意じゃん。あの子ネット民とか一番嫌いだろ。ムロ君にこいつを罵倒してもらってスッキリしよう」

「谷田君、地味に室井君を気に入ってるよな」

「あっ、幸平！　だから読むなって！」

もう一度回答を確認しようとするも携帯を奪われてしまい、手持ち無沙汰になる。とりあえず我が家で唯一のクッションを両腕に抱えて、ため息を吐く。谷田に取り上げられる寸前、携帯の時刻表示が目に入った。

まだ午後二時だ。昨日は朝から晩までバイトが入っていたが、今日は夕方からシフトなのでまだ時間がある。目の前では谷田が室井に電話をかけていて、時川が隣で「うーん」と目を眇《すが》めて、質問小袋を眺めている。電話の通じなかった谷田が携帯を仕舞い、時川は不可解そうに首を傾げた。

「この質問者、本当に幸平君じゃないのか？」

独り言のような声を聞きながら、幸平は心の中で答えた。

——それは俺ではない。だって、その人と俺は少し違うから。

会うたびに一万円を渡されていることを二人には言っていない。あまり口にしてはいけないような気がして、この事実は誰にも明かしていないし、もしも自分が質問小袋に投稿するとしても記載しなかったと思う。

男はセックス脳でヤることがゴール……。そんな考えがあるなんて幸平は思いもしなかった。陽太と回答者は別の人間なので、陽太がそう考えているとは思わないけれど、世間にはそうした思考の人達もいるらしい。

幸平にとってセックスは大切な交わりであり、陽太のそばにいるための手段でもある。だからあの回答はかなり衝撃的なもので、想像の範囲外にあるものだった。ならば『一万円』にも幸平が思いも寄らない意味があるのではないか。今まで深く考えようとしてこなかったこれに、もっともっと衝撃的な回答が与えられるかもしれない。

それはもう、立ち上がれないほどの打撃を心に与えるのではないか。

「幸平、お前、まさか諦めるなんて言わないよな？」

あの質問者も、幸平と同じように悩んでいるはずだ。その人は一人でいるのだろうか。一人ぼっちで、顔の見えない誰かに頼るしかないくらいに、恋に苦しんでいる……

「おい、幸平！」

「え、あ……何？」

また肩を掴まれて幸平は我に返る。谷田は「こんな大声出してるのになんで気付かねぇんだよ、才能か？」と顔を歪める。確かに昔から幸平は、耳に入る音が大きければ大きいほど、ぼうっとしてしまうことが多い。時川が「放しなさい。谷田君、君、すぐ幸平君を揺さぶるのやめろよ」と谷田を諌《いさ》めた。

「だって幸平気付かねぇんだもん。幸平、お前、俺の話聞いてなかっただろ」

「うん。聞いてなかった」

「素直だなぁ。こんなに素直な子いねぇよ。こんな良い奴に、溝口さんどうして……」

「谷田君は、幸平君に『諦めんな』的なことを言ってたよ」

時川は谷田の腕を幸平から外しつつ報告してくれる。

「諦めないよ」

幸平は間を置かずに短く答えた。二人の視線が一斉に集まる。

正確に言えば、「諦めるやり方がわからない」だ。

もうこれは長い恋で日に日に増していく恋情だ。中学の時、陽太に拒否された時も、高校で遠い距離を感じていた時でさえも、幸平の恋は密かに生きていた。諦められるならその頃とっくに終わっている。顔の見えない他人に『吉』と占われて終わらせることのできる感情ではない。

恋の諦め方など知らない。恋を止めるきっかけもない。自分でも抑えられないほどに、陽太への想いは沸いていく。

でも、幸平は考える。やり方やきっかけが分からなくとも、このまま次第に陽太との距離が開いていけば、幸平が終わったと思っていなくても、『失恋』したことになるではないか、と。

「……とりあえずさ、溝口さんに連絡してみようぜ」

「私もそうするのがいいと思う」

谷田が、幸平の携帯を返してくれる。幸平のはっきりとした返事に二人の顔は明るくなっていた。

彼らが心から自分を心配し、そして安堵してくれているのが伝わって、幸平は自然と微笑んでしまう。受け取った携帯には相変わらず陽太からの連絡はない。それでも画面を見下ろし「うん」と頷き、顔を上げた。

「告白する」

「うんうん……はっ⁉　こ、告白⁉」

「二度目？　すごいね幸平君」

「本気で言ってんのか幸平！　お前どんな思考回路なんだ幸平！」

「うるせ」

いつもの谷田の大声に、時川がいつもの嫌そうな顔を示している。調子の戻った二人を眺めつつ、幸平は携帯を握りしめた。

これは卒業式の時と同じだ。このまま何も言わなければ、徐々に、否応《いやおう》なしに、陽太と離れて他人みたいになってしまう。けれどあの春そうしたように、幸平から彼に想いを伝えれば、もう一度陽太と新しい関係を築けるかもしれない。

一度目の告白ではセフレになれた。ならば、次は、恋人になりたい。

「幸平の発想どうなってんだ。偏差値高いとそうなんの？　どこ大行ってる？」

「えっと、Ｈ大」

「幸平君、私達同級生だから答えなくていいんだよ」

陽太には好きな人がいる。だから、この告白は失恋のきっかけになるのかもしれない。

けれど幸平は陽太の片想いが事実なのか確かめていない。ならば新しい関係の始まりになる可能性もある。

携帯の時刻表示の上部には十一月七日と記されている。あと四日で十一月十一日だ。

イチイチイチイチの夜明け前、子供時代に幸平と陽太で朝陽を待ったことがある。高校の修学旅行で陽太はあの朝が綺麗だったと言ってくれた。もう一度見たいと、今も願ってくれているだろうか……

結局その日、会議内で具体的な告白に関する案は捻り出せなくて、『お誘いのメッセージ』の作成は持ち帰ることにした。

悩んだまま工場仕分けのバイトへ向かう。業務中も陽太に送る文章のことばかり考えていて、夜が明け、仕事を終えた後の帰りの電車の中でも、ずっと携帯を見つめていた。

陽太からの連絡はない。頭が回らなくて、メッセージを作り出せない。

どうしようか迷って、幸平は途中の駅で降りた。陽太の部屋の最寄り駅だ。まだ朝九時だから陽太も部屋にいるかもしれない。

会いに行こう。自分の立場を理解していたので陽太の家に行くことは避けていたけれど、思い切りが必要だ。告白するなら十一日の朝が良い。直接向かって、できれば十日の夜を一緒に過ごせないかと誘ってみよう、と幸平は決心する。

それに、ひと目だけでも陽太と会いたかった。もう一週間以上も陽太と会っていないのだ。

もちろん不安もあった。連絡が来ないのは陽太に何かあったからではないかとずっと考えている。例えば彼が事故に遭ったとして、家族でもなんでもない幸平にはその知らせなど入らない。

昔は昼食をご馳走してくれた陽太の母親も、今も二人に交流があるなど知らないはず。陽太は自分の母親と幸平を近づけたくないようだが、その理由は容易に想像できる。陽太からしたら、友達なのか微妙なセフレの幸平を親に紹介などしたくないはず。

ならばこうして直接会いに行くしかない。

……徹夜明けで馬鹿になっている思考ゆえの突飛な行動というのは、幸平も分かっている。分かってはいるが、もう会いに行くと決めたのだ。

心臓は常に正直で、ただ歩いているだけなのに破裂するほど鼓動が速くなっている。緊張で荒れ狂う心境とは真逆の穏やかな朝だった。

——陽太君はもう起きているかな？

暴れ狂う心臓を抑えながらマンションへ向かい、階段を上がっていく。

だが目的地の三階で幸平が目にしたのは、陽太の部屋の前に立つ誰かだった。

「……え」

こぼれた幸平の声に彼女は気付いていない。そこにいたのは、とても綺麗な女の人だった。幸平と同い年ほどのスラリとした女性が、陽太の部屋の前に立っている。茶髪のショートカットが似合う見たことのない女性だ。陽太の大学の学生だろうか。まだ、朝九時なのに……

「誰？」

すると女性がふとこちらに目を向け小首を傾げた。彼女は整った眉を顰《ひそ》めて、怪訝《けげん》そうに幸平を見つめている。視線が左頬に集中している気がして、幸平はとっさに、左頬を隠すように俯《うつむ》く。

黙っているのもおかしいので、恐る恐る訊ねた。

「そこ、よう……溝口さんの部屋ですよね」

「そうだけど……」

女性が近付いてくる。幸平は一歩だけ退いた。

「陽太の友達？　ほんとに？　見えないね。ごめんね、陽太もう家出てっちゃった」

女性はニコッと如才ない笑みを浮かべた。陽太は驚いたのは、その呼び方だ。溝口さんでも陽太君でもなく、彼女は陽太と親しげに呼んでいる。

女性は口元に笑みを引いた。不気味に感じるほど力強い視線が幸平を捉える。

「アナタ、名前なんて言うの？　用があるんでしょ？　私が伝えておくよ」

「だ、大丈夫です」

幸平は三秒ほど薄く口を開いていたが、ふるっと首を横に振った。

「あ。そう？」

長いまつ毛に縁取られた大きな目が、またしてもじっと幸平を凝視してくる。先客がいるなんて、思わなかった。踵《きびす》を返した幸平は、マンションの階段へと慌てて戻る。

チラリと振り返ると、その女性は陽太の部屋の前に戻り、扉を真っすぐに見つめていた。

「……っ」

彼女と陽太の関係は分からない。けれどまだ、朝だ。幸平と同じ関係なのかもしれない。いや、それよりも深いのかもしれない。だって、幸平は陽太と朝まで過ごしたことはないし、先に家を出た陽太の代わりに部屋の戸締まりをしたこともない。彼女は陽太の部屋の鍵を持っているのだろう。

「……でも」

幸平は唾を飲み込んだ。伝言は預けない。告白すると決めたのだから。

目の奥が焼けるほど熱くなり呼吸が苦しくなるが、それでも涙は堪えた。目尻を真っ赤にした幸平は息を深く吐き、マンションから出てすぐ、その場で文章を打つ。

《十日の夜、一緒に過ごせないかな？》

急なので陽太に予定が入っていても仕方ない。せめてメッセージだけでも返してほしい。あの女性がいたということは、陽太も普通に暮らしているのだろう。

いつもは陽太から連絡がくる。今は幸平を必要としていないから呼び出しがないのだろうけれど、まだ飽きてないなら返事が欲しい。

断ってもいい。一言だけでいいから。一緒に夜を過ごせなくても、せめて、もう一度告白する機会が欲しい。

一度だけでも。

そう願って、幸平はメッセージを送った。

……しかし、それはやはり、烏滸《おこ》がましい願いだった。


《十一月十日の午後九時に、陽太君の最寄り駅で待っている》とメールを送った。

現在は十日の午後九時半。幸平は既に駅へ到着し改札前で待っていたが、未だに返事はない。今日は昼から、ここ数日空を覆っていた灰色の雲が凝縮したような真っ暗な雲が街を覆っていて、幸平の心だけでなく町全体が不安の中にいるみたいだった。

次第に電車の本数が少なくなっていく。乗客の数も減ってきて、ついには終電時間に到達した。

「陽太君」

幸平はぽつんと呟いた。携帯に返信はない。

この数日は期待を重ねてばかりだ。何か用事があるのでは、忙しいのでは、携帯を見ていないだけなのでは……全部確信のない願望で、本当は、陽太がメッセージを返さない理由は一つしかないと気付き始めている。

それでもまだ幸平は縋《すが》っていたかった。まだこれはきっかけにはならないと信じたかった。

陽太と見たかったのは、あの夜明けだ。幸平は地元の駅に移動して、アパートの近くの公園にいる旨を連絡した。久しぶりに懐かしい住宅街へやってくる。昔住んでいたアパートはこうして見るとかなり古ぼけていて、切ない気持ちになった。

この場所の記憶が痛みだけでないのは、進と陽太がいたからだ。幼い頃、陽太と共に夜明けを待っていた。大人になった今、またこの場所で陽太と向き合いたい。

公園に移動し、ベンチに腰かける。電灯があるだけで辺りは真っ暗だ。たまに酔っ払いや若い男女が公園の向こうの道を通るだけで、閑散とした夜だった。

ついには日付が変わる。けれど幸平は待っている。

仮定の範囲にあった『返事をしない理由』が確信に近付いている。今日この日に陽太へ告白すると決めていて、今日以外にはもう考えられないのに、なんて空は真っ暗なんだろう。元々この地域は星なんかあまり見えないけれど、一個も輝かないのは、雨雲が立ち込めているからだ。

ある程度着込んできたつもりだったけれど深夜は想像以上に冷たかった。心を温めようとして思い出すのはやはり、陽太との思い出だ。

今はもう見えない夕陽に晒されながら、この公園で何度も二人で遊んだ。

陽太が街にやってくる前までの自分は、一人でどうやって時間が過ぎるのを待っていたのだろうか。

陽太がいないから、分からない。彼がやってくる気配は皆無だ。

だが、不思議と心は穏やかだった。暗い波が心を満たして静かに揺らいでいる。潮時とは、何かを終わらせる時間ではなく、新しく物事を始める好機を指しているらしい。陽太に告白するのが、きっかけだと思っていた。でももう、この行為こそが潮時なのかもしれないと、幸平はふと思った。

次第に真っ黒だった空が、灰色に近くなっていくのが分かった。時刻は午前五時過ぎになっている。耐えきれなかったのかついには小雨が降り出すが、幸平は傘を持っていない。すぐに止むだろうと軽視しつつベンチから立ち上がる。

幸平は再度、陽太の最寄り駅へ向かうことにした。既に始発が出ていて、一番早く来た電車に乗り込む。外はまだ暗い。電車の中が異様に明るくて、心がぼんやりと眩《くら》んだ。

目的の駅に降り立ち、ゆったりとした歩調で陽太のマンションへ向かう。いつの間にか雨が本格的に降り出していた。冷たい雨に打たれても、幸平は歩くのを止めなかった。陽太のところへ行く。もうそれしか考えられない。この感覚は子供の頃に経験した気がする……ただじっと畳の端っこを見つめている。耐える。幸平の脳裏を過《よぎ》るのは、ネットで見たあの回答文だ。

諦めるのが吉の意味は、潮時を受け入れろということなのだろう。誰が書いたかも分からないあの文章が頭の中で、無数の人々の声となり重なる。

それは波のようだった。ザァっと音を立てて、思考を掻き消していく。そうして海に押されるように、幸平は陽太のマンション付近までやってきた。

――階段を上ることは、できなかった。

「……そっか」

幸平が上るより先に、下ってくる男女がいたから。

一つの傘を使って身を寄せ合う二人は、幸平の存在に気付かずに歩いていく。

幸平は呆然と立ち尽くして、陽太と茶髪の女性の後ろ姿を、冷たすぎる雨に濡れながら眺めている。

「諦めるのが、吉か……」

陽太が返信をしない理由が、はっきりと輪郭を持った瞬間だった。

それは簡単で、『幸平にもう興味がないから』だ。

幸平は携帯を取り出した。帰りの電車の時刻を確認するためだったが、あの質問サイトのページが開かれたままだった。

「うん」

潮時だ。もしも質問者が自分なら、回答者に返事ができる。

――はい、諦めます。でも、一生分の思い出ができたので充分です。

何もなかったよりは遥かに良い日々だった。十二年前に陽太と出会って……ずっと好きだった人と肌を重ねることができたのだから。

幸平は踵《きびす》を返して、二人が去った道とは反対側へ歩いていく。波が向かう先へ歩いていく。

今こそが、恋と決別する時だ。

朝だというのに、谷田から連絡が入っていた。
十日に陽太と会うとは皆には伝えていたので、友人達は昨日の晩から集まって、幸平の連絡を待っていたらしい。彼らを心配させるわけにはいかないので駅に着いてすぐ返信を打った。
《告白できなかった。》
文字を打つなり、あ、ダメかも、と思った。文字が歪んで見える。こうして言葉にすると、ブワッと目の奥が熱くなり涙が込み上げる。

まだ電車の中だ。こっそりと深呼吸をして、瞬きをしないよう唇を噛みしめ、涙を堪えた。その時、谷田から《幸平ん家、三人で行くわ》とメッセージが入り、幸平はどうしようもない気持ちでいっぱいになる。

瞼《まぶた》を閉じると一筋だけ涙が頬を伝った。周りの誰も、幸平が涙を流したことに気付いていない。気付いたのは、友人達だけだった。

「――幸平、お前泣いたのか？」

一人暮らしをするアパートへ帰ってくると、既に三人が到着して、幸平の部屋の前に屯《たむろ》していた。谷田と時川、それから室井だ。どうやら昨晩は三人で過ごしていたらしい。なんだかんだ言いつつも谷田は室井を気に入っている。幸平は三人を狭い部屋に通した。谷田は悲しい顔をして繰り返した。

「なんで泣いたんだ。告白できなかった、ってどういうことだ」

「幸平君、まずは着替えたほうがいい。風邪ひくよ」

時川が洗面所からタオルを取ってきて、わざわざ幸平の頭を拭いてくれる。室井は端に座り、無表情と無言に徹してこちらを眺めていた。騒がしい谷田が「そうだ、着替えよう。着替え着替え……物少な過ぎねぇか⁉」と叫ぶ。それを時川の持つタオル越しに聞いている。

皆と会うまでは真っ暗で、静かで、冷たい世界にいた。今幸平は、明るくて、うるさくて、暖かい部屋の中で呟いた。

「恋人になりたいと思ったけど」

不意に現れた幸平の声に、皆がシンと静まる。

「俺は一方的に自分の気持ちを押し付けたかっただけで、全部、自分勝手だった」

また目の奥が熱くなる。それでも、幸平は言葉を止められなかった。

「最初からそうだった。俺が陽太君を好きなだけだったから」

皆が自分を心配してくれることに甘えたら、押し込めていた感情が簡単にあふれ出した。こんな弱音を吐くつもりなかったのに。本当に、こんなことを言うつもりはなかったのに。

「俺なんか、好きになってもらえるわけないって、知ってたのに」

本当は、ずっと分かっていたのだ。俺なんか好きになってもらえない、と。それでも諦めきれなくて、一方的に恋をぶつけようとしていた。

だって、優しかったから。幸平と過ごしてくれる陽太は優しかった。お腹空いたねと言えば、料理をしてくれたことも何度かある。いつだって体を気遣ってくれた。

陽太の部屋で会う時は、必ず駅まで迎えに来てくれて、帰りも送ってくれた。居酒屋へ向かう時、服を貸してくれたのはあれが初めてではない。陽太は優しかった。とても優しかった。

だから勘違いしていたのだ。

「なっ！　そんなことねぇよ！　俺や時川はお前のこと良い奴だと思ってるぜ」

「そうだな」

時川は谷田の大声を嫌がらずに同意した。幸平は涙を堪えることしかできない。谷田がさらに声を強める。

「お前ほど優しい友達はいねぇ。俺なんか、って言うような存在じゃない」

「俺は」

谷田と違って自分の声は恥ずかしくなるほど弱々しかった。悲しみが堪えていた涙を強引に引き連れてきて、とうとう涙があふれる。自分が情けなくて仕方ない。好きになってもらえるはずがなかった。

――だって、俺は。

「友達も少ないし、顔も変だ」

「変じゃない」

時川は断言した。

「幸平君は何もおかしくない」

顔に関して自分から口に出したことはなかった。ゆっくりと俯《うつむ》いていた顔を上げると、続けて時川は言い切った。

「俺達は友人として、幸平君を好きだよ。幸平君の友達であることに誇りを持ってる」

俺、を時川が使うのを初めて聞いた。幸平は洟《はな》を啜《すす》って彼の真っすぐな眼差しとその言葉を見つめていた。どう返したらいい分からない。胸が苦しくてどうにもできない。

その時、幸平の視界に、部屋の端にいた室井が腰を上げるのが映った。

「幸平さ、お前さ、結構人気なんだぜ？　高校の時も大学も」

「バイト先でも可愛がられてたじゃないか。私が漫画読んでたら文句言ってくるジジイも、幸平君が勉強をしていたらニコニコしておやつくれただろ」

「こんな差別が起きるくらい、お前は好かれてんだぜ。だから、お前は、なんかじゃないって」

「幸平先輩。好きです」

「ほらな、ムロ君も珍しくこう言ってる」

「幸平先輩」

室井が谷田を押しのけて幸平の隣にやってくる。谷田はその強引さに驚いたのか目を丸くして、時川は真顔で室井を見つめている。

そして室井は、今までに見たことがないくらい、真剣な目をしていた。

「俺はあなたのことが、中学の時からずっと好きでした」

部屋は水を打ったように静まり返った。幸平もまた、何も言葉を発することができなかった。

――……今、なんて？

室井は瞬きもせずに幸平を見つめている。唖然とする幸平に、一つ一つの言葉をはっきりと告げた。

「ずっとずっと、好きでした」

その時突然、真顔だった室井がくしゃっと顔を歪めた。その顔を見て幸平もハッと我に返るが、しかしろくな言葉は浮かばずに、「え」と唇から漏らすだけだ。

室井は震える声で必死そうに続けた。

「好かれないなんて、そんな悲しいこと言わないでください。俺はずっと幸平先輩が好きで……ずっと先輩に、恋を、してたんです。幸平先輩を困らせてるの分かってます。でもアンタが、自分なんかって言うせいです。俺だってこんな風に言うつもりなかった。俺だって」

室井は一度深呼吸をして、手の甲で鼻先を擦り、囁《ささや》いた。

「幸平先輩と恋人になりたかった」

息すら止めていることに気付いたのは、その言葉の直後だった。

室井は軽く顔を伏せたが、大きな吐息の後、顔を上げる。あまりにも突然で予想だにしなかった言葉達がまだ、続いていく。

「意地悪ばっかしてすみません。陽太さんが幸平先輩から告白されたって言ってたなんて嘘ですよ。それに、あの人は酒なんか呑まない。俺がただ、アンタ達のことずっと見てただけだ。二人が頻繁に会うようになったって謙人さんから聞いて、そういう関係になったのかもしれないって思って、怖くなって……カマかけたらそうだったから、ムカついたんです。なのに付き合ってないとか言い出すし。腹立ったんですよ。幸平先輩は昔っから陽太さんのことばっか考えてるじゃないですか。俺だって同じように、学校も一緒だったのに。俺だって」

室井はしゃくりあげるように息を呑み込む。手の甲を額に当てて、とうとう深く俯《うつむ》いた。

「……コウちゃんって呼びたかった」

幸平はその場に座り込んだまま室井だけを見つめている。極度の驚きのせいか幸平自身の涙はすっかり乾いていた。室井は未だ顔を伏せたまま告げる。

「意地悪ばっかしてしまったけど、今、確信しました。二人は幸せになるべきです。陽太さんだって、幸平先輩のこと大事に思ってるはずです」

そうしてやっと顔を上げた室井は、こちらの胸を締め付けるような切ない表情をしていた。自分の呼吸の音がやけにはっきりと聞こえる。真剣な顔つきだった室井が、わずかに微笑んだ。どれほどの沈黙が流れただろう。突然、空気がゆらっと揺らめく。時川が動き出したのだ。

「今の幸平君に必要なのは一人になる時間かもしれない」

言いながら腰を上げた時川は、廊下へ歩いていった。洗面所へ向かう前にこちらへ顔を向ける。

「風呂にでも入って体を温めたほうがいい。浴槽、洗ってある？」

反応が遅れつつも、「う、うん」と返す。時川は頷き、洗面所へと引っ込んだ。シャワーの音が聞こえてきてからしばらくしてまた姿を現す。時川は濡れた手を自分の服で拭いた。いつもはハンカチで手を拭う時川の、初めて見る雑な仕草だ。

「すぐ溜まるだろうから、ゆっくり浸かればいい。私達は、朝食でも買ってくるよ」

時川は先に「なぁ、室井君」と声をかける。すると室井は安心したように目を細めて首肯《しゅこう》した。

「そっすね」

時川の気遣いのおかげで室井の表情が緩んだのが分かる。時川は次に谷田へ視線を向けて、谷田も「そうだな」と立ち上がった。

そうして三人はあっという間に部屋から去っていく。彼らが扉を開いた時、一瞬だけ外の本降りになった雨音が聞こえてきた。扉が閉まり雨音は遮断されて部屋は静寂に包まれる。

幸平はたった今起きたさまざまなことに呆然として、その場に数分座り込んでいたが、この一晩中、意識していなかった喉の渇きを覚え立ち上がった。

水を流し込んでからやっと息ができた。この夜も明け方もずっとどこか現実感がなくて、水が飲みたいとか腹が減ったとか考えもしなかったのに、今はそのどちらも意識できる。

頭に血が巡り、思考がはっきりとしてくる。

好きだ、と室井は言った。幸平は驚くことしかできなかった。

室井は陽太に関心があるのだと思っていたのに、まさか自分を好きだったなんて思いも寄らなかった。室井は中学から好きだったと言っていたが、だとすると高校や大学が同じであることにも意味があったのだろうか。

幸平は、室井の思いを知らなかった。幸平がずっと片想いを隠していたように、室井もそうして悩んできたのだろうか……

水を飲んでからも、幸平はかなりの間ぼうっとしていた。どれほど経ってからかは不明瞭だが、そういえば、と風呂場のお湯を止めようと思い立つ。

そうして浴室へ向かうタイミングで、突然、チャイムの音が室内に鳴り響いた。

「……時川？」

帰ってくるには早すぎる。忘れ物だろうか。まだぼんやりする頭で考えながら、躊躇《ためら》いない歩みで、しかしよろよろと玄関へ向かう。

そうやって呆然とした心地だったから、幸平は客の顔を確認せずに扉を開けてしまった。

さらに、チェーンをかけていなかった。

「——久しぶり」

「……あ」

幸平は乾いた声を落とした。目を見開くと、冷たい空気が眼球を突き刺す。

——どうしてここに、いるんだ。

——……もう、何も分からない。どうして——……

第六章　溝口陽太　二十歳

厄介だったレポートが完成し、陽太は一呼吸して休憩に入った。レポートの締め切りは十一月八日で現在は七日だ。前日に間に合ったなと携帯のカレンダーを眺めていると、玄関のほうから物音がした。一瞬体を強張《こわば》らせるが、続けて聞こえてきた「陽太ぁ、ただいまー」という声に安心し、陽太は腰を上げる。

「卵とか買ってきた。オムライス作って」

「ん、いいよ」

「やったぁ、陽太君大好き！」

廊下まで迎えにきた陽太は、買い物袋を受け取りながら「キショい」と言い放つ。そいつはヘラヘラ笑いながら言った。

「酷いな。あ。部屋見てきたぞ」

「は？　お前行ったの？」

陽太は思わず卵の入った買い物袋を落としそうになる。謙人はちら、と陽太を窺《うかが》ってからリビングへ向かい、ジャケットを脱いでソファに放つと、自身のリュックから茶封筒を取り出した。陽太は嫌な予感がしたが、それの正体は予想通りだった。

「だって重要な書類とか来てたらどうすんだよ。俺なら平気だろ。郵便受け、新しいの入ってた。見るか？」

冷蔵庫の中が空っぽだと言ってスーパーへ向かったはずの謙人だが、帰りにわざわざ陽太のマンションを見てきたらしい。時刻は午後四時過ぎで、今この２ＬＤＫの部屋には陽太と謙人の二人だけがいる。

陽太はこの一ヶ月近く謙人と彼の兄が住む部屋に居候《いそうろう》させてもらっていた。兄が高給取りらしく部屋は広く、リビングの中央にはソファとテーブルが置かれている。

壁側に配置されたキッチンへ向かい、陽太はひとまず買い物袋を冷蔵庫の前に置くと、早速茶封筒の中身を確認することにした。心の中で深呼吸をしてから謙人から封筒を受け取る。それは心を圧するほどずっしりと重みを持っていた。

中身をソファの前のテーブルの上に広げると、謙人が「うわ……」と低い声を漏らした。テーブルに散らばったのは、主に大学構内で撮られた陽太の写真だ。

九月の初旬から始まって、もう二ヶ月近くこの状態が続いている。十一月に入ってもまだ終わらないばかりか、勢いが増していた。

週に三度の気味の悪い郵便は陽太の部屋に届いているので、まだこの場所は割れていない。写りは悪く、じっくり観察しなければ陽太と分からないような写真も多い。

「本当に陽太ばっかだ。こういうのってどうやって現像すんだろうな」

隣の謙人は苦虫を噛み潰したような顔で言って、ソファにどさっと腰を下ろした。陽太は

「さぁ」と呟き、写真に幸平の姿がないことを一枚一枚確認していく。

よかった。まだバレてない、と陽太は一息吐く。やはりこの、いわゆる『ストーカー』は幸平の存在は把握していないのだ。

こうした写真が届くようになってからの二ヶ月は、陽太は幸平を部屋に呼んでいない。初めの一ヶ月はまだ自宅マンションで暮らしていて、写真は気持ち悪いとは思っていたが、具体的な解決案もなかったので生活を変えなかった。

しかし「俺は男だから大丈夫」と思い放っておいたら、今度はバイト先に送り主不明の手作り菓子が届くようになった。

それにゾッとして、すぐに謙人の家に避難した。陽太はもう一ヶ月近く謙人と、不在がちの謙人の兄の世話になっているが、この場所はバレていないようだ。

引っ越しは考えているが、謙人達には「一人にはできないからこのまま部屋にいろ」と止められている。まさか幸平の家へ匿ってもらうわけにいかないし、彼に事情を話すわけにもいかない。この数日は妙な視線を感じる気もして、陽太は十一月に入ってから幸平に連絡もしていなかった。

――コウちゃんに、会いたい。

「実家は平気そう？」

謙人は写真を封筒に戻しながら問いかけた。これまで送られた写真は陽太が保管している。

「平気。帰ってないし、さすがにこいつでも実家の場所は分かんねぇと思う」

「俺らは全然良いけど、お前、本当に実家帰んなくていいの？」

「いや、子供いるから」

そもそも実家と呼べるのかすら懐疑的だ。今、陽太の母達が暮らしている家は彼女ら三人の家で、陽太は部外者と言って良い。

きちんと確認したので写真以外の物は入っていないと理解しているが、それでも心配になり、陽太はもう一度茶封筒の中身を確かめた。写真には幸平も母も映っていない。大丈夫そうだなと安堵しつつ、「あの家は危なすぎる」と付け足した。

「あー、つうか陽太の母ちゃん若いもんな。初めて見た時、姉ちゃんかと思った。彼女に間違われたら大変だ。刺されっかも……ま、一番は森良君だわな。バレたら彼、危険だぜ」

苦笑がちに言う謙人だが、その発言こそ本質だ。陽太は、内心で絶対に幸平を危険に晒すわけにはいかないと改めて誓う。ライブスタジオの受付バイトにもストーカーは迫っていたのだ。陽太の部屋に幸平を呼んだりなんかしたらすぐバレる。

バイトはここ二週間ほど、体調を理由にして休んでいる。子供の頃から知っている店長なので「いつでも復帰していいからな」と優しい言葉をくれたのは不幸中の幸いだが、収入がないのはかなりの痛手だ。すぐにでも問題を解決しバイトに復帰したいのだが、ストーカーの対処法をネットで検索しても「刺激をしないように」「警察は動かない」など情報が曖昧《あいまい》で、対策ははっきりとしていない。

痛手といっても陽太が金を使うのは、一つに限られている。

『待て、今なんつった？　一万渡してんの？』

陽太の耳に蘇るのは一昨日の謙人の言葉だった。バイトで得た金の使い先を聞かれて、陽太は、幸平に渡している、と答えたのだ。

謙人はぽかんと口を開き、やがて大袈裟なまでに頭を抱えた。

『俺が悪かった。お前の童貞力と……恐怖を。コウちゃんに面倒がられたくない恐怖をなめてた……それ援交みたいになってっぞ！』

陽太は眉間に皺をたっぷり寄せて、『援交？　そんなんじゃねぇよ。それってジジイと女の子がするもんだろ？　俺のは援交じゃない』と反論した。謙人は返す刀で怒鳴った。

『でもなってんだよ！　お前はパパみたいになってんの！』

『パパ？　俺はそんなんじゃない』

『金渡すな！』

謙人の叱責で自分の愚行を理解し、陽太はすっかり青ざめた。ようやく己の愚かさを自覚するも、しかしだからといって他にやりようがない。

『……じゃあどうしたらいい。俺はコウちゃんの時間を奪ってんのに。俺と会ってたら、コウちゃんは金使ってるようなもんだ』

幸平の家庭事情を知っている自分が、幸平の時間を好きに奪うような真似はできない。『疲れさせるし』と体力面も付け加えると、勢いの止まった謙人は天を仰いだ。

『機会費用か。あー……？　どうすりゃいいんだ？　もっと自然な金の渡し方……』

そのまま一万円の件は保留になった。二日経つがまだ解決していない。

幸平と会うことも控えている。最後にメッセージを交わしたのは一週間前で、普段、幸平から連絡が来ることはない。陽太ばかりが幸平に連絡しているので陽太がメッセージを入れなければ会うことはなく、言い換えれば自然消滅的に関係が終わってしまう。

——それだけは嫌だ。早くコウちゃんに会いたい。

だが、どうにもストーカーから送られてくる写真の量が増えているのだ。

もうすぐ、十一月十一日になる。このままだと、史上最悪な十一日になりそうだ。

先ほどまではまだ食欲もあったが、この写真の束で気が削がれた。内側から殴られるような頭痛もしてくる。謙人は冷蔵庫を開き、「酒でも吞む？」と誘いをかけてくるが、とてもそんな気分ではないので、陽太は頭を押さえてかぶりを振った。

時刻はまだ夕方だが、謙人としては既に酒の時間なのか、彼は「陽太ってほんと、酒嫌いだよなぁ」とビールを開けた。

陽太が『酒』という言葉に嫌悪感を抱く理由は、味がどうというよりその存在にある。パッと思い出すのは、あの古びたアパートだった。

幸平が住んでいたアパートのおばさんは、よく『あの親父さんは酒グセが悪いのよ』と愚痴っていた。当時まだ子供だった陽太には意味が分からなかったが、いつしか、幸平の父親が酒好きで酔っ払うと凶暴になるのだと理解した。

そのせいで酒は邪悪だという意識が抜けない。当の幸平は、吞んでいるらしいけれど。

「あ、そういえば。お前、原田に何話した？　この間の居酒屋で」

意識が過去へ行っていたのを現実へ戻す。馴染《なじ》みのない人名に陽太は首を傾げたが、「原田？」と繰り返すと同時に思い出した。

「あぁ、あいつか。なんで？　話してねぇけど」

ちょうど一ヶ月前、幸平についていった飲み会で、原田という高校時代の同級生と再会した。陽太はあの夜、少し離れた席で酒を呑む幸平ばかりを眺めていたので、彼女の印象は薄い。

「原田から変なＤＭ来たんだよ」

謙人も元同級生ではあるが、あまり親しくないらしい。一応ＳＮＳでは繋がっており、その原田から唐突に、ダイレクトメッセージが送られてきたのだと言う。

「原田も言いにくそうにしてたけど、溝口さんって一途なタイプ？　って」

「は？　何それ」

「お前が高校の時誰とも付き合わなかったって、なんでか知ってんだよ。そのこと聞かれた」

陽太にも謙人にも眉間に皺が刻まれる。二人はテーブルを挟んで顔を顰《しか》め合った。

「原田は、芹澤から聞いたらしい」

時間をかけると、陽太はその芹澤という存在を思い出すことができた。原田と同様に高校の同級生で、三年の時彼女から告白されたことがある。顔は曖昧《あいまい》なままだが、かなりしつこかったことは覚えている。

「原田って芹澤のグループだったじゃん。飲み会で陽太と話したって原田が芹澤に話したら、その後結構経ってから、陽太が実は高校のとき誰とも付き合ってなかったって話をしたらしい」

そういえば当時も彼女によって勝手に『陽太に好きな人がいる』といった発言を広められた。もちろんその好きな人とは幸平のことだ。高校時代の陽太は、幸平とほとんど喋ったことがないのに、幸平のことばかりを考え、一喜一憂していた。

「原田と会ったのが一ヶ月前だろ？　そう思うと、原田が芹澤に陽太の話をしてから、ストーカー過激になってるよな」

一ヶ月前は、バイト先に菓子が送られてきたタイミングだ。あれは幸平との飲み会の後だった。そこから謙人の家で世話になっているが、写真の量は明らかに多くなっている。

「まぁ、確かに」

「なぁ陽太、覚えてる？　アスカがたまに『芹澤さん結構やばい人だよ』って話してたの」

アスカは、陽太達の友人だ。アスカも幸平を『頭良いよね。すごく親切だし』と言っていたな、とまたしても陽太の意識は幸平へ向かってしまう。すると謙人が声音を低くして、潜めるような口調で言った。

「アスカってさ、普段悪口とか言わないやつなのに、芹澤にはあんま良い反応しなかったじゃん。芹澤と同中だって言ってたよな。お前が告白された時も、絶対やめたほうがいいって言ってた」

言われてみると、アスカは陽太が芹澤に告白されたことを知ると怯《おび》えるように青ざめていた。ぼんやり思い出していると、謙人が口を開き、だが言い迷うように閉じ、意を決したように告げた。

「あのさ、お前のストーカーって、芹澤なんじゃね？」

衝撃の推測を聞いて、陽太は硬直する。どう返すべきか言葉を失ったが、どうにか呟いた。

「……いや俺、芹澤と会ってねぇんだけど」

「でも俺達しか知らないことを芹澤が知ってるってあり得なくねぇか？　時期も被ってるし」

陽太は沈黙して考え込む。

謙人が「高校当時の陽太は交際経験がなかった」と最後に童貞ネタで揶揄《からか》ったのは二週間ほど前だ。陽太の部屋に一時的に帰宅した時で、原田が芹澤から話を聞いた時期とほぼ同じ頃である。まさか……あの部屋に何か仕掛けられているのではないか。そんな自分の推測に、陽太は血の気が引いた。するとソファから立ち上がった謙人が提案する。

「行ってみる？　探そうぜ。盗聴器」

やはり謙人も同じ考えだったか、と発想が同じであることに、安堵よりも絶望を感じた。

「ありえねぇもん。俺がさ、お前が実は女遊びと無縁の一途男だって知るには盗聴するくらいしかないって話したの覚えてる？」

「覚えてねぇ」

「それじゃね？　盗聴器あるんじゃねぇの？　だからさ、発見するやつ、買いに行こうぜ」

本当に盗聴器を仕掛けられているのだとしたら……幸平の話はあの部屋でしていただろうか。陽太が一番に考えることはやはり幸平についてで、ゾッと鳥肌が立った勢いで腰を上げる。謙人と共にすぐに家を出てディスカウントストアへ寄り、盗聴器発見器を購入した。

まだこの段階では、まさかそんなわけがないと半信半疑だった。現実感のなさのせいでどちらかというと疑の割合のほうが高い。マンションに帰ってきて部屋に入るまでは、謙人が最近好きな女子の話をするくらいの余裕があったのだけれど。

——ビービービービー。

発見器が、コンセント差し込み口の辺りで金切り声を上げるなり、二人は黙り込んだ。

「……一回、場所変えるか」

長い沈黙の後の謙人の提案に、陽太は無言で頷いた。発見器の止め方が分からず離れると、音はパタ、と途絶えた。だが頭の中ではその甲高い音が鳴り響いている。

二人は一言も発さずにマンションから離れた。大通りに出てからどちらともなく「店行くか」「腹減ったしな」と言い合って駅前のファストフード店へ移動する。注文を終え品物を受け取り、並んで席に着く。

ハンバーガーを一口齧《かじ》った後に、謙人が口を開いた。

「今の……」

「精度の問題だろ」

「だ、だよな」

謙人は軽く笑ってさらにハンバーガーを頬張った。店内はほぼ満員で活発な人の声であふれている。そのおかげで先ほどの緊張が解けたらしく、謙人のテンションが異様に高くなった。

「んなわけないって……いや、鳴るか!?　普通。さっきのなんだったの？　すげぇ鳴ってたけど」

「さぁ。これ止め方分かんねぇ」

「あ、やっぱ陽太も若干パニクってた？　お前顔に出なさすぎ。それ壊れてんのかな」

「安モンだったしな」

陽太は盗聴器発見器を取り出して眺めてみる。恐怖で顔が強張《こわば》っていた謙人も今は落ち着いていて、陽太の手元を覗き込んだ。ハンバーガーを食べながら話しているうちに、腹が満たされたせいか、体も温かくなってくる。

「俺、お前のことよくコウちゃんのストーカーって言ってたけど、ここに来て満を持してマジもんのストーカー登場かと思った」

「俺はストーカーではない」

「はいはい。でもさ、陽太の家ってエントランスで確認とかないよな。勝手に部屋入られてることって結構あるとか聞くし、帰ったらもっかい発見器やってみようぜ。もっと高いの買えば――」

「久しぶり」

その瞬間、声が奪われたかのように二人の会話が途絶えた。

先に陽太が振り返った。視界の端で、徐々に彼女へ顔を向ける謙人が見えた。

現れた茶髪の女――芹澤は、口元に笑みを引いて、陽太ただ一人を見つめている。

「わぁ、関もいるんだ。二人、ほんっと、仲良いね」

謙人に視線を向けた芹澤は、高い声で喜んだ。謙人が軽く頷き、「お、おう」と返す。

芹澤はその場に突っ立ったまま、明るく続けた。

「何話してたの？」

謙人は唇を開いたが、言葉は出てこないようだった。陽太はできる限りいつもの声音で返した。

「……就活の話」

「へぇ」

その笑顔を前にして陽太は目眩《めまい》がした。ここはファストフード店だ。芹澤は小さなバッグ一つを肩に下げているだけで、商品は何も持っていない。席を取りにきたわけでもなさそうだ。

「私もこの辺住んでるんだ」

芹澤は笑みを崩さない。そうしているうちに謙人が引き攣《つ》った笑顔を浮かべ、声を取り戻した。

「そうなんだ。ごめん俺ら行くとこあっから」

「えー、残念」

謙人はトレーを片手に立ち上がると躊躇《ためら》いなく歩き出し、陽太も彼の後を追う。ゴミを乱雑にゴミ箱へ押し込んで店を出て、敢《あ》えて大通りを通らずに百貨店を突っ切り、駅の反対側へ抜ける。背後を確認しながら歩いたが彼女が追ってくる気配はなかった。

しばらく歩き続けると喫煙スペースのある賑やかな通りへ辿り着いた。謙人は煙草を取り出し、火をつけた。一服し、煙を吐き、小さく叫ぶ。

「ヤベェってアイツ、イカれてる！」

陽太は無表情で煙草の赤い火を見つめている。東の空は薄暗くなり、繁華街も賑わってきていた。

「よ、よよよ、陽太落ち着け。落ち着け……うわ、鳥肌やば」

——……絶対に。

「嘘だろ？　なぁっ！」

――絶対にコウちゃんを知られてはならない。

「ちょ、待て。いつから……？」

指に挟んだ煙草がみるみる灰になっていく。謙人はせっかくの煙草も吸わずに小声で陽太へ言った。

「アイツ、森良君のこと知ってんのかな？」

それを聞くなり血の気が引いて、指先の感覚がなくなる。息が浅くなり、頭がぼうっとする。

「いや……知らないよな？　だってアイツ、派手な男しか興味なかったもんな。そ、ういう奴だよ芹澤は。これ、どうする？」

「警察行こうぜ」

謙人が強く頷き、まだ一度しか吸っていない煙草を灰皿へ捨てた。陽太は携帯を取り出しすぐさまこの街の警察署を調べる。が、途中で指を止めた。囁《ささや》くような「待て」と声が漏れる。

「え、何」

「コウちゃん」

頭の中が幸平のことでいっぱいだった。

「逆恨みとかしたら、コウちゃん……」

自分は今おかしくなっている。何を話しているのかどうしたらいいのか、まったく分からない。

「俺らが警察行ったのバレたら、コウちゃんが。……いや、逮捕とか、簡単にできないだろ」

「そうだな」

謙人は即座に同意し、数秒後に困惑しながら言った。

「え？　そうか？　いや、そうだよな……そうなの？」

「証拠、先に、集めようぜ」

「そうだな。さっきの盗聴器見つければ、分かんねぇけど、指紋とかさ。あ、ごめん」

謙人は変な笑い方をしながら「怖すぎかも」と目尻を拭った。

西の空が赤い陽で染まっていた。二人は来た道を戻り、再度あの部屋へ向かった。心臓がありえない速さで鼓動している。歩いているだけなのに体力を消耗しているのが分かる。

西陽がいつも以上に強く感じて、まるで太陽に生気を吸い取られているようだった。

思い出すのは、先ほどあの部屋を逃げるように出た時、謙人が上着から飴のゴミを落としていたことだ。二人とも気付いたけどとにかく部屋を出るのに必死で、あのゴミを拾わなかった。

部屋に戻ってきてすぐ、陽太は盗聴器発見器を取り出す。しかし先ほどあれほどけたたましく鳴った発見器は、無言で陽太の手の中に転がっていた。

コンセント差し込み口に近付けても静かだった。

「陽太、なぁ、なんで鳴らねぇの」

「分かんねぇ」

「……あのさ、さっき、俺ゴミ落としてったよな」

謙人は部屋の真ん中に立ち尽くしたまま、顔だけ玄関のほうへ向ける。何かを見つけた彼は呆然と固まって動かなかった。代わりに陽太が玄関へ歩いていく。謙人が掠《かす》れた声を落とす。

「なのに、ないよな」

「……いや、ある」

謙人は「え」と呟き、こちらに近付いてくる。陽太は、並んだ靴の辺りを指差した。

「そこ。ズレてる」

三秒ほどの静寂。打ち破ったのは、ドンッと謙人が壁を殴る音だった。

「っざけんなよ！」

謙人が怒鳴るのを横目に、陽太は息を吐く。謙人は壁に拳の側面を当てて瞳孔の開き切った目で叫んだ。

「きしょいんじゃボケ！　テメェが死ねよ！」

「謙人、うるせぇ」

陽太が低く呟くと、謙人は荒れた呼吸混じりに「ごめん」と声を震わせる。一度大きく息を吐き、怒りと恐怖の宿る瞳で陽太を見遣った。

「どうする。証拠ねぇんだけど。クソ女に回収されてんだけど。なんなんだよあいつ……アスカに話聞いてみようぜ。原田にも」

「ああ、まず出よう」

謙人を促し、部屋から出る。夕陽は空の向こうに消えて、残滓《ざんし》みたいな橙色《だいだいいろ》の光だけが西空に取り残されていた。歩きながら、謙人は原田とアスカに連絡をした。電車に乗り込んだタイミングで、「返信来た」と耳打ちしてくる。メッセージのやり取りを覗いてみると、原田からだ。

「原田、俺らのこと心配してたっぽい。だからこの間も俺に連絡してきたんだって」

原田は他にも、芹澤が陽太の話を頻繁にしていたことを教えてくれた。

「アスカからも……ま、じか」

駅に着き、青ざめる謙人と電車を降りる。謙人の部屋に帰る前に駅前の喫煙所へ向かった。

喫煙所のすぐ先には噴水が設置されている。時間帯的に水は出ていないがカップルには人気のスポットらしく、噴水を囲うベンチはどれも埋まっている。謙人は煙草を吸い火をつけると、アスカからの話を教えてくれた。

「アスカさ、芹澤と同じ中学だったらしくて、唯一の同中だったらしい。話によると芹澤の彼氏が三年で転校して。でも、彼氏って豪語してたけど全然彼氏じゃなかったっていう。その男の家にも盗聴器仕掛けたらしい。それと、ほんと噂らしいけど……、その男、刺されたから転校したとも」

二人の間にまた無言の時間が流れた。一本を吸い殻にして、二本目に火をつけた謙人が呟いた。

「全然意味分かんねぇ……」

「意味分かるほうがやばいだろ」

「そうだよな」

頷く謙人は、いつになく動揺している。興奮してきたのか、段々と口数も多くなる。

「も……森良君は、平気だよ。だって男だぜ？　お前が『コウちゃん』って言ったとして、それが男だって普通は分かんねぇから。まさか男だって思うはずない」

「……あぁ」

「お前は高校時代、森良君とまったく喋ってなかったんだし……。それにさ、芹澤はお前と原田が会ってるって知らなかったんだ。だから全部追えてるわけないって。やっべ、俺、名推理じゃね？」

「名探偵だと思った」

「だから平気だよ、森良君は。まだ」

数秒に一回視界が眩《くら》んだ。込み上げる吐き気を堪えつつ、陽太はライトアップされた噴水付近を眺めている。すると不意に、謙人が低い声を出した。

「……なぁ、お前何してんの？」

その声が困惑に塗《まみ》れているので、陽太は隣に目を向けた。

謙人は得体の知れない怪物を見るような目で陽太を凝視していた。台詞の意味が分からなくて陽太が眉間に皺を寄せると、彼はさらに顔を歪め、やがて、恐る恐る問いかけてくる。

「なんでさっきからずっと、無表情なわけ」

陽太は答えずに謙人を眺めている。

すると謙人は、心から心配するような顔をして言いにくそうに問う。

「前から陽太はポーカーフェイスだって思ってたけど……大丈夫か？　感情、死んでねぇ？」

「……」

陽太が黙っていると、突如として、謙人が何かに気付いたように目を見開いた。その手から煙草がすり抜けて灰皿へ落ちていくが、彼は手元を見ていない。謙人は陽太の上着を凝視している。

「待て、お前携帯、どうなってる？」

上着から陽太の顔へ視線を移す。その目の瞳孔は開き切っていた。

「おかしいだろ。アイツなんで俺らが店いるって分かった？」

陽太は考えるより先に携帯を取り出した。そういえば、ここ最近……いつからだろう、今までになく充電の減りが早い。

陽太はそう認識するなり噴水へ早足で向かう。みるみる呼吸が荒くなっていき、視界の眩《くら》みが連続的になるが、そんなことも気にせず、陽太は携帯を迷いなく噴水の池に投げ捨てた。水没していくソレを眺めながら、大きく息を吐き捨てる。

「……ハァ」

陽太は吐き気を死ぬ気で堪えて、その場にしゃがみ込む。

「はっ、う……は、はぁ、はぁ」

はぁ、はぁ、と荒い呼吸が陽太の頭の中で響く。追ってきた謙人の靴先が視界に入る。

「無理すぎ……」

そう呟く謙人の声が遠くに聞こえる。目眩《めまい》が強くなり、世界が歪んでいくのを感じた。


母達の住む家に帰るわけにいかないので、着ていた服は捨てて、謙人に服を借りた。謙人は心から心配してくれて自分の家にいるように食い下がってきたが、これ以上迷惑をかけられないと陽太は断った。

まだ、手を出しにくいだろうと、陽太はスミレの家へ行くことにした。怒りと混乱と恐怖で、スミレに事情を説明する前に、五年ぶりに熱が出た。食欲がまるで湧かないのがこの熱のせいなのかは判別できない。なぜここまで生活が芹澤に侵食されていたのか、と陽太はスミレのベッドで考えた。

原田は、陽太が『高校の頃交際経験がなかった』『じゃんけんが弱い』『不味いから酒が嫌い』『背中に龍の絵が入ってる』などを芹澤から聞いたと教えてくれたが、それらは嘘も混じっている。

背中に龍など入っていないし、不味いから酒を嫌っているわけでもない。それは二週間ほど前、友人達が家へやってきた時に謙人が言った冗談だ。やはり二週間前には、芹澤は部屋に侵入していたということになる。

だから幸平に関する情報が一切出てこないのだ。二週間前なら謙人の家に移動していたので、幸平の話はしていない。

陽太が部屋に帰ってこなくなったから、行方が気になって携帯に位置を特定する何かを仕込んだのだろうか。でも携帯は水没してもう使えなくなった。パソコンにデータのバックアップを取っていて良かったと陽太は改めて思う。新しく携帯を買うのは、熱が引いてからだ。

芹澤はどうやってこんなことを……と考えるが、すぐに思い浮かぶのは、二週間ほど前に鞄をなくした事件だ。食事中にトイレへ席を立ち、帰ってくると鞄が見当たらなかった。同席していた友人らもいつの間にと驚いた様子だった。後日、店から「置き忘れですか？」と連絡が入り、鞄は手元に戻ってきた。その時に鍵を複製されたのだろう。

だとしたら携帯はいつ触られたのだろうか。構内でも食堂でも学校外でも、いっとき携帯から目を離すことは多々ある。その隙にステルスの位置特定アプリを入れられたのかもしれない。もしくは一週間前レポートの関係で部屋にやってきた大学の友人の中に、芹澤の協力者がいたのかも。もしくは隣人がベランダから侵入することだってできる。夏は窓を開けていることも多かった。

疑いは飛躍した妄想の域まで及び、さまざまな考えが陽太の頭の中を掻き回している。どうしても眠れないので、薬を飲むためにも食べ物を買いに行くことにした。スミレも日中は徒歩三十秒の店へ出勤していて不在にしている。謙人も『秋田さんの家ならまぁ、いいか』と納得してくれていた。

発覚から二日経っているが、まだスミレには事情を話していない。昨日は熱で相談どころではなかったし、今日はある程度引いたがまだ三十八度ある。スミレに諸々を話せば母にも伝わってしまう。子供がいるのに余計な面倒をかけるわけにもいかない。

ぼんやりそう考えながら、徒歩二分のコンビニへ向かう。熱が出ている際にいつも食べる定番をカゴに入れていくと、いきなり後ろから聞き覚えのない低い声がした。

「もしかして溝口？」

そこには背も高く筋肉質な、格闘家風の大男が立っている。一瞬誰かと思ったが、すぐに気付いた。

「……中田？」

「やっぱり溝口だ」

小学生の時、同級生だった中田だ。彼は昔の面影の残る笑顔で「マスクしてっから自信なかったけど当たって良かった」と明るく言う。陽太がこうしてこの街に帰ってくるのは久しぶりで、昔の同級生と再会することは滅多にない。中田は地元に留まっているらしい。

「溝口、すげぇ久しぶりだな」

「おう。……死ぬほど酒買ってんね」

「今日、俺、誕生日なんだよ。十一月九日。二十歳二十歳」

「へー、おめでと」

「すげぇ感情こもってないな。……つうか、黒崎元気？」

黒崎とは誰か、と熱のせいか理解が遅れるも、思い出した。小学生の時の幸平は森良ではなく黒崎だった。その黒崎をごぼひらと呼んで虐め、勝手に仲直りしていたのが中田である。反応の鈍い陽太を見て、中田は気まずそうに「いや」と続けた。

「黒崎って、地元戻ってないよな」

陽太は熱でぼんやりしつつ、「コウちゃん、引っ越したし、今はもう黒崎じゃない」と説明する。

「そっか。いやなんかアパートが……あれ？　溝口顔赤くね？」

陽太の体調に気付いた中田は、ぐわっと表情を変えた。

「おいおい大丈夫か。あ……もしかして風邪引いてる？　ごめん、送ってくか？」

「いや、大丈夫」

陽太としてもこれ以上話しているのは体調的に厳しかった。せっかくだからと中田に連絡先を聞かれたが、「今携帯壊れてる」と事実を言うと、それを断るための方便だと取ったのだろう、中田は女性に振られたようにショックを受けた顔を見せた。

意地になった中田に携帯番号を書いて渡される。陽太は「ども」と返し別れを告げ、その場を後にした。

部屋に帰ってくると、ちょうど昼休憩でスミレが帰宅していた。コンビニ袋を下げた陽太を見ると、ギョッとした顔で「どこ行ってたんだ」と言う。

「寝てろよ」

「寝る、熱あるし」

「そうしろ。つうか、食いもんなら粥作ってあっただろうが」

「え……あれ、俺のなの？」

スミレは目を丸くするが、何も言わなかった。その反応を不自然には思ったが、気力のない陽太は気にせず、ベッドに横になる。鍋の存在には気付いていたが中身がよく分からなかったのでスルーしていたのだ。

熱が出た際、粥を食べる文化は陽太にはない。子供の頃からエナジーゼリー一本勝負で乗り切ってきた。上半身だけ起こしてスポーツドリンクで喉を潤していると、なぜかスミレが近づいてきた。どうしたのだろうと思いつつもエナジーゼリーを咥えていると、スミレが口を開いた。

「お前、痩せてね？　ゼリーだけでなく何か食えって。粥が嫌ならこれとか」

別に嫌とかではなく意味が分からなかっただけだ。そう説明するのも面倒なので黙っていると、スミレが弁当を陽太の前に差し出してきた。プラスチックの箱の中にはおかずが詰まっている。

「何これ。手作り？　すげぇ」

「エリナが作ってきた。食え」

　エリナはスミレの彼女だ。長年の恋人だが結婚はしていない。近くのレストランで働いていて、よくこうして差し入れしてくれるらしい。弁当箱は大きく、肉やら野菜炒めやらが隙間なく詰め込まれていた。陽太が何か答える前にスミレが強制的に卵焼きを口に突っ込んでくるので、力なく咀嚼する。味は美味だった。

「うま。俺、卵焼き人生で初めて食べたかも……はー、甘いんだ。意外」

　スミレは一瞬箸を動かす手を止めたが、再開して卵焼きをもう一つ陽太の口に突っ込んでくる。手作り弁当など陽太は初めて食べた。小学生の頃こうした弁当を同級生が食べていたのを見たことがあるが、間近で実物を見るのは初めてだ。こんなに手間のかかっていそうな弁当を貰えるなんて、スミレは彼女に愛されているらしい。

　また一つ口に放り込もうとするので、陽太は「ありがと」と言って首を横に振る。それは陽太ではなくスミレが食べるべきものだ。ゼリーを再び咥え一気に飲み干し、眠ろうと横たわるがなぜかスミレがそばを離れない。不思議に思って見上げるとスミレが語り出した。

「そういや、アミが大阪行きたいって」

「へぇ。いいね」

　そう言って、母と母の夫とその娘のことを考える。彼らの居場所は芹澤にも知られていないはず。あの一家にこの件を関わらせるわけにはいかない。彼らは安全で、平和で、幸せな家族であるべきだ、と。

「クリスマス、大阪の遊園地行きたいんだってさ。まなみのクリスマスプレゼントもそこでって」

娘の名前はまなみといって、目まぐるしい早さで成長する可愛い女の子だ。自分も彼女に何かプレゼントを用意したほうがいいのだろうか、と考える一方で、クリスマスプレゼントと聞いて陽太が思い出すのはやはり幸平のことだった。

遠い昔の十一月十一日、幸平が教えてくれたのだ。陽太は幼い思い出を胸に浮かべながら呟く。

「そういうのって、父親が渡すもんなんじゃねぇの」

幸平が言っていた。クリスマスプレゼントは父親がサンタになり、子供に渡すのだと。なぜその手続きが必要なのか今でもよく分からないが、そういうものらしい。子供の頃得た知識を口にするも、スミレは返事をしない。陽太は幼い幸平を思い浮かべて、自然と笑みを漏らす。

「父親がサンタになってプレゼント渡すもんだって、昔、コウ……ダチに聞いた」

「……ああ」

「ま、良いんじゃね、大阪。遊園地。親子水入らずで……寝るわ」

遊園地にはまだ行ったことはない。いつかコウちゃんと行ってみたい……。そう考えながら、陽太はあくび混じりにスミレに返し、眠気に導かれるまま目を閉じた。

「お前もだろ」

だが怒ったような低い声がして目を見開く。スミレが鋭い眼差しで陽太を見下ろしていた。

「親子水入らずって、お前だって、親子だろ」

「……は？　あー……、いや。俺大学生だし」

陽太は若干狼狽《うろた》えつつ、慎重に言葉を選びながら、「今更、家族と旅行って年じゃねぇだろ」と付け加えた。それに、家族と言ってもこの一年は会っていない。年越しもお盆も、陽太は三人の住む家には帰っていなかった。幸平と関係を持ったことが母に申し訳ないのもある。母が傷付くと分かっていても、陽太は幸平といたいのだ。

事情を知らないスミレは、今、なぜか怒っていた。

「じゃあ、いつその年があったよ」

スミレの怒りは本気だ。陽太は察して上半身を起こす。スミレは低い声で力強く言い切った。

「旅行なんか行ったことないだろ。だから皆で行こうっつってんの」

「……わかった。行くよ」

スミレは怒りっぽいが、その怒りをこうして陽太に向けてきたことはほとんどない。なぜ怒っているのか理解できないが、陽太は大人しく承知する。だがスミレの言葉は止まらなかった。

「プレゼントはな、サンタが渡すもんなんだよ」

「え？」

「父親じゃない。おまえがサンタを信じた年がいつあった？　サンタが父親だって知らなかったガキの頃なんて、お前にはないだろ」

「……」

陽太には、スミレが声を荒らげる理由がまったく理解できない。熱があるせいで頭が回らず、うまい返答も見つからなかった。よく分からないが、「大阪、俺も行くから」と再度強調して、軽く微笑んでもみせる。これ以上スミレを刺激したくなかったのだ。

するとスミレはなぜなのか。目を見開き、放心する。

「……中学の時、修学旅行に行かせればよかった」

そして、囁《ささや》くようにそう言った。

一体スミレは何を言ってるんだ、と狼狽《うろた》える。しかしそれ以上に陽太が狼狽《うろた》えたのは、スミレの様子に対してだ。彼の声は今までに聞いたこともないほど気弱で、震えている。表情も、本当に苦しそうだった。押し黙る陽太と違って、スミレは堰《せき》を切ったように語り始めた。

「今になって思うんだよ。お前をアミんとこにいさせるべきじゃなかったのかもなって」

「は？」

「なんかもっと、みんなで……育てれば。俺らのせいだった。俺らが若すぎた」

「……スミレ、若いじゃん。ギリ三十代だろ。あー、今年四十か？」

「お前知ってるか？　俺がお前にタトゥー入れてやった理由」

陽太は数秒固まった後、慎重に首を横へ振った。

スミレにタトゥーを頼んだ際、陽太は明確な理由を話していない。だがスミレは入れてくれた。スミレがなぜ遂行してくれたのかなど、考えたこともなかった。

「お前が痛がるって分かってたのに入れた理由だよ」

「……そこまで痛くねぇよ」

幸平の体に刻みつけられた傷ほど痛くない。タトゥーの痛みについて言及されるたび、陽太はいつも幸平を思い出すのだ。幸平と同じになるために、幸平を守るためにこれを入れたのだ。

「ここんとこ、傷あるだろう」

スミレは幾分か落ち着いた口調で、自分の左肩を指差して、そう言った。

「アミが割った皿のせいで傷があっただろ。それが見えなくなるならいいと思って、入れたんだよ」

スミレは、一度唇を噛み締め、また口を開いた。

「……お前がガキの頃作った料理も、アミが食べない時は俺が食べてやったからいいと思ってたけど、お前はアミに食べてほしかったんだよな」

頭がぼんやりする。熱のせいで思考が回らず、その言葉の意味が掴めない。

なぜスミレが泣きそうな顔をしているのか、陽太には理解できなかった。

「アミに弁当を、作ってもらいたかったんだよな」

「……いや、飯あったし」

またしても頭に浮かぶのは幸平の家だ。幸平は小さい頃、弁当を用意するのさえままならなかった。だが陽太には千円札があったので、その金で難なくパンくらい買えている。

「コンビニの飯のことじゃねぇから」

「コンビニ飯美味ぇよ」

スミレがどこか悲しそうな顔をするので、安心させるため笑いかける。しかしスミレはまたしても黙り込んでしまった。もう会話は終わりか、と思いながら、ぼうっとスミレの持つ弁当を見下ろしていると、まだスミレがかすかな声で呟く。

「お前がなんも言わねぇから、俺らが甘えてたんだ。なんでもなさそうにカップ麺食って、平気そうに学校休んだり、行ったりするから。……お前は肝心な時に笑うんだ」

シンと静寂が横たわる。その中で、スミレは囁《ささや》くように、「いつも無表情でいてさ、たまに笑う。俺は」と言い始め、だんだんと声を強くしていった。

「俺は、お前が泣いたり怒ったり悲しんでんのを、一度も見たことねぇ」

「んなことねぇだろ。俺だって、泣くし怒る」

「それを、俺らは見たことない。お前が笑う時は、アミや俺を安心させる時だった。遠足行くっつったお前にコンビニ飯なんて渡すんじゃなかった。風邪引いた時はな、ゼリーじゃなくて粥とかうどんとか、手作りのもん食うんだよ。でもお前は文句言わないで、熱あっても自分で勝手に薬飲んで仕事行く俺らに『いってらっしゃい』っつうからさ……薬の場所なんてガキが知らなくて良かったんだ」

陽太はスミレから目を逸らせなかった。瞳に煌《きら》めきが滲《にじ》むスミレは、気弱な顔の一方で、強い口調で断言した。

「それはアイツのせいじゃない。俺らのせいだ。俺らが間違ってた」

スミレの目が奇妙に潤んでいる。こんなにも苦しげな顔をする彼を、陽太は初めて見た。

「お前だけ、無感情人間みたいになっちまった。感情出さない人間になった」

「……そんなことねぇけど」

「あるよ。だから今も、何も言わねぇんだろ。なんかあるはずなのに」

スミレはまるで懺悔《ざんげ》するみたいに俯《うつむ》いた。ひと呼吸置き、彼は吐息と共に言う。

「俺はガキなんか作る気ねぇ。俺は親もサンタも知らねぇし、父親になるつもりもなかった。でも」

スミレが膝に置いた拳を震えるほどに握りしめるのを、陽太はぼうっと眺めている。

「お前にはサンタを信じさせるべきだった」

スミレの顔に視線を移すと、そこには後悔に染まった表情があった。スミレの言葉の意味を考えようとするけれど、頭が働かない。陽太は口を開いて、浮かんだ言葉をさほど考えずに口にした。

「……サンタや父親より、スミレと母さんのほうがいい」

スミレがゆっくりと顔を上げる。それから時間をかけて、泣き笑いみたいな顔をした。

陽太はベッドに再度横たわり、「寝ていいすか？」と問いかける。スミレは無言で頷いた。陽太はふぅ、と息を吐いた。まだスミレはすぐそばにいる。

雪崩《なだれ》のように言葉が容赦なく流れ込んできて、心の中で凝《こ》り固まり、溶けない。体はこんなにも熱いのに、心の中には雪が固まったままだ。それを徐々に溶かしていけばスミレの言っていた意味が分かるのかもしれない。だが、今の陽太にはそんな力はなかった。

目を閉じると、あっという間に意識を奪われてしまう。吹雪みたいな白い何かに囲われて、陽太は眠りの世界へ巻き込まれていった。

それから何度か目を覚ましつつも、陽太はひたすら眠り続けた。

ようやく明確に覚醒し、テレビを点《つ》けると、ちょうど夜のニュース番組が放映されている。

十一月十日の夜だった。番組は今日一日に起きたことを総括して報じている。もう午後十時で、スミレは出かけているらしくまだ帰宅していない。

上半身を起こして伸びをする。睡眠を充分に取ったおかげで熱もすっかり引いていた。喉も痛くないし、「コウちゃん」と試しに呟いてみても声に影響はない。ふと上半身を見下ろすと、いつの間にか服が取り替えられている。スミレが着替えさせてくれたのだろう。

腕まくりをすると、彼が入れたタトゥーが見える。時間をかけて増えていった花の絵。この絵の下の肩には、一箇所だけ傷があった。

もう花にあふれて見えない。陽太はこれが好きだ。スミレにはスミレの意味があるのかもしれないが、陽太にとっては役目を終えた大切な戦《いくさ》道具であり、守った証のようなものだから。

中学の頃、幸平の父親がアパートの辺りを彷徨《さまよ》っていた。あの男は、刺青《いれずみ》がなかった時の陽太にはヘラヘラ近づいてきたのに、タトゥーを入れ始めた後の陽太には、たじろぎ、あっという間に去っていった。見せかけの強さだけで奴は逃げ出したのだ。ああいう男は自分より弱いと見下した者にしか暴力を振るわない。

あとはもう、体を鍛えるだけだった。鍛えるやり方も実践の方法も、スミレに教わった。スミレはなんでも答えてくれる。彼は陽太にとって価値あるものを与えてくれる。

サンタなんかよりもよっぽど。

「――もう体は平気そうか？」

帰ってきたスミレは、ただいまより先に体調を問うた。陽太は頷き、「かなりいい」と答える。

「ああ、そう。しばらくこの部屋いんの？」

「……考えてる」

「今日アミに、陽太はウチにいるって話したから」

アミという名にぼんやりしていた頭がはっきりとして、陽太は台所に立つスミレに問いかける。

「母さんに？」

「そう。陽太、アミ達に熱出てえらく寝込んだこと言ってなかったんだな」

「風邪ぐらいで親に言わないだろ。母さんなんて言ってた？」

「うちに帰ってきてほしいってさ。お前に連絡したけど通じなかったって……携帯充電してる？」

首を横へ一度だけ振る。携帯はそもそも壊れているのだ。

……スミレと母に、芹澤の件を話すべきなのだろうか、と陽太は悩む。昨日までは相談する気などなかったけれど、言うべきなのかもしれないという考えが段々と首をもたげ始めていた。

起き抜けの思考はまとまらない。するとスミレがさらっと告げた。

「必要なものとかあるだろ。アミがお前の部屋に服とか取りに行ってってくれた」

陽太はその言葉を耳にして、ゆっくりと、目を見開いていく。

「俺ん家いるならいるでいいけど、アミにはちゃんと言っとけよ」

「……家？」

「そう。俺ん家にしばらくいてもいいって」

「俺の部屋、母さん行ったのか？　いつ？」

目を瞠《みは》る陽太を不思議に思ったのか、スミレは「そうだけど」と歯切れ悪く答える。

「いつって……仕事終わってから行くっつってたから、さっき？」

「今、母さん、俺の家にいんの？」

「鍵はアミも持ってんだろ？　なら入れるだろ」

そういうことではない。入れるか、入れないかではなく、行ってはいけないのだ。

「……だめだって……やめろよ……」

「どうした陽太」

見てもいないのに、部屋で荷物を整理する母のもとへ女が訪ねてくる光景が、脳裏に浮かんだ。母は首を傾げつつも鍵を開けようとする。その異様で悍《おぞ》ましいワンシーンに目眩《めまい》がする。

陽太は即座にジャケットを手に取った。羽織りながら部屋を出ようとしたが、立ち止まる。

「スミレも来てくれ」

言って振り返ると、彼がこちらをじっと見据えている。陽太は息を深く吸い、吐いた。

「頼む」

「当たり前だろ」

スミレは一言目で承諾してくれた。まだ何も伝えていないのに、躊躇《ためら》うことなく迷いなく頷いてくれた。その真っすぐな視線を受けて、目の奥に焼けるような熱を感じる。込み上げる思いをグッと堪え、陽太は踵《きびす》を返した。

タクシーを拾って、陽太のマンションへ向かう。道中でついに、芹澤の件を告白した。

二ヶ月ほど前から盗撮写真が届いていたこと、バイト先に送られてきた気味の悪い手作り菓子、ここ一ヶ月は謙人の家で世話になっていたことや、部屋で盗聴器発見器が反応したことを淡々と告げる。スミレは時折相槌を打って静かに聞いてくれていた。現時点で把握している詳細を話し終えると、彼は言い切った。

「分かった。俺達がなんとかする」

スミレは携帯を取り出し電話をかけ始めた。まず一件目は母だ。「チェーンと鍵閉めて、窓の戸締まり確認しろ」と伝えていたので、やはり母は陽太の部屋にいるらしい。短く会話を交わし、次にまたどこかへ電話をかけて、陽太の部屋の住所を伝えた。

今にも雨の降りそうな重たい夜だった。目的地である陽太のマンションに着くと、スミレは陽太にフードを被せてすぐ真横を歩かせた。部屋に向かう間に住民の話し声は聞こえたが、それ以外に例の人物の気配はない。陽太の体の内側で心臓が激しく鳴っているのが分かる。

三階の陽太の部屋に辿り着くが、廊下には誰もいなかった。部屋は端から二番目にあるので、部屋の向こうにはエレベーターも階段もない。陽太とスミレは部屋のチャイムを押した。

「陽太、入って」

扉を開けた母は開口一番に言った。その声音は不思議に思うくらいに優しい。母と会うのは久しぶりで、その顔を見ていろんな感情が湧き起こったが、しかしその再会を味わう暇はなかった。

「――陽太」

エレベーターの扉が開いて、若い女が現れる。

芹澤だった。彼女は陽太の名を呼ぶと早足でこちらへと歩いてくる。目が合った、その瞬間。

「陽太、入って」

扉が容赦なく閉まり、空間は廊下から遮断される。母が陽太の腕を引き、スミレが扉を閉めたのだ。廊下にスミレが取り残されているのに母が迷いなく鍵をかけてしまうので、陽太は焦った。

「スミレが」

「大丈夫。陽太は彼女と会わなくていい」

母は落ち着いた口調で断言した。その力強さに息を呑むと同時、扉の向こうから話し声がこちらに漏れてきて、スミレの冷静な低い声が聞こえてきた。

「芹澤さん、だっけ？」

「……なんで知ってるんですか？」

正直に言ってその声に聞き覚えはない。

ついで足音がした。それには覚えがある。スミレが歩く時のずっしりとした足音だ。すると芹澤の「え、なんですか」の声が追いやられるようにして徐々に遠くなる。

「……」

「な、なんなんですか。陽太、そこにいますよね」

「……」

スミレは無言だった。一方、芹澤の声は廊下の奥へと消えていく。それらは本当に一瞬の出来事だった。母に振り返り、「スミレの声聞こえた？」と訊ねると、「いや」と母も不思議そうにする。

するとエレベーターのほうから足音が二つ聞こえてくる。そして「秋田さぁん」と言う女の声と「すみさん、そいつっすか？」と言った男の声がした。

また廊下の奥へと声は遠くなり内容は聞き取れなくなったが、話し声が続いているのは確かだ。芹澤の声は聞こえなかった。陽太は母に振り返った。

「俺、何か芹澤に言うべき？」

「言わなくていいし、会う必要もない」

母は冷静に言って、陽太の手を引き部屋の中へ連れていく。しばらくすると複数の足音がまた廊下を通過していったのが分かった。女性が明るく「大丈夫大丈夫泣かないで、怖くないよ……」と言っている声がかすかに聞こえる。

彼らはエレベーターのほうへ去ったが、一つだけ足音が戻ってくる。

「ナイフとかは持ってなかった」

スミレは扉を開けてすぐに言った。部屋へずかずか乗り込んでくる彼を、陽太は唖然と見上げる。

「今の、何？」

「何って？　あの女連れてくからさ、お前が持ってるあいつから送られてきた写真とかあとでくれ」

「……分かった。さっき、何してた？　芹澤だけ喋ってなかった？」

「意思疎通をしたらダメなんだよ」

「は？」

「変な奴ってさ、変な奴に怯《ひる》むから」

スミレは続けて、「お前は今日、もう何もしなくていい」と真剣な顔をした。

「おう。……警察連れてくのか？」

「連れてくよ。明日な。明日か、明後日。もしくは明々後日。写真も警察に提出する。先に芹澤が持ってる盗聴器とか回収する」

「さっきの人達誰？」

「教えねぇ」

「は？」と顔を歪める陽太に対し、スミレは口調を強めて、断言した。

「もう部屋に何も仕掛けてないらしいから、夜も遅いし今日はアミと二人でここにいろ。また連絡する。芹澤はもう何もしないから大丈夫。また新しいストーカー現れたら教えてくれ。じゃ、アミもおやすみ」

最後に母に声をかけて、スミレは返事を聞かずに去っていった。先ほどの人達と合流するのだろうか。母は部屋の真ん中に座っている。陽太は仕方なしに鍵とチェーンをかけて部屋へ戻った。

「母さん、さっきの人達知ってる？」

「男の人は分かる。女性のほうは知らない。すみのお客さんで、友達。今は一般の人だから大丈夫」

「一般。へぇ……」

「ごめんね」

そう言われてようやく、陽太は母の目に涙の膜が張っているのが分かった。

声が震えているのに気付き黙る陽太に、彼女は、「本当は」と掠《かす》れた声を絞り出した。

「なんで話してくれなかったの、家族でしょ！　って怒りたい。こんな、殺されたかもしれないのに」

陽太は唇を一文字に結んだ。母はみるみる涙を浮かべていく。

「世の中には想像もつかないほど恐ろしい行動をする人間がいるのに……でもそんなの陽太も知ってるよね」

母は一度だけ瞬きをした。すると一筋、その頬に涙が伝った。

「話せなかったんだよね。なんで話さなかったの、なんて、私が言える立場じゃない」

「……ごめん」

陽太の言葉には、「心配かけてごめん」と「言えなくてごめん」の意味が絡み合っていた。母は自分の手で頬を拭うと、不器用に微笑む。

「話せないようにしたのは私達だね。ごめんね。まだ陽太は、赤ちゃんなのに」

「……赤ちゃん？」

「今日は一緒にいよう。大丈夫だからね」

そう言って、母は何度も「大丈夫」と繰り返した。もう陽太は背も高く、母より一回りも成長した大人なのに、母の言い方はまるで子供を慰めるような話し方だった。

信じられないことに、その夜、母は陽太を壁側に追い詰めて眠った。同じベッドで二人並んで眠ったのだ。「狭い」と言ってベッドから降りようとする陽太を断固として逃さず、やがて、抵抗する気も尽きた。

眠る直前までなんでもない話をした。母は、最近ハマっているドラマの話をして、陽太も、バイト先で起きたことなどを話した。こうして母に自分の話を語るのは、初めてなような気がした。

まるで子供の頃をやり直すみたいな夜だった。先に陽太が眠りに落ちる。直前に、「陽太、おやすみ」と声が聞こえた。それは今までに感じたことのないほど、穏やかな眠りだった。

翌日、朝早く目が覚めた。

隣では母が静かに眠っている。陽太は母を起こさないように気を付けながらベッドを抜け、窓の外を眺めた。音がしていたので雨が降っているのには気付いていた。世界は薄暗いけど、なぜか陽太には、透明に見えた。

陽太はふと思った。

——……十一月十一日。イチイチイチイチだ。コウちゃんに会いに行こう。

もう陽は昇ってしまったけれど、今日は、幸平の部屋へ行こうと決めた。陽太はただ彼に会いたくて仕方なかった。

それから母も目を覚まして、一度家に帰ることにした。傘は一本しかなかったので、母と一つの傘を共有しながら、迎えにきた父が待つ車のある通りのほうまで歩いていく。

車内で父に事情を説明しているうちに家へ着いてしまった。豪勢な一軒家に帰ってきてから、陽太は携帯が使えないので電話を借りた。

幸平の携帯の電話番号は覚えているので電話をかけてみるが、しかし通じない。寝ているのだろうと考えて次に謙人へ電話すると、こちらは通じた。幸平に会いに行く旨を伝えると、結末を説明するのも兼ねて、謙人が兄の車を借りて迎えにきてくれることになった。

親に朝食を勧められたけど、それより早く謙人がやってきた。朝食は丁重に断り、車に乗り込み、幸平の部屋へ向かう。道中で、芹澤がスミレ達に連れていかれたことを話した。

「お灸を据えられてんじゃねぇの。秋田さん達のガチギレは怖すぎる。トラウマものだろ」

「あぁ。コウちゃんに何もなくてよかった」

「お前もだよ」

運転席の謙人は、前を真っすぐ見つめたまま強く言った。

「陽太が無事でよかった」

車内は数秒の沈黙に満たされた。気の利いたことが浮かばないので、陽太は「ども」と短く返す。

謙人の横顔はなんとも形容し難い安堵の表情をしていた。

……朝からこうして会いに行ったら幸平は困るだろうか、と陽太は悩む。でも今はもう困らせた顔も見たかった。

いつも、どうしたら面倒がられないか、嫌われないかに必死で、無意識に会話を選んでいた気がする。それなのになぜだろう、今はなんでも話したい。実はこういうことがあったんだと全部を話したかった。

謙人も含めて三人で朝食を食べに行ってもいい。外へ出たい。どこか店に入って、高校時代の懐かしい話をしてみたい。とにかく陽太は、幸平に会いたくて仕方なかった。

陽太はジャケットに手を突っ込んだ。

と、指先に何か紙切れが触れる。同時に、謙人が「着いたぞ」と車を止めて、二人でアパートへ向かう。幸平の部屋の階に上がっていく陽太の足は軽かった。自覚していなかったが、最近は常に緊張していて心が重かったのだ。扉の前にやってきて、息を吐き、チャイムを押す。

……しかし現れたのは、幸平ではなかった。

「――溝口さん？」

現れたのは谷田、時川、そして室井の三人だ。三人とも陽太の登場を予想していなかったのか目を丸くしていたが、当然ながら陽太も驚いていた。幸平の部屋を訪れたはずなのに、なぜこの三人が、と。

「どうして溝口さんが」と驚愕に満ちた表情の谷田の後ろで、やけに目を赤くした室井が「陽太さん？」と首を傾げている。さまざまな疑問が胸にあふれた。こんな朝っぱらからなぜ友人が集まっているのか、それと肝心の幸平がいないのはなぜなのか。無言でそこにいる時川は友人枠なのか。

言いたいことは多々あったが、陽太は彼らにまず一番に問いかけた。

「……コウちゃんと会いたいんだけど」

目を見合わせた三人はやけに深刻な表情をしている。ひとまず室内へ迎え入れられて、彼らが語ることには、こうだった。

「お湯が止まってなかったんだよ」

なぜかこちらに怯《おび》えた様子の谷田の代わりに、時川が説明した。曰《いわ》く、今日は朝から四人で会っていて、幸平が風呂に入っている間に他の三人は朝食を買いに出かけた。

その後不可解な出来事が連続した。

この部屋に戻ってきて一つ目の違和感は、チャイムを押しても幸平が出てこなかったこと。風呂に入っている最中なのだろうとドアノブを回すと、鍵が掛かっておらず開いた。しかし室内に幸平の姿がない。不思議に思ったが、それが不穏な疑念に変わったのは、浴槽からお湯があふれていたのを見てからだった。

「それいつの話？」

「私達が帰ってきたのは、五分前くらいだな。幸平君が出ていった時間は分からない」

陽太が問うと時川が答える。謙人が「……何これ？」と首を傾げた。陽太にも意味が分からない。……ただ何か、嫌な感じがした。

陽太は室内を見渡す。

「コウちゃんの家をアンタらが出たのって、いつ？」

先ほどもそうだったが、またしても谷田が、「こ、コウちゃん……？」と信じられないものを見るような目をした。動揺のない時川は「二、三十分前だな」と答え、室井も「そのくらいすね」と頷く。

陽太は立ち上がり、玄関を確認した。幸平がいつも履いている靴がない。しかし傘はある。外へ出たのは確かだだが、雨が降っているのに傘も持たず、浴槽の蛇口を閉めるのを忘れるくらい焦っていたようだ。

——……それとも誰かがやってきた？

陽太はもう一度部屋を確認する。十一月の朝で雨が降っている。外は充分寒いのに上着が残っていた。いつもと何か違ったところはないか。慎重に隅々を確かめながら、謙人へ言った。

「携帯貸して」

「え？　うん」

幸平の電話番号を入力し発信ボタンを押す。謙人に「森良君？」と訊ねられ、頷くだけして返す。

「なぜ自分の携帯を使わないいんだ？」

すかさず時川が片目を細めて聞いてきた。陽太は発信に集中しているので代わりに謙人が「こいつの携帯今ぶっ壊れてるから」と答える。

するとなぜなのか、また三人組が視線を交わし合った。

谷田は「ま、じか……」と呟き、時川は「なるほど」と神妙な顔つきで頷く。何が、なるほど？

そう心の中で首を傾げるが、それよりも幸平が電話に出ないことのほうが気になる。これ以上呼び出しても通じなさそうだと考えて携帯を謙人へ返すと、室井が淡々と問いかけてきた。

「陽太さん、今まで何してたんですか？」

「は？」

「昨日とか今朝とか、今までずっと何してたんですか」

室井の声には棘《とげ》があった。陽太からすると、谷田や時川はまだしも室井がここにいることのほうが謎だ。

謙人も同じくらい気になっていたらしく、「ムロお前、なんでいんだよ。つうか俺と会うの久しぶりなのに挨拶もなしかよ」と苦言を吐き、陽太に親指を向けた。

「何してたっつうか、俺らすげぇ大変だったんだぜ。陽太、芹澤にストーカーされててさ」

「……はい？」と室井が目を見開く。謙人は思い出して苛立ったのか、渋い顔で続けた。

「写真送られてきたり、盗聴されたり。そう、陽太の部屋に盗聴器仕掛けられててさ、それどころか携帯にも何か仕込みやがったんだよ、あいつ。そのせいで陽太、ストレスでぶっ倒れたんだからな。昨日の夜なんか、陽太の部屋に母ちゃんがいる時に、芹澤が陽太ん家に来てさ……危うく鉢合わせるとこだったのを秋田さんが捕獲したわけ。芹澤あいつヤバいわ」

元同級生の谷田は混乱したように「芹澤って、あの芹澤さん？」と目を見開いた。誰にでもフラットな謙人が「そうそう、あの芹澤」と軽く頷く。

「解決したからここ来たんだけど。俺らからすると、お前らがここにいて、森良君がいないほうが意味分かんねぇ」

「幸平君に会いに来たのか？」

時川が食い気味に訊ねてくる。陽太は少し遅れて、「……そうだけど」と認めた。

室内の違和感を探すのに集中していて反応が遅れてしまった。嫌な予感が陽太の胸を巣くっている。謙人の言うとおりこの三人がいる理由は気になるが、それよりも幸平だ。と思ったときに、はたと陽太は気付いた。

「ムロ、退いて」

室井は素直に身を避けた。陽太は棚の前で膝をつく。引き出しが一つ、開いていたからだ。中は空っぽだった。陽太は考え、さらにすべての引き出しを確認していく。どれも中身は埋まっている。この引き出しだけ空白だ。何かがあって、それがなくなっている。幸平が持ち去ったのか、それとも来客の誰かが見つけたのか。なぜか不意に、過去の幸平の発言が頭を過《よぎ》った。

『盗まれちゃってさ』

陽太は今一度棚の中を確認し、クローゼットも探った。室内は狭く、探す場所は限られている。やはり、ない。どこにも、金がない。

「……それじゃ、君達はすれ違っていたということか」

時川が納得した風に呟くが、陽太は探し物に夢中で三人の会話を聞いていなかった。やっと意識を彼らに戻し、「何が?」と聞くと、時川は「幸平君は」と落ち着いた口調で返す。

「幸平君は、溝口さんの壊れた携帯に連絡していたんだよ。昨日の夜、駅で待ってると」

その言葉を聞いて呆然とする陽太の前で、時川は額を指で押さえながら続ける。

「その待ち合わせに溝口さんが現れなかったから、幸平君はショックを受けたんだ。幸平君は、溝口さんの最寄り駅で待っていて、その後は君らに由縁《ゆかり》のあるらしい地元のアパート付近で一晩中待っていたとも言っていた」

「……一晩中……アパート？」

「そう。幸平君一家が昔住んでたらしいアパートだ」

時川は静かに息を吐くと、悲哀に満ちた目をこちらに向けた。

「君達だけの繋がりがあるんだろ？　幸平君は雨の中待っていたのに、溝口さんは現れなかった。傷付いた幸平君を癒すために私達はやってきた、というわけ」

――コウちゃんが、俺に連絡してくれていた……

陽太は意識が遠のきそうになる。その後幸平が陽太のマンションの近くに戻ってくると、陽太が女性と一つの傘を共有して歩いていく姿を見たらしい。

陽太はその女性の正体を察した。謙人が頭を抱えて、「母ちゃんだろ……」と悔しげに言う。時川は「幸平君、目悪いからな」と呟き、室井や谷田も反応した。

「陽太さんのお母さん、若いですよね。親子には見えなかったのかも」

「幸平、高校の頃から目悪いけど、眼鏡も買わないしな……」

陽太は深く息を吐いて、再度考える。

幸平の連絡を無視していた事実は心をごっそりと抉《えぐ》るが、何より自分に腹が立った。己の愚かさに目眩《めまい》を覚え、本気で吐きそうになった。心臓を押さえつけられたように息苦しかった。

陽太は拳を握る。

とにかくこの異様な状況を解明しなければならない。

まず、謙人にこき下ろされたあの、幸平に渡し続けた金がないのを解明しなければ。すると不意に、陽太の頭に先ほどの単語がまた繰り返された。

陽太はジャケットのポケットに手を突っ込み、あの紙切れを取り出す。記された携帯番号は中田のものだ。つい一昨日、中田もその単語を口にしていた。

『アパートが……』

「謙人、携帯貸して」

再度携帯を借りた陽太は、その番号を素早く打ち込み発信ボタンを押す。まさか、そんなはずは、と胸の内側に暗い予感がベッタリと張り付いていた。先ほどと違って、三コールほどで通じる。電話口から『もしもし』とつい二日前に聞いた声がした。

「溝口だけど」

『え？　ああ、溝口？　ビビッた。まじで連絡くれたんだな』

「いきなり悪い。聞きたいことあって。一昨日、中田何か言いかけてたよな。コンビニで会った時、コウちゃんの住んでたアパートのこと、何言おうとしてた？」

室内は静まり返り、陽太の声だけが響いた。

『あ？』ときょとんとした声を出した中田だが、『一昨日……あ、そうだ』と声を大きくする。すぐに口調を変えて、中田は深刻そうに説明した。

『黒崎が住んでたアパートが、俺らの間で噂になってんの。変なおっさんが引っ越してきたって。木村って覚えてる？　ガキの頃、溝口達と俺らが喧嘩した時もいた奴なんだけど、あいつが、あのアパート付近でそのおっさんに絡まれたんだよ。で、そのおっさんが黒崎のこと探してるっぽくてさ』

「コウちゃんを?」

『そう。気持ち悪いおっさんだったらしいんだけど、俺それ聞いて、黒崎大丈夫かな? って思ったんだよ。俺さ……そのおっさんが黒崎の親父さんなんじゃねぇかって思ったんだ。黒崎、ガキの頃、家が大変だったけど、それって父親のせいだろ』

「……今、中田どこにいる?」

『今? 家』

「アパート行ってくんね? 俺も行くから」

『ん? おう』

「よろしく」

通話を切ると同時、謙人が腰を上げた。陽太が言うより早く、「車動かすか?」と訊ねるので頷いて返す。

室井も「僕も行きます」と立ち上がった。続いて時川も無言で腰を上げ、谷田も「幸平、なんかあったんすか」と不安そうにした。

事情を話すのは車の中だ、とすぐに部屋を出て、陽太達は三列シートの車に乗り込む。謙人が運転席へ回り、陽太は助手席に乗り込んだ。時川と室井が三列目に乗り込み、最後に谷田が二列目の席に腰を下ろした。

車を走らせてから、陽太は憶測の範囲ではあるが確信に近い自分の考えを語った。おそらく幸平の部屋に訪ねてきた人物がいる。父親だ。部屋は荒らされていないが上着も残したまま部屋を去ったのは、幸平が抵抗なく問答無用で連れ去られたから。それをできるのは、あの父親に違いない。

「幸平君は昔住んでたアパートに連れていかれた可能性が高い、と溝口さんは考えてるんだな」

「ああ。ああいう男は自分のテリトリーに連れてく」

「でも、なんで幸平は素直に従うんすか」

時川と違って、同い年だというのに谷田は陽太に対して敬語を使ってくる。こうした同級生達は多くいて、今更なので、陽太も指摘せずに答えた。

「アンタらが帰ってくると思ったからだろ」

「……俺ら?」

「鉢合わせたら最悪だからな」

陽太は前を向いたまま素っ気なく答えた。谷田が神妙な顔つきで黙り込むのをバックミラー越しに眺めながら、そもそもとして考える。

なぜ幸平が父親を容易《たやす》く拒めると思っているのだろう。誰も彼もが簡単に、自由に拒否できるわけではない。

謙人の携帯を使って中田とメッセージを繋ぐ。彼より先にアパートに着きそうだった。

――コウちゃん……。会いに行くと決めた途端にこんなことが起きるなんて。

昨晩、幸平は陽太にメッセージを送ったらしい。それが待ち合わせに関してだったのは確かとして、一体何を話したかったのか。

もしかしてこの関係を終わりにしようと言いたかったのだろうか……その可能性にゾッと恐怖する一方で、陽太は『イチイチイチ』を思い出す。

今日は十一月十一日だ。幸平は昨日の晩に陽太を待ってくれていた。夜明けを一緒に過ごしたかったのか……？　たちまち後悔で胸がむせ返り、息ができないほど全身が重くなる。そこで陽太は自分が病み上がりだったと思い出した。

けれど、昨日の晩に幸平が陽太の部屋にやってこなくてよかったと、無事を心底思う気持ちも確かだった。考え込んでいるといきなり谷田が口を開く。

「……溝口さんは、もし幸平のメッセージを見てたとして、待ち合わせに来てたんですか」

陽太は横顔で谷田に振り返り、運転していた謙人も視線で反応する。怖々と話しかけてくる谷田は真っ青な顔をしていた。黙考している最中だったので少し回答は遅れた、陽太は答えた。

「行った」

「本当ですか」

芹澤のことがあったとしても、なんとしてでも幸平には会いに行った。嘘偽りない本音だ。それなのに谷田は疑うような目をしている。

「だって溝口さん、幸平のことどうでもいいじゃないですか」

「……は？」

何言ってんだ？　と訝《いぶか》しむ陽太だが、怯《ひる》まずに谷田は続ける。

「この間だって、飲み会来ても幸平と離れて座ってたじゃないすか。覚えてますか？　一ヶ月前のやつ。女子侍《はべ》らせて！」

　谷田が指す飲み会はすぐに分かる。あの時もうまくいかなくて歯痒い思いをしたのだ。思い出すだけで苛立ちが湧く。もう今は感情的になってしまって、陽太は本心を乱暴に吐き出した。

「アンタがコウちゃんを攫《さら》ってくからだろ」

「……え？」

　谷田が呆気に取られたような声を出す。陽太は顔を前に戻し、洗いざらいを勢いのままに告げた。

「俺はさ、コウちゃんがどんな奴らと過ごしてるのか……コウちゃんやアンタらと話したくて来たのに、アンタはあっという間にコウちゃんを攫《さら》ってビクビクこっち見て、そっちで楽しそうにしてたろ。こっちには知らねぇ子達が溜まってきて、でもあの子達も必死に他大の俺を気遣ってくれるし、女の子達振り払ってアンタらんとこ行ったら雰囲気壊すじゃん。コウちゃんに迷惑がかかる」

　後ろの三人がどんな表情かは分からない。陽太は深く息を吸い、吐息と共に告げる。

　——俺は、ただ。

「ただ、話したかっただけなのに」

　車内は水を打ったようにシンと静かになった。一ヶ月ほど前の飲み会のラストは、時川と幸平のやり取りの記憶で終わっている。陽太は軽く視線を背後にやり、素っ気なく言った。

「しかも、時川って奴は意味分かんねぇし」

「あぁ。やっぱりあれ、嫉妬だったんだね」

　時川は笑っているのかいないのか、曖昧《あいまい》に目を細めていた。なんなんだコイツ。舌打ちが漏れそうになるのを堪えるも、陽太が気になったのは他の男だった。室井は大人しく静観しているが、谷田は信じられないとばかりに目を丸くしている。何か言いたそうな顔をしているので、陽太は短く「何？」と吐き捨てた。谷田はビクッと肩を震わせて、言いにくそうに問いかけてくる。

「溝口さん、幸平のことで嫉妬するんすか」

「するけど」

「幸平をどうでもいいと思ってるんじゃないんですか？」

「は？　思ってるわけねぇだろ」

陽太の声は自分でも意外に思うほど落ち着いた声音に戻っていた。谷田達から見えている横顔も無表情のはず。気を抜くとこうして表情がなくなってしまう。『お前だけ、無感情人間みたいになっちまった』というスミレの言葉が不意に頭に浮かび上がる。谷田はさらに続けた。

「だって、幸平は六番目だって……」

「六番目？」

眉間に皺が寄る。本気で意味が分からなそうにする陽太の顔を見て、谷田は息を呑んだ。

「ち、違うんですか？」

「つか、何が六番目？」

「幸平は六番目のセフレ、って言いたいんでしょ」

想定しなかった発言に対応できない陽太の代わりに、反応したのは隣の謙人だった。苦笑混じりの「いや……」と声が漏れている。その短い響きだけでも若干、謙人が苛立っているのが分かった。

陽太はすぐに「六人もセフレはいないし、関係があるのはコウちゃんしかいない」と答えた。謙人が今にも怒り出しそうだったからだ。

数ヶ月前に、友人数名で集まった際の光景が脳裏を過《よぎ》る。あの時も『なぁ、相当遊んでんだろ。女紹介して』と高校時代の噂を聞いたのか、誰かが言い出して、陽太は否定したけれど、謙人が『ふざけた噂ばっか信じてんじゃねぇよ』とキレたのだ。

謙人は真顔で運転している。彼の怒りの気配を察した陽太は、薄く笑みを添えて答えた。

「そういうの、ないから。セフレとか」

言いながら、谷田がこうして言及するということは幸平もそう思っているのか、と考える。幸平からその件に関して触れられたことは一度もない。でも幸平がそう思っていたなら、自分がどれだけ幸平を苦しめていただろうと、自分の醜悪さに項垂《うなだ》れそうになる。すると谷田がぼやいた。

「え、じゃあ、なんなんですか」

無言で再度、彼に視線をやる。谷田は容赦なく本質を突いた。

「溝口さん、全然、何もやってないじゃないですか」

陽太は谷田を見つめる一方で、謙人の雰囲気も窺《うかが》う。険悪な気配が漂《ただよ》って息が詰まりそうだ。

「幸平はあんな頑張ってんのに……全部、溝口さんのせいじゃないですか。とんだヘタレじゃないすか。溝口さんがまったく何もしないで曖昧《あいまい》でいるから、幸平が傷付いてる。簡単だったじゃないですか。溝口さんがもっと素直になれば良かったんだ。そしたら全部解決でしょ。なんだよ畜生」

「……谷田」

谷田の指摘は耳に痛いものだった。

幸平がまだ陽太を好きでいてくれるかは、あの告白から一年と数ヶ月が経った今では分からない。けれど、きっと谷田は当時の幸平の想いを聞いていたのだろう。今までの陽太の曖昧《あいまい》な態度を批判する声量が、段々強くなっていく。

「溝口さんが悪いじゃないですか。もっと素直になれば良かっただけなのに、溝口さんが腰抜けでヘタレだから幸平が――」

「ヘタレって言わないでください」

誰かが谷田を遮った。しかしそれは、陽太でも謙人でもなかった。

陽太が声の主――室井へ目を向けると、彼は赤い目を細めて谷田を睨みつけている。谷田も口を噤《つぐ》み、驚いたように室井を見つめていた。

室井は淡々と、しかし感情のこもった矛盾した口調で告げた。

「谷田さん、アンタどんだけ偉い奴なんすか。じゃあ谷田さんは、本当にずっと好きな人に自分の想いを言えましたか」

静寂の車内に、室井は「なんの迷いもなく」と声を滲《にじ》ませた。

「恋ができるならいいけど」

室井が目を伏せて、長いまつ毛が彼の頬に影を落とした。やがて顔を上げ、揺れる声で続けた。

「……幸平先輩だって、この間まで谷田さん達に自分のこと話さなかったじゃないですか。俺だって……六年間、誰にも打ち明けたことなんてなかった。話すつもりもなかった。本当だったら、とっくに終わった恋だった。それでも俺がずっと幸平先輩を好きだったのは、二人を見ていたからです」

室井はわずかに声を荒らげた。

「男同士なのに、恋なんかしてる奴らがいたから、俺も同じように恋してただけです。近くにいたから俺は勝手に励まされてた。こんな男女の歌ばっかの世界で……ホモだってネタにされる世の中で。恋人ができたことを親に恥ずかしいか恥ずかしくないかで言うのを迷って、その辺にいるガキを見ていつか自分達も子供を持てるって思ってる人達が、陽太さんに素直になれよって言うんですか」

室井は谷田を睨みつけて、「谷田さん、俺はアンタみたいな奴が」と言った。

その時突然、室井が小さく息を吐いた。

「……羨ましい」

声から怒りの気配が立ち消え、力ない吐息の音が聞こえた。

少しの沈黙ののち、室井は弱々しく付け足す。

「俺だって矛盾ばっかです。陽太さん達に成就してほしいのに、そんなの最悪だとも思ってる。進まない二人に苛立ったけど、陽太さんが踏み出せないのも分かる」

「……確かに谷田君は、自分が納得いかないから溝口さんに押し付けてる節はあるな」

俯《うつむ》きがちになった室井が、隣の時川に視線だけ向けた。時川はうっすら微笑んで谷田へ語りかける。

「谷田君、正論を言うのは気持ちが良いだろ？」

「……溝口さん」

「ごめん」と谷田は、叱られた犬みたいな顔をして陽太へ頭を下げた。根が素直なのか、谷田はすっかりシュンと気弱な表情をしていた。陽太の中に複雑な感情が入り乱れて、返答に迷う。谷田の意見は図星だったのだ。

すると陽太に話す間を与えず、時川が「でもさ」と切り出した。

「私には谷田君の気持ちが分かるよ。どうしても私らは幸平君の友達だからな。私としては、溝口さんはもう少しいい加減になっても良いんじゃないかと思う」

「……いい加減？」

おうむ返しでそう呟くと、彼は軽く二度ほど頷く。

「たとえば、谷田君はたびたび失言するんだ。しかしこれが案外なんとかなってる。谷田君が何を言おうと私達は友達だから、なんとなく、なんとかなっている」

時川は絶妙な笑みを浮かべていた。眼鏡の奥の端整な目が細まった。

「察するに、たくさん悩んでるんだろ？　ならもう、馬鹿になっても良いんじゃないか」

「時川さん、いつも馬鹿のふりしてますもんね」

室井がいつもの調子で口を挟んだ。時川は「はは」と笑っているとは思えない棒読みで笑う。

馬鹿のふりなんて考えたこともなかった、と陽太は未知の思考にすっかり押し黙る。しかし陽太が口を閉ざしたのは、時川の意外な提案に思案しているからだけでない。

――……いや。ムロ、お前、コウちゃんのことそういう意味で好きだったのか？

「大丈夫だぜ溝口さん」

時川は、唇で弧を描いた。

「そんなに皆、正統な人生を送ってるわけじゃない。それぞれの領域で問題を抱えているし、狂っていたりもする。大丈夫だ。それでも君達は今まで、繋がってたんだから」

隣の謙人が息を吐いたのがわかった。謙人の横顔は、幾分か柔らかくなっている。

「馬鹿なふりして素直になっても良いんじゃないか。私はとても素敵なヘタレだったと思うぜ」

「……え、ヘタレって、俺と同じこと言ってる」谷田が混乱した様子で呟いた。

「話者によって、こうも響きが違うとは」室井が素っ気なく切り捨てるように言う。

「おい、もう着くぞ」謙人が車内に声をかけた。陽太だけでなく、皆に聞こえるように。

話しているうちに地元へ戻っていた。陽太の家も幸平のアパートも見えてくる。ここらに詳しくない謙人が「あのアパートか？」と確認してくるので、陽太は「あぁ」と頷いた。

いつ見ても、古びたアパートだった。すぐ裏手には、陽太が高校まで住んでいた一軒家もある。つまり数十分前に母を送った家だ。もしも幸平がアパートにいるなら、入れ違いになっていたことになる。もしかしたら幸平と会えたのかもしれない。

すれ違わずに済んだのかもと、陽太はふと未来のことを考えた。

――これからもすれ違うのは嫌だ。コウちゃんに会いに行く。そう決めたのだから、踏み出さなければ。

車から降りて、一歩踏み出す。陽太の目に入ったのは、外階段。階段下のスペースにはあの箱が残されている。かつての幸平の部屋は二階だ。見上げて、陽太は目を眇《すが》めた。

あの部屋の窓が開いていたからだ。やはり人が、住んでいる？

陽太の次に時川が車から降りてくる。彼が「幸平君の部屋は」と声をかけてきた、その時だった。

「は？」

時川は低い声で呟き、陽太は無言で『ソレら』を見上げている。

窓から降ってきたのは、数十枚の一万円札だった。

時川は足元に落ちた一万円を拾う。続いて降りてきた谷田が「あ？　なんだこれ」と怪訝《けげん》そうに言った。陽太は時川の手にした一万円札を見つめる。

しわくちゃのお札だった。まるで強く握りしめたような。

そこで陽太は気付いた。これは自分のもとへ戻ってきたのだ、と。

同時に迷いなく踏み出す。向かう先には、あの古びた箱がある。

一瞬、脳裏を過《よぎ》るのは夕暮れ時の光景だった。まだ幼い幸平と陽太がその箱の前でしゃがみ込んでいる。幼い陽太が箱を開いた。幼い幸平が小さな笑みを浮かべている。

二人の残影を胸に押し込めて、大人の陽太はあの箱へ手を伸ばした。

——そこには、秘密兵器が眠っている。

第七章　森良幸平　二十歳

煙草の臭いが染み付いたトラックに乗せられて向かったのは、懐かしいあの街だった。高校二年の進級時に母と弟と引っ越してからは、この街には二度しか帰っていない。一度目は卒業式の日、陽太に告白した時だ。二度目は、つい昨日の夜。

陽太は昨晩、待ち合わせに来なかった。幸平は一晩中を一人で過ごし、一人でこのアパートへ向かい、ここを去り、一人暮らしの部屋に帰ってきた。

だが、一人ではなかったらしい。

「朝っぱらから、お前みたいのがうろついてるからまさかと思って尾《つ》けたら、本当に幸平だとはな」

父が尾《つ》いてきていたのだ。父はこの数年で急激に老いたようで、皮膚は黒ずみ乾いている。眼光はすさまじかった。体力も健在だ。二階のこの部屋まで、幸平の腕を掴んで引き摺るように連れてきた父の力は強く、その強引さは昔と同じだった。やってきたのはかつて住んでいたアパートの一室だ。

「なんとか言えよ」

黙りこくる幸平に、父が「おいっ！」と怒鳴る。

「……ここ、戻ってきたんだ」

「まぁな」

幸平は部屋の端に佇んでいる。父は窓際に座り込んで、札束の枚数を数えていた。

「下のババァが相変わらずウルセェんだけどさ。お前がガキの頃も、お前がピーピー泣くからあのババァ、煩《うるさ》くて仕方なかった」

父はこちらに目を向けず唇の端を上げた。『ババァ』は、下の階に一人で住んでいるお婆さんだ。まだ父と進と幸平の三人だった頃、夕方に父が出かけた後、夜ご飯を持ってきてくれたことが何度かある。家に入れなかった時も、幸平と進を自室に迎えてくれた。たまに父があのお婆さんにも怒鳴り声を上げていて、本当に嫌だった。

「お前、この金どうしたんだよ」

男は札束を数えながら吐き捨てた。この人はいつ、アパートに戻ってきたのだろう。大家さんもきっと、父に脅されて部屋を貸したに違いない。気を抜くと目眩《めまい》がする。父は嘲笑《あざわら》って言った。

「またこそこそ貯めてたのか」

「……バイトしてるから」

「あー、ほんっといい金蔓《かねづる》だな」

幸平が中学生の時にこっそりバイトをして貯めた金もこの人に盗まれたが、あの時と違ってその金は幸平が稼いだ金ではなく、陽太から渡された一万円札だ。引き出しに纏《まと》めて入れておいたのを、突然幸平の部屋に押し入ってきた父が見つけ出したのだ。なぜ金の在処をすぐに見つけることができるのだろう、と幸平はいつも不思議だった。

それから父は部屋に留まらずに、幸平をこのアパートへと連れ込んだ。不幸中の幸いだ。あの部屋にいたら、帰ってきた谷田達にこの男を見られることになるから。

「この金どうするつもりだった？」

「どうもしない」

煙草に火をつけながら父が問うので幸平は単調に答えた。本心だ。陽太に渡された金には一円も手をつけていないし使うつもりもない。一服した父は、歪《いびつ》に微笑んだ。

「じゃあ俺が貰ってもいいよな。お前らのこと育ててやったんだから」

「……」

「でさ、リリコどこいんの？」

幸平の部屋でも訊かれた台詞だ。

父が幸平を見つけ、あとを尾《つ》けて部屋にまで突撃してきた本当の理由。

「帰ってきたらどこにもいねぇから、腹立って仕方ねぇよ」

父は母を探している。そのために幸平に迫ったのだ。金を手にしたのでこれで満足したかと思ったのだけれど、諦めてなどいなかった。刑務所から帰ってきた父は、母を探し続けていたのだ。

「リリコさ、今どこ住んでんの？　そういや、進だっけか。アレもいたよな」

この男の口から母や進の名が出て、頭がくらっとした。男は立て続けに聞いてきた。

「あのガキは働いてる？　今、何歳？　あいつらも金持ってる？」

「……持ってない」

「は？　なんでテメェに分かんだよ」

男は手元のティッシュの箱を幸平へ勢いよく投げた。幸平はその場から動けずにいて、箱の角が太ももに突き刺さって落ちていった。うまくぶつけたことが面白かったのか、父は声に出して笑った。

幸平はその場に立ち尽くしたまま、ひっくり返ったティッシュの箱を見下ろしていた。視界が青みがかり、周りの音がくぐもって遠くなる。自分の呼吸だけやけに大きく聞こえた。

「で、進は何歳？」

答えずにいると父がまたリモコンを手にとる。幸平の口は勝手に開いていた。

「まだ、中学生だから働いてない」

「へぇ。働けよ！　で、お前だけ一人で暮らしてんの？　お前もアイツら捨てたの？」

「……俺だけ、一人で暮らしてる」

「リリコどこいる？　教えるまで帰さねぇよ」

「し、し、知らない」

「嘘つけー」

父はケラケラ笑った。幸平は一連の応答に失敗した自覚があったので、そのリモコンを投げられないことを意外に思う。いつも幸平にはこの人の沸点が分からない。突然爆発的に笑い出すこともあれば、拳や煙草の火を振り下ろしてきたりもする。

「父親に嘘吐くとか良い度胸してるよ。次嘘ついたら殴るからな」

「はい」

「お前を育ててやったの誰だと思ってんの」

幸平が「父さん」と言いかけたが、その前に怒鳴り声が飛んできた。

「なぁ！　リリコの場所教えろっつってんの」

幸平はいつの間にか俯《うつむ》いていた。目元を隠す前髪に、男の怒号が突撃してくる。

「あのクソ女どこいんだよ！」

幸平の唇から漏れるハァハァという声が、小刻みになっていた。舌打ちと、「ふぅ」と煙を吐く音が聞こえてきた。すると突然、「あ、お前さ」と父の声音が変わって、それにすら肩がビクッと揺れる。

「俺の仕事手伝えよ」

「え？」

「人手足りてねぇんだよ。俺んとこ来いよ。そんで、あの部屋解約して、部屋に払う分だった金、俺に寄越せばいいよな。今バイトだけだろ？　俺と働こうぜ。お前ヒョロいけど、若いからいいだろ。あー、お前、何歳？」

「……二十歳」

「ふぅん。じゃあいいよな。大人なんだから。フラフラしてないで、親に恩返せって」

幸平が大学に通っていることを知らないらしい。男は笑い声を撒《ま》き散らしながら窓を開け、煙草の煙を外に逃した。その火は幸平には遠く、熱など分からないはずなのに、まるですぐ近くに感じるように肌が熱い。

父はまた煙草を咥えた。灰皿をテレビ台の上から取って、短くなった煙草の先を擦り付けている。ドンっと灰皿を床に置く音に心臓が慄《おのの》いて、冷たい汗が背筋に浮く。

そうして火が消えた直後だった。

「……お前、二十歳っつった？」

父が何かに気付き、手を止める。バッとこちらに顔を向け、目玉が飛び出るほど目を見開いた。

幸平を見上げ、体の底を震わせるような低い声を出す。

「そしたら、進、中学生じゃないだろ。高校だろ。お前まさか……嘘吐いたのか？」

空洞みたいな父の真っ黒な目に、幸平は魂が吸い込まれそうになった。

父の目は奈落のようだ。その目を見ていると、幸平は絶望的な気分になる。急激に心が涸《か》れて、自分という存在が空っぽになっていく。

……でも俺は、父と血が繋がっている。いずれ自分の目も、奈落のようになるのだろうか。

途方もないことを考えていると、時間が経っていた。

「もう嘘吐くなよ。お前、分かったか？　なぁ……リリコどこにいる？」

つい今まで幸平が立ち竦《すく》んで男を見下ろしていたはずなのに、なぜか立場が逆転していて、目の前に鬼の形相をした父が立っている。幸平は座り込んで、殴られた腹の痛みに耐えていた。幸平にとって鬼とは、昔話や漫画の世界の存在ではなく、この人のことだった。

次の瞬間には、座っていたはずの幸平は畳に寝転がって、透明な唾液を吐いていた。男はあぐらを組んで押し入れに寄り掛かり、また札束を数えなおしている。

鬼は笑いながら「金持ちだな」と言った。幸平はのそりと上半身を起こす。もう過去となったはずの痛みと緊張感に包まれて、自分のことが分からなくなる。今畳に倒れている自分は二十歳なのか、十歳なのか、息をしているのかしていないのか、悲しいのか恐ろしいのか、全部が曖昧《あいまい》だった。

——いつまで、続くんだろう……

そう思っていると、不思議なことが起きた。

ゴトッ、と小さな音だったはずなのに、それはやけに響いて聞こえた。

ズボンから携帯が転がったのだ。それは画面を光らせて、受け取れなかった着信の通知とメッセージを知らせていた。谷田と時川からそれぞれ着信が入っている。そして見知らぬ番号からの着信も。

谷田からは《幸平どうした？》と入っており、《幸平先輩今どこですか？》は室井から。時川のメッセージも目に入った。

《溝口陽太さんが会いに来たよ》

幸平はその通知をじっと見下ろしている。

つむじに、男の「いつまで弱っちぃんだよ」と上機嫌な声が当たる。

幸平は、陽太の名前を凝視した。

『コウちゃん』

頭の中に、あの声が強く響いた。

『次は勝てるから』

小さなヒーローの声が今の幸平に届く。夕暮れ時に、傷だらけの幼い二人で笑い合っていた。二人でチーム、仲間だと言ってくれた陽太が、記憶の中から幸平に力強く笑いかけてくれる。

ずっとこうして負け続けていた。……けれど。

『まだゲームは終わってない』

そうだ。もう過ぎ去ったと思っていたこの関係だって、終わっていなかった。

父は帰ってきてそこにいる。昔みたいに幸平を扱う。そして幸平には、懐かしくも新しい痛みが体に刻まれている。まだ、終わっていなかった。

これを絶望と取るか、延長と取るかは、己次第だ。

『勝つのは俺達』

陽太の声が蜘蛛《くも》の糸みたいに上から降りてきて、幸平は導かれるように首をもたげた。

もしかしたら、自分は馬鹿なことをしようとしているのかもしれない。それでも幸平は確信していた。試合の形勢を変えるなら今だ、と。

あの言葉をくれたのは幼い陽太なのに、声が今の陽太に変わっていく。幸平はその声に押されて、畳を足で蹴った。

驚いた父のまん丸の目が視界に入った。まさか幸平が動き出すとは思わなかったとでも言うような、見たことのない表情をしている。幸平は歯を食いしばって、父が手に持つ札束を叩き落とした。

勢いが強すぎてそのうちの大半が窓から落ちていく。

父が声もなく口を大きく開いた。たった一瞬なのにもう怒りがその顔を支配している。幸平は怯《ひる》まなかった。鬼に掴みかかり肩を押さえつける。

幸平が父にする、初めての抵抗だ。予習もしていない、一発勝負。そのせいであっという間に形勢は逆転した。父は腰に力を入れて幸平を押し倒してくる。

暴力に慣れた男は迷いなく幸平の腹に拳を入れた。口を押さえつけられて声も出ない。過去と同じ状況だ。しかし幸平はもう、座り込んだままではいない。

——まだ試合は終わっていない。勝つんだ。

すると、ドスン、と鈍い音がした。

窓の近くに、白い袋が落ちている。幸平は痛みも忘れて、それを凝視した。父もそれに目を向け眉間に皺を寄せている。幸平はその正体を一瞬で理解した。

——そんな……どうしてここに。幻？

白い袋は、秘密兵器だ。父もそれを見たかと思ったけれど、今はもう幸平を憤怒に満ちた形相で睨みつけている。サッカーボールを中に入れた給食着袋は、古びているけれど綺麗だった。ありえない。十年以上前に作ったのだから、もっと廃れているはずだ。

——幻かも、しれない。……それでもいい。

『まずは一点入れよう』

幸平は腕を伸ばして紐を掴む。リードしているほうが危ないのだと陽太が教えてくれた。

得点はゼロイチで、今、幸平が負けている。ずっと負け続けていた。無力だった子供の頃に点を決められてしまって、あまりの恐怖で再生することもできずに、座り込んでいた。父は、戦う意思のない自分を嘲笑《あざわら》った。そうして反撃されるなんて思わずに、そこで金を数えていたのだ。

——でも、今の俺には秘密兵器がある。

幸平は紐を握りしめ、ありったけの力を振り絞り秘密兵器を投げつけた。それは顔に直撃し、父は唾液を撒《ま》き散らしながらそのまま横に倒れた。まさかボールが入っていると思わなかったのか、驚愕に目を見開いている。

一点が決まった、そう思えた。でも、まだだ。

倒れた父に掴みかかり、幸平は彼の体を押さえ付ける。一点取って、同点だ。秘密兵器を振り上げて、顔に叩きつける。確実に打撃を受けた父の意識が朦朧《もうろう》とする。だが鬼は一瞬で目玉をぐりんと回し、幸平を睨みつけてきた。叩きつけた勢いで秘密兵器が扉の近くまで飛んでしまった。

幸平は次に自分の手のひらで殴ろうとしたが、男の大きな掌がぐわっとこちらに伸びてきて、腕を掴まれてしまう。

怒号と共に、また父が幸平の頭を床に叩きつける。幸平は恐怖ごと蹴破るように父の腹を蹴り上げた。贅肉《ぜいにく》で爪先が滑ったが、父は低い呻き声をこぼし怯《ひる》んだ。それでもまだ圧《の》しかかってくる体を振り解けない。だが、父の力は弱まっている。

——同点だ。あと一点。大丈夫。勝てる。あと一点。

幸平は叫んだ。

「あと一点っ！」

それは突然だった。

いきなり、幸平を圧する力が消え去ったのだ。続いて目の前を白い何かが通りすぎる。

遅れて、「ゴッ」と音が届いた。それが声なのか、ただ物が叩きつけられた音なのか、一瞬では判別できなかった。

確かなのは鬼が目の前から消えていること。幸平は仰向けになったまま、視線を横へ向けた。窓の下で男がうつ伏せに倒れていて、そばにはあの秘密兵器が転がっている。

続いて『彼』が通過した。まだ動きのある父に蹴りを入れ、続け様に肩を足で押さえ付ける。完全に動きを封じ込めると、部屋にまた人が入ってきた。謙人だ。謙人はうつ伏せの父に体ごと圧《の》しかかった。

幸平は上半身を起こしながら、ゆっくりと、顔を上げる。

一番初めにやってきた『彼』と視線が合った。

陽太君……、と心の中で呟いた。声に出していないのにその名を呼んだ途端、体の力が抜けていく。

幸平はへたりと座り込んだまま陽太を見上げた。陽太もまた、幸平ただ一人を見下ろしている。彼はその場に膝をつき、視線の高さが同じになった。その薄茶の瞳に光がいっぱいにあふれているのを見て、鼻の奥がツンと痛くなった。話したいことがたくさんあるようで、でも何も浮かばない。

「陽太君」

だから、幸平は泣き笑いみたいな表情で囁《ささや》いた。

「勝ったね」

「うん」

脈略のない台詞にも、まるで共通言語のように陽太には通じている。彼はとても優しい微笑みを浮かべ「逆転勝ちだ」と言った。

それは二人にだけ理解できる会話だった。先ほどまであんなに凍えていた心に、たちまち熱があふれかえっていく。次の瞬間には、陽太に抱きしめられていた。

「コウちゃん」と感情に塗《まみ》れた掠《かす》れ声が鼓膜を揺らし、体の内側に溶け込む。息が苦しくなるほどの力強い抱擁だった。けれどその力はずっと……もういつからか分からないほど昔から強張《こわば》っていた体の奥の何かを、柔らかく解すような温かさを持っている。

安堵は涙となってこぼれ出し、幸平の頬をとろとろと涙が伝った。

またぎゅっと力が込められてから、陽太がそっと体を離す。まるで撫でるように優しく肩を握って、幸平の顔を覗き込んできた。

「ごめん、痛かった？」

腕の力強さは無意識だったらしく申し訳なさそうに眉尻を下げるので、幸平は思わず笑ってしまった。この世の痛みとは一番無縁の抱擁だったので、無言で首を左右に振る。するとその時、部屋の中に誰かが靴を履いたまま入り込んできた。

室井だった。彼は父を組み伏せる謙人に加担する。扉付近には、谷田と時川も立っている。

みんなが来てくれた。驚いて固まる幸平に、陽太が「離れよう」と声をかけてくる。幸平は、今度は上下に首を振って、室井を振り返った。幸平の視線に気付いた室井が横目で視線だけこちらに寄越す。

「行ってください」

室井は小さく微笑んだ。幸平は唇を一文字に引き結び、やがて緩めてから、「ありがとう」と小さく頭を下げる。室井は、頷いてくれた。それから陽太に導かれて幸平が扉へ向かうと、谷田がすぐに「幸平っ、大丈夫か⁉」と駆け寄ってくる。

「うん、なんとか」

「お前っ、……無事でよかった。こっちは俺らでなんとかするから、下行って離れてろよ」

もう一度頷くと、谷田は心底安堵した表情で、「良かった、幸平。はぁ……下行け下に」と繰り返した。陽太に手首を握られて部屋から出る。同じように廊下に出てきた時川は、幸平、それから陽太へ視線を向けた。

「警察は呼んだよ。二人は待っていてくれ。私は、なぜか二階から落ちてきた金を拾ってくる」

幸平には思い当たる節がありすぎた。早速踵《きびす》を返した時川に慌てて「時川、俺も」と呼び止めるが、彼は「大丈夫。二人は休んで」と遮り、背を向け迷いなく外階段を下りていく。その後ろ姿を見つめていると、時川とすれ違って上ってくる男に気付いた。

随分と大柄な男性だった。幸平には見知らぬ人物に見えたが、隣の陽太が「あ」と反応した。

「中田」

「溝口……と、黒崎か？」

中田と呼ばれた体格の良い男は、幸平に気付くと階段をあっという間に駆け上ってくる。正面から歩いてくる男をすぐに理解できず首を傾げていた幸平だったが、よくよく見つめてハッとした。

小学校の時クラスメイトだった中田だったからだ。

「え、どうして？」

困惑というより純な驚きだ。予想外すぎて理解が追いつかなかったが、陽太が丁寧に説明する。

「この間偶然会って、コウちゃんの父親が帰ってきてることを中田から教えてもらったんだよ」

「溝口に言われて来たけど、お前のほうが早かったんだな。つうか黒崎、どうしたんだその頬は」

一瞬、反応が遅れてしまったのは黒崎という姓が懐かしすぎたからだ。幸平は手のひらで頬を押さえた。陽太が幸平の代わりに、質問を無視して言う。

「悪いけど、あの部屋に犯罪者がいるから取り押さえんの協力してくんね？」

「犯罪者？　……黒崎の親父さん？　警察には？」

「もう連絡してる」

中田は「そうか」と頷き、幸平を見下ろした。子供の頃から体格が良かったが、今の彼はより逞《たくま》しく成長している。背も幸平や陽太より高く威圧感があった。幸平はまだ呆然とした心地で、うまく受け答えができない。まさか、中田が来てくれるとは思わなかったのだ。

「黒崎、またな」

「あ、うん。ありがとう」

中田は軽く微笑み、二人の横を通り抜けて外廊下を歩いていく。幸平は振り返ってその背中を見つめた。部屋へと消えていくその姿に、一瞬だけ、昔の中田の面影が過《よぎ》る。

かつての中田は、幸平と陽太にとって倒すべき敵だった。

でも今は違う。たった今倒した敵を封じるために中田は加勢してくれる。言いようのない切なさに襲われて心が乱れた。不思議な懐かしさに呆然としていた幸平の心を戻して導いてくれるのは陽太だ。

「行こう、コウちゃん」

立ち止まる幸平の手を彼が引いてくれる。幸平は導かれるように外階段を下り、二人は階段の一番下の段差に腰かけた。まだこの騒動は周辺にさほど知られていないらしく、空気は閑散としている。たった今の嵐みたいな出来事とはかけ離れていて、現実感がなかった。

過去から戻ってきた暴力も、幻みたいな秘密兵器も、味方になってくれる中田や、やってきた友人達も。実際にこの目で見たのに、幸平にとっては夢みたいに思えた。

何よりも……、隣に陽太がいる。悪夢から幸福な夢に入り込んだみたいだ。

陽太は自分のジャケットを脱いで幸平の肩にかけた。幸平は陽太の匂いがする上着をギュッと握って、「びっくりした」と眉尻を下げる。

「陽太君がいるから。みんなが、来てくれるなんて」

幸平に向けられる視線は真剣で、洗練された静けさが宿ると同時に、先ほどの出来事の興奮が未だ滲《にじ》んでいるように見えた。彼は一度も幸平から目を離さずに、口を開いた。

「うん。急いで来た」

「ありがとう。まだドキドキしてる……いろいろと。聞きたいこともあるよ。でもまだ混乱してて」

「体も痛いよな」

幸平は唇を噛み締めた。思い出すのは、『痛くないよ』と答えていた幼い頃の自分だ。それは陽太に対しても、進や先生に対しても……すべての人に対してそうだった。自分の痛みを明かすのは恐ろしいことで、幸平はその領域に踏み出そうとすら思っていなかった。

でも今の幸平は、自分でも意外なほどに素直に答えることができる。

「うん、痛い」

幸平は陽太には笑っていてほしい。苦しそうな顔を見たくない。それでも、彼の顔が歪むと分かっていても正直に認めたかった。

本当に言いたいことはこれだから。

「でも勝ったよ」

勝ったのだ。少し想いを馳せれば、これまでのすべての糧になったあの言葉が幸平の脳裏に蘇る。

『俺とコウちゃんはチームだから』

あの日結んだ絆はまだ繋がっていた。あの秘密兵器はまだ、生きていた。幸平と陽太は二人で絆を結んで、勝つことができたのだ。

そして今では二人だけではなく他の仲間達もいる。いつの間にかチーム戦になっていたらしい。

すると、なぜだろう。陽太は幸平の顔をじっと見つめ、ふっと表情を緩めた。笑ってはいないし、もちろん怒ってもいない。見惚《みと》れるような表情で幸平の目をじっと見据えてくる。不思議に思って、陽太君、と名を呼ぼうとした時だった。

「コウちゃん」

「うん？」

「好きだ」

それを聞いて、幸平はハッと息を呑んだ。陽太は、すると、溶けるような甘い笑みを浮かべる。

柔らかい微笑みは、朝焼けよりも綺麗だった。陽太の眼差しには甘いだけでなく切なさが滲《にじ》んでいて、その眼差しに見つめられたこの目が焼けるように熱くなる。『好きだよ』の言葉に、胸が焦げそうなほどの熱を抱く。陽太は幸平にだけ聞こえるかすかな声で囁《ささや》いた。

「コウちゃん、好きだよ」

静かな朝と、嵐の後の凪《なぎ》みたいな心に、「コウちゃんは」と陽太の声が溶けてきた。

「俺のこと好き？」

あんまりにも驚いて声も出せないと思ったのに、口からは想いが自然とこぼれでていた。

「うん……好き」

勝手に漏れた本心に、幸平自身もびっくりした。

――そうか、俺は本当に陽太君のことが好きなんだ。

陽太からの予想外の発言に思考は乱れているのに、陽太に恋する気持ちは何年も幸平の中にあったからはっきりと口に出すことができる。幸平は息を吸い、今度は意思を持って震える唇で紡いだ。

「好き。陽太君が、好きだ」

最後の『好き』はより声が強くなった。好きと繰り返せば繰り返すほど、想いがあふれていく。

陽太は泣き笑いみたいな笑みを浮かべた。その目には涙の膜がうっすらと張って、朝の光が揺らいでいる。だが彼が瞬きをして次に瞼《まぶた》を開いた時には、決して逃さないような視線が幸平を捕らえていた。

「じゃあ、普通の幸せ全部なしになっていい？」

幸平は目を瞠《みは》った。陽太が辛そうに顔を歪めたから。

「このまま、俺が好きとか言わなければ……コウちゃんの心を確かめたりしなければ、いつか俺達も離れて、コウちゃんは俺以外の誰かと結婚して、子供ができて、俺達が見たこともないような、絵本みたいな家族ができるかもしれない」

恐怖すら抱いているような顔をしているのに、陽太は決して幸平から目を逸らさない。瞳は怯《おび》えながらも、幸平に伝えようと目を背けないでいてくれる。

「昔の俺達じゃ知らなかった、普通の幸せな人生があったかもしれない。……でも」

だから幸平も、陽太と陽太の言葉から目を逸らさなかった。

「俺はやっぱり、コウちゃんがいないとダメだから。なぁ、俺は、コウちゃんの『幸せな家族』、全部壊してもいい？」

耳に蘇るのは、夜明け前、ここで未来を語り合った、かつての自分達の幼い声。

『幸せな家族』を口に出したのは幸平だ。

夢見ていたのだ。

進が何も知らずに布団で眠れる夜を。

暖かい部屋で両親に囲まれながら、なんの疑問もなく好きなご飯を食べられる家族を。

自由に遊べる庭で、大声で笑い合える世界を。

クリスマスにはプレゼントを渡す。外は寒くても、ケーキを食べる部屋は暖かいから関係ない。その部屋の隅っこにいる必要もなくて、夜は物音がしてもぐっすりと眠れる。そんな世界を。

『幸せな家族になりたい』

幸平は知らなかったから、未来に想いを馳せた。

隣で同じように『幸せな家族』の世界を紡いでくれたのは、陽太だ。

『なれるよ。コウちゃんは将来、幸せな家族を作るんだ』

子供の陽太は弾けるようにそう言って、笑ってくれた。

大人の陽太が、真剣な表情で告げる。

「コウちゃんが作るはずだった幸せな家族、全部なかった世界にしていい？」

かつてこの場所で、自信に満ちあふれた無邪気な笑顔で未来の創造を誓った陽太と違い、今の彼は泣き出しそうに目を潤ませて、未来の破壊を語った。

「ごめん。俺といたって何も、残せないけど」

瞳だけでなく声も痛ましいほどに震えている。また一度言葉を呑み込んで何かを言おうとしたが、もうこれ以上は吐き出せない。そんな声だった。それでも、陽太は続けた。

「プレゼントも、渡せる子供はできないけど。いっぱいの家族は無理で、俺だけだけど」

「陽太君」

だから幸平は、陽太の代わりにその言葉の続きを言うことにした。

「ずっと二人で生きていこう」

陽太がゆっくりと目を閉じた。幸平は「陽太君」と彼の名を呼びながら、その瞼《まぶた》が開く瞬間を見つめる。

「俺は陽太君がずっと好きだった。これからもそうだよ。陽太君がいればいい。陽太君がいるなら、これ以上なんて望まないし、陽太君がいないならなんの意味もない」

幸平はどうしても陽太を笑顔にしたかった。辛い顔なんてやめてほしくて、泣かないでほしくて、幸平から笑顔を見せた。頼もしい言葉なんて分からないから、ただありのままの心を吐露する。

――陽太君。これが本望だ。

「だから二人で生きていこう」

「……やっぱコウちゃんは強いな」

語りかけるというより、確信した時の独り言みたいな声だった。

陽太はくしゃっとした笑顔を見せて、静かに涙をこぼした。泣かないで、と願ったのにその涙は見惚《みと》れてしまうほどに綺麗で、あぁこれが見たかったのかもしれないと、幸平は思った。この光を見るために今日まで生きてきたのかもしれない。この光をこれからの人生ずっと、忘れられない。

それから陽太は「さすがコウちゃん」と屈託なく笑って、手を握ってくれた。生身の温かさに触れて幸平は息を吐く。

たわんだ電線に止まっている雀が一斉に鳴き始めた。街の声が耳に届いてくる。それでも幸平は陽太だけの世界を見つめている。

未来なんて不確かなのに信じきっていた。二人はこれから、二人で生きていくのだ。

今、かつて夢見た『幸せな家族』の世界が跡形もなく朝へ溶けていく。安全な庭に子供が駆けていくことはない。箱の中にあった秘密兵器も役目を終えた。ここにあるのは、二人だけ。

もう夢見る必要さえない。この現実こそが、幸平が思い描いた一番の幸せそのものだから。

幼い二人が見た朝焼けは、この真っ青な空に塗り替えられた。陽の光を詰め込んだ陽太の瞳は綺麗だった。光ある未来はこの人と作っていく。陽太を思い出にする世界なんていらない。幸平が欲しいのは陽太だ。陽太がいい。

最後には本当の意味で、二人きりになるだろう。それは寂しくて切なくて、少し悲しいけれど、きっと待ち望んだ愛しい悲しさだ。

幸平は、陽太を見ながら、決心した。

――それまでの限りある未来で作っていこう。一生分の思い出を、これからも。

◇

翌日、幸平は陽太の部屋にいた。

これまで見たことのなかったクッションに腰を下ろす。しばらくすると、コーヒーの匂いが漂《ただよ》ってきて、ほろ苦い香りが鼻腔を擽《くすぐ》った。

そういえばと思い出すのは、高校の頃に働いていたブックカフェのことだ。進によると、ブックカフェが同じオーナーにより再オープンしたらしい。調べてみようと携帯を手に取ると、時刻が目に入った。

十一月十二日の午前十一時を指しているのをなんとなく確認してから、ブラウザを開いてみる。開きっぱなしになっていたページは昨日眺めていたサイトだった。それは一年以上前に投稿された例の質問小袋だ。

「コウちゃん、何見てんの」

コーヒーの注がれたマグカップを持ってきた陽太が目の前に腰を下ろす。何見てんの、と聞きながらも陽太は、幸平が手にする携帯ではなく幸平の顔を見つめていた。一度画面を見下ろし、《恋愛に関して質問があります。アドバイスをご教示いただければ――……》の質問文を読む。幸平はブラウザを閉じて答えた。

「なんかね、俺みたいな人」

「コウちゃんみたいな人?」

「そう。幸せになってほしい人」

陽太は「ふぅん」と頷いて、それ以上言及しなかった。

一時間前から陽太はこの調子で、幸平に何か問いかけては、なんでもいいから答えを聞いて、まるで安心するみたいに頷くのを繰り返している。

昨日はアパートでの事件の後、警察から事情聴取を受けた。父は再犯だから、しばらく警察が捜査に入るらしい。たまに幸平も聴取に呼ばれることがあるらしいが、ひとまずは解放された。

警察署を出ると陽太達が待ってくれていた。少しだけ話して、その日は一人暮らしの部屋ではなく母と進が待つ家へ帰った。それから三人で一晩過ごし、翌日の今日、陽太の部屋にやってきたのだ。今日一日は陽太と過ごそうと昨日約束していたから。

いつも会う時は、陽太の一人暮らしの部屋か幸平の部屋に現地集合という形が多かったが、今朝は違う。午前十時に陽太のマンションの最寄り駅で待ち合わせをした。まるで子供の待ち合わせみたいに早い時間だな、とおかしかったのに、陽太が駅どころか家まで迎えに来てくれたのは驚いてしまった。

母達が暮らすアパートを出ると、前の通りには陽太がいて、居ても立ってもいられなくて迎えに来てしまったのだ、と彼は言った。

そうして、二人並んで歩いて駅へ向かった。

手は繋がなかったし、歩く時の互いの距離も変わらない。決して触れ合ったりはしない間隔で歩いた。陽太はいつもの無表情だったけれど、幸平には今日の彼の顔に緊張が滲《にじ》んでいるように見えた。やがてその表情は柔らかくなり、雰囲気もみるみる変化していった。

いつもより口数多く、『コウちゃん、朝飯食べてないよな。どっかで買おう』と積極的に話しかけてくる。『パン好き?』と問いかけられるので『好き』と答える。『じゃあ、パン買おう。そんでウチで食おう』『そうだね』『パンでいい? 他に食いたいもんある?』『パンでいいよ』『パン好き?』『うん、好き』『そっか』と会話を続ける。

二度目の『パン好き?』は意味のある質問だったのか少し気になったが、陽太は満足そうだった。こうした会話は、その後電車に乗っている最中も続いた。小声ながらも『コウちゃん、電車好き?』と聞いてくるから、正直好きも嫌いもなかったけれど、『うん、好き』と答える。陽太は『じゃあ、車は?』と質問を重ねた。

『車も好き』『そしたら俺、免許取るわ』『え、わざわざ?』『速攻で取る。今のうちに。そんでドライブしよ』『いいね』『ドライブ好き?』『分かんないけど、たぶん好き』『そっか。電車も好き?』『好きだよ』『ふぅん』

電車を降りる頃には陽太の笑顔が格段に増えていた。駅の改札を抜けて陽太のマンションへ向かっている最中も、あらゆるカフェやレストランを指差し、『パンケーキは?』『タイ料理好き?』『あれは韓国料理』『これは野良猫』と、会話というより問いかけを投げてくる。

だから幸平も、『甘いの好き』『食べたことないけど、タイ料理もたぶん好き』『韓国料理美味しい』『猫、可愛いね』と答える。陽太はそのたび、『そっか』と嬉しそうに目を細めた。

途中でパンと、美味しそうなプリンを買って、彼の部屋に帰宅した。帰ってきて早々、陽太は上半身ほどのサイズの大きなクッションを幸平へ渡した。それが今、腰かけているクッションだ。

幸平は渡されたコーヒーを口に含む。改めて腰元を見下ろした。

「こんなクッションあった？」

「実はあった。コウちゃんが座ったらいいなって思ってた」

体を預けられるくらい巨大なクッションだ。思ったよりも体が沈むので無言で驚く。「すごいね」と陽太を見上げると、新しい携帯を構えた真顔の陽太がいた。

「写真撮っていい？」

「え？　いいけど、なんで写真？」

「欲しいから。眺めてたい」

撮ったのかすら分からない一瞬で撮影すると、陽太はサッと携帯を後ろポケットへ仕舞って、満足げに腕まくりをした。その腕にはタトゥーが彫られている。腕だけ見れば確かに怖い人なのかもしれないが、そんな彼が嬉しそうに見つめているのは幸平の写真だ。それはやっぱり、可愛いなと思う。

「コウちゃん、寒くない？」

「寒くないよ。そういえばこの部屋、帰ってきた時から暖かかったね」

「家出る時、暖房入れたから」

「そうなんだ。だからあったかいんだ」

「寒がったら嫌だから」

「え……俺が？」

「そう」

幸平の写真を眺め終えた陽太は次に、実物の幸平を嬉しそうに眺める。思わず唇を結んでいた。

陽太は明るく「部屋も掃除した」と言って、テーブルを挟んだカーペットへ腰を下ろした。

「……陽太君の部屋、汚いイメージないけどな」

「いや、かなり掃除した。一晩中」

「一晩中!? そんなに？」

「そう。俺、しばらく家帰ってなかったし」

「え？ どういうこと？」

「……実は」

そう言って、陽太が語り出したのは衝撃的な事件だった。

陽太はここ二ヶ月ほどある女性から過激な好意と執着を受けていたらしい。いわゆるストーカーというやつで、盗撮写真が送られてきたり、手作り菓子が送りつけられたり。ついにはこの部屋に盗聴器も仕掛けられてしまった。その犯人は、高校の同級生だった芹澤という女子だ。

「そ、そんなことが、起きてたんだ……」

だから最近の二ヶ月、この部屋に呼ばれなかったのか、と幸平は腑に落ちた。

とはいえ、まさかその犯人が芹澤だったというのには驚いた。彼女と話したことはないが、その存在はよく覚えている。高校時代に彼女が陽太に告白したという話は聞いていたから。

「ま、解決したし」

「捕まってよかったね。芹澤さんも、警察に？」

「うん。もうこの部屋には盗聴器もないから安心してほしい」

「そっか。陽太君、大変だったね……大丈夫？」

陽太はきょとんとした顔をする。幸平としては衝撃の話題で彼が傷付いているのではと心配だったが、陽太はふわっと微笑んだ。

「今は平気。つうか、コウちゃんがそこ座ってるのが嬉しくて、それどころじゃない」

「……」

「そのクッション買ったの、一年くらい前なんだよ。コウちゃんが座ったらすげぇ良いなって思ったんだけどなかなか出せなかった。やっぱ良いわ。すっぽりおさまってる感じが良い。似合ってる」

「ありがとう……」

今朝会った時から、陽太はこの調子だ。

よく喋りよく質問し、何よりも、素直に気持ちを伝え続けている。意識してそうしているのか無意識なのか判別はできないが、幸平はむず痒くて仕方ない。それはもちろん嫌な気持ちではなく、少し恥ずかしいけれど、幸平は今すぐ叫びたいほどとても嬉しかった。顔に表れていなくても、心だけなら真っ赤に染まっている。

陽太は「芹澤のことは今度話すとして」と話を置き、また真剣な顔をした。

「それでさ、コウちゃん、俺ら付き合ってるんだよな」

「……付き合ってるよ」

ちなみにこれは四度目の確認だ。一度目は昨日の別れ際で、『俺ら恋人ってことだよな』と陽太は真剣を通り越して深刻な顔で確かめてくれた。

二度目は昨晩のメッセージ。どうやら幸平が事情聴取を受けている間に陽太は携帯を買いに行ったらしく、夜に送られてきたＳＭＳで、《俺、彼氏ってことだよな》と届いた。幸平は、陽太が自分の電話番号を暗記していることに驚いた。

三度目は今朝会った時に開口一番で言われた。

『おはよう、コウちゃん。あのさ、昨日の話なんだけど、俺、彼氏で合ってる？』

「俺って、コウちゃんの彼氏で、コウちゃんは俺の彼氏だよな」

とはいえ、何度確認されても丁寧に答えたくなるので、自分も重症だとは思う。

「うん、そうだよ。俺は陽太君の彼氏」

「だよな。あー良かった。なんか焦る。よっしゃ。パン食べようぜ」

陽太はパン屋の袋を膝に置いて俯《うつむ》いた。癖毛の前髪に隠れた顔が、堪えきれないとばかりにニヤついているのが分かった。それを見た幸平は、なんというか……わーっと叫び出したい気分だった。

こんな陽太は、親友だった子供時代でも見たことがない。ゼロから構築されていく、新しい陽太だ。

陽太は買ったばかりのパンを次々と並べていく。未だ浮かれた心地の幸平は、クリームパンへぼんやり視線を落とし、「あ」と思い出した。その声に反応して陽太がすぐに顔を上げる。

「どうした？　何？　クリームパン、嫌い？」

若干陽太が心配そうにするので、慌てて首を横に振る。思い出したのは、一ヶ月ほど前の出来事だ。

「違くて……えっと、陽太君、この間もパン持ってきてくれたよね」

「え？　……あー」

「貰い物って言ってたけど、俺の部屋に置き忘れてってたでしょ」

一ヶ月ほど前、共に居酒屋へ向かうその前に、陽太は幸平の部屋に訪れていた。彼はパンを幸平の部屋に置き忘れていったけれど、あの時の幸平はそれをどうするべきかさえも聞けなかった。

「あー、うん。そうだね。ごめん、あん時それどころじゃなくて忘れてた。あのパン、どうした？」

幸平は申し訳ない思いで一杯になりながらも、正直に白状した。

「食べちゃった。腐らせるのも良くないなと思って」

「……あー。へぇ、そうなんだ」

「ごめん。陽太君が貰ったものなのに」

すると陽太は、数秒黙り込んで、それからわずかに照れたような顔を見せる。

「いや、それでいい。俺がコウちゃんと食べようと思って買ってきただけだし」

「え？」

「コウちゃんが食べてくれるのが一番良い。そのために買ってきたから」

「そう、だったんだ」

そうだったのか、と予想外の回答にぼうっとしていると、陽太がツラツラと語り出す。

「つうか、今の良いよな。食べちゃった、って言い方なんか良い。ちゃった、が良い。やっぱ良いな……前から思ってたけどコウちゃんの喋り方優しくて好き。コウちゃんと話してると、俺まで優しくなった感じになる。で、クリームパン好きなんだ？　コウちゃん前は、揚げパン好きだったよな」

「あ、うん、好き」

「じゃあ、甘いのが好き？　選んで」

いつのまにかテーブルにはパンが陳列されていた。幸平は整列するパンを眺めながら、一ヶ月前のアレは陽太が幸平のために買ってきてくれていたのか、と考える。またしても明らかになる事実は過去の記憶に介入し、もしやあの時のプリンやあの時の焼き鳥、あの時のたこ焼きも、と芋づる式に繋がっていく。

頭の中で整理されていく記憶に呆然としつつ、やはりまだ自分の知らない陽太がいくつも隠れているのだと、嬉しくなった。驚きも抱くがそれよりも、際限なく陽太への愛しさがあふれていく。

幸平がふわふわとした気分でメロンパンを選ぶと、陽太はそれすらも大いに喜んだ。

「メロンパン選ぶんだ。ドラフト式にしよう。次点も選んで」

「ドラフトだったら陽太君も一位を選ばないと」

「コウちゃんオンリードラフトでいこう。次に食べたかったのどれ？」

それはルールが崩壊している気がするが、陽太が楽しそうなので、幸平は突っ込まずにあんパンを選んだ。陽太は笑って隣のシンプルなミルクパンを手に取る。たまに齧《かじ》りながら喋り続けた。

「今日は一緒にいたい。たくさん話したいことがあるから。それで、明日からはたくさん出かけたい」

「えっ」

「え？」

思わず声を上げると陽太も目を丸くした。驚いた幸平に驚いているのだ。幸平は単純にびっくりしただけだが、陽太の顔色はあっという間に変化し、傷付いたような顔をする。陽太は今、ショックを受けている。

「嫌とかじゃないよ。そうじゃなくて……陽太君が、そういうの嫌かなって」

幸平はすぐに「陽太君」と声をかけた。

「は……？　俺が？　なん、そん、嫌じゃない。なんで嫌って思った？」

あまりに必死な姿を前に胸が詰まり、素直に伝えよう、と幸平は思った。陽太はなんでも聞いてくれるのだから、自分もたくさん話さなければ。

白状したのは過去の盗み聞きについてだ。高校の卒業式の後、幸平は陽太に告白した。連絡先を交換してその場を去ったが、やっぱり一緒にご飯が食べたいな、と思って誘うため来た道を引き返したのだ。そこで、聞いてしまった。陽太が公園で誰かと話していた時の言葉を。

『映画館とかよくデートに行くっていうけど普通に嫌じゃね？　隣にずっといんのキツい……』

「違う」

まだ「陽太君は映画館とか外でのデートしたくないのかなって思って」と説明をしている最中だったが、陽太は即座に遮った。幸平が返す前に強く断言してくる。

「そういう意味じゃない」

「え、じゃあどういう……」

「緊張するから。映画館は隣にずっと好きな子がいて緊張するって話。あん時の俺には無理だった」

……す、好きな子って言った……。そう無言で照れる幸平の一方、陽太は弁明するように言った。

「嫌っつうか、無理じゃね？　って懐疑ね。初心者デートコースじゃねぇと思う。あー、ごめん。俺、いつも余計なこと言うから、コウちゃんのことたくさん傷つけてそう」

「いやっ、ううん。俺のほうこそ勝手に思い込んじゃうとこあるから」

「コウちゃんは何も悪くない」

陽太は真顔で言い切って、「映画館も本当は行きたい」と付け足した。

「今なら行ける」

「まぁ、徐々に、慣らしていこっか」

幸平が言うと、陽太は安心したように頬を緩めた。

幼馴染《おさななじみ》ながら思うのは、陽太はとても美形だということ。可愛いというよりクール系の美人で黙っていると迫力がある。けれどたった今こぼした微笑みは、贔屓《ひいき》目抜きで『可愛い』笑顔なんじゃないか。陽太は可愛いままで言った。

「コウちゃんがいいなら、いろんなところに行きたいし、お酒だって呑みに行きたい」

「陽太君、お酒良いの？」

「うん、もう平気そうだから」

陽太はなぜかホッとしたように目を細めた。平気、とはどういう意味だろう、と幸平は小首を傾げる。

——お酒の特訓でもしたのかな。お酒の特訓をする陽太君、可愛いな。

のほほんと考えながらメロンパンを合間合間に食べる幸平と違って、陽太はミルクパンをちっとも食べ進めずに喋り続けている。

でもこれは、幸平も知っている。子供の頃の陽太は、幸平よりもたくさん話す子だった。これが元の陽太なのだろう。皆の前でどうなのかは分からない。少なくとも、高校時代の陽太は皆から口数の少ない男だと思われていた。だから本当の陽太を知るのは自分だけ。そう思うと優越感が湧き、メロンパン以上に胸がいっぱいになる。

——あぁでも、親友の関謙人君の前では話すかもしれないな。……うーん。これが、嫉妬？

そう自覚すると胸がざわざわして、メロンパンを食べる気が失せる。陽太をよく知る人物がたとえ友達であろうと自分以外にもいることを思うと、瞬く間に食が進まなくなった。

それはこうして陽太と向かい合えたことで改めて向き合えた感情だ。今までの幸平は、嫉妬するのも烏滸《おこ》がましいと思っていたから。

もう嫉妬、してもいいんだよね。恋人なのだから。改めて思うと、また心に活力が満ちてきた。また、メロンパンを食べる気力が湧いてくる。嫉妬は負の感情と聞くが、こうして嬉しくなるのは変なのだろうか？

「あとさ、コウちゃん。他にも確認したいことがあんだけど」

当の陽太はただひたすら喋り、問いかけてくる。今朝からそのスタンスは一定だ。

「昨日のこと。昨日っつうか、一昨日かな。さっき言った通り、携帯壊してたからメッセージ受け取れてなくて、コウちゃんの連絡見れなかった。ごめん」

「また謝った。もう謝んの禁止」

「ごめ……あー。うん。はい……」

待ち合わせに来られなかった件に関しては、昨日のアパート事件後に平謝りされた。確かに陽太を一人で待ち続けた夜を思うと、未だ強く胸を掴まれたように苦しくなる。

けれど陽太に非は一切ないし、幸平はその苦しさに意味を見出さない。事実としてあの夜はとても悲しくて、辛かった。あの辛さはきっと心に残って消えはしないが、だからと言って今も同じ意味を持つとは限らない。

あの夜に感じた身も張り裂けるほどの悲しみは過去のものであり、それは今の悲しみではない。だって今の幸平は幸せなのだ。心はパステル色の幸福で満ち満ちている。

とはいえ陽太は後悔していた。あまりに何度も謝るので、幸平は『ごめん』を封じたが、今『ごめん』の言葉を失った陽太は苦悩の表情で、代替する何かを必死に探している。苦慮の末に口にしたのは――

「コウちゃん、好きだよ……それでさ、昨日の」

「……えっ？　今のは!?」

――ごめんの代わりが好き!?

動揺する幸平に陽太は真顔で右手を挙げた。

「コウちゃん、一回聞いて」

「俺が話の腰を折ったみたいになってる？」

「一回聞いてほしい。コウちゃんが昨日の朝に見た俺と傘差してた女って……」

と、陽太が言いかけたところで部屋のチャイムが鳴った。

二人して動きを止める。先に腰を上げたのは陽太だった。陽太は「誰だろ」と呟いて扉へ向かう。

「は？　なんで？」

扉を開く音の後に、玄関から彼の声が聞こえてきた。困惑はしているが敵意はない。幸平は不思議に思い立ち上がって廊下へ出てみると、女性と目が合った。

「あれ？　あなた……もしかして幸平君？」

彼女は驚いたように目を丸くしている。玄関にいたのは、陽太の母だった。

慌てて「お、お久しぶりです！」と頭を下げると、「うん、久しぶりだね」と彼女はにっこりと微笑んだ。その笑顔と声が、子供の頃の懐かしい記憶を掴んで引き寄せる。

今の彼女は茶髪のショートカットで、昔の長髪だった頃とは髪型も変わっているが、笑顔の面影はそのまま残っている。病気がちな人だったが、体の調子が良い日は幸平や進も呼んで昼食を作ってくれた。

だが、最後に会ったのは小学校の頃……八年近く前。そのせいで姿をすっかり忘れていた。

そうだった。陽太によく似てとても綺麗で、すらりとしたスタイルの女性だったのだ。

「ごめんね、まさか幸平君がいるとは思わなくて」

彼女は心底申し訳なさそうに言った。陽太は一度幸平を振り返り、それから母へ向き直る。

「ひとまず上がれば？」

「そうしようかな。すみもいるよ」

「なんだよ、友達来てたのか」

低い声と共に現れたのは大柄な男の人だった。首元のタトゥーが目を引く、筋骨隆々とした体格の良い男性で、百八十近くある陽太よりも背が高い。知らない男の人のはずなのに、見たことがあるような気もするが、幸平はどこで会ったのか思い出せない。

男の人は幸平を見下ろしたが、特に何も言わずにかすかに微笑むだけだ。その笑みはどことなく、色っぽい。思わず凝視していると、陽太の背が目の前に割り込んでくる。

「スミレも上がって」

――……スミレ？

知らずに口に出ていたらしい。陽太が振り返って幸平の耳元で囁《ささや》く。

「俺の叔父さん」

唇を引き結ぶ幸平の目の前を、陽太の母と『スミレ』が通過していく。

その名前は、陽太の片思い相手疑惑がかかっていた女性の名前と同じである。もちろん今の幸平は、陽太に好きな女性などいないと分かっているが、幸平はつい昨日まで本気で落ち込んでいたのだ。

リビングへやってきた彼女は、荷物を部屋の真ん中に下ろした。

「でも、私達すぐ帰るから。陽太が片付けるために部屋帰るって言うから心配になっちゃって。お昼ご飯でも作ろうかなって食材買ってきたんだけど、そっか。幸平君がいたんだね」

荷物とはスーパーのレジ袋で、中には食材が入っていた。彼女らが座らないのが「すぐに帰る」発言の証左《しょうさ》だ。陽太は、「へぇ」と大して引き止める意思を見せずに呟き、幸平はひたすら黙り込んでいる。

幸平はもう、何も言えない。彼らの登場は幸平が一人で思い込んでいたさまざまな誤解を一瞬にして明かしていく。

……恥ずかしかった。勝手に陽太の好きな人だと思い込んでいた『スミレ』はこの男性だったのだと。

そして昨日の朝に見た相合傘の女性は、陽太の母だったのか、とも。

「陽太、この食材置いてくね。私達帰るよ」

微笑むその人の髪型を改めて見てみる。昨日の朝、雨の中で見た女性の後ろ姿と一致している。

——自分はなんて勘違いをしていたのだろう。まさか陽太君のお母さんだったなんて。

「それじゃ。友達と遊んでる時にごめん」

彼女達は廊下へ歩き出した。玄関で陽太の母が靴を履き、スミレがそれを見下ろしている。そうして帰る支度を進めている最中、突然陽太が切り出した。

「……母さん、俺さ」

その声があんまりにも緊張で張り詰めているので、幸平も彼らも陽太へ視線を向けた。

するとと陽太はまず、幸平へと顔を向けた。薄茶の瞳が切実にじっと見つめてくるので少し狼狽《うろた》える。だが、なぜだろう。幸平には陽太が今から言わんとすることが理解できた。

……まるで繋がっているみたいに。確信なんてない。陽太はまだ何も言っていない。けれど、その真っすぐな光ある瞳が語りかけてくる。だから幸平は自然と頷いていた。

陽太はフッと頬を緩め、安心したように目元を和らげ、母のほうへ顔を向ける。そして思った通りの言葉を告げた。

「俺、コウちゃんのこと好きなんだ」

「へぇ……？」

一方の彼女は不思議そうな顔をする。ふんわりとした笑みで「小学校からの友達だもんね」と答えるので陽太はすぐさま首を横に振った。後ろのスミレが何か察したように目を見開く。

「そういう意味じゃない。俺、コウちゃんと、付き合ってる」

隣の陽太は拳をギュッと握りしめていた。幸平もまた下唇をこっそり噛みしめる。

陽太がそれを言うのは察していたが、やはり心臓はバクバクと一気に脈打つ。どうせいつかは言わなければならないことで、それは今だったのだ。陽太の震える心が幸平の心と重なっているのが分かる。今二人は同じだけの緊張に支配されている。……しかし。

「あ、そうなんだ……意外」

その反応は呆気ないものだった。正面にいる陽太の母は、意外というように驚いて目を丸くしてはいる。しているだけだった。

「それだけ？」

陽太は虚を衝《つ》かれたように訊き返す。だが困惑しているのは、陽太の母も同様らしい。

「それだけって……えっと、幼馴染《おさななじみ》で恋人ってすごいね。いつから付き合ってるの？」

「……昨日から」

「昨日!? へぇ、速報だ。おめでとう」

受け答えをした陽太は唖然として、ついには黙り込んだ。陽太の母のほうは、陽太の反応を見てあからさまに『やばい』といったような顔をし、スミレのほうへと振り返る。

「すみ、恋人を紹介された時ってなんて言うもの？」

「お、俺に聞くなよ」

話を振られたスミレは焦ったように言った。彼女は狼狽《うろた》えたが、ふぅと息を吐くと、にっこりといかにも母親らしい笑みを浮かべた。

「幸平君、陽太を末長くよろしくお願いします」

「あ、はい」

慌てて幸平も頭を下げる。隣の陽太がハッと我に返り「だって母さん」と声量を上げた。

「父さんのせいで、大変だったろ」

「えっ、とう？　……うん……あっ」

「父さんが、俺と同じだったから」

途中で何かに気付いた様子ではあったが、陽太は言葉を重ねる。

「そのせいで離婚したんなら、俺も同じで申し訳ないなって……」

「違うよ、違う違う陽太」

彼女は慌てて陽太を止めた。俯《うつむ》きがちになった陽太を覗き込むようにして必死に言う。

「離婚したのは、あの人が浮気してたからだよ。その相手が誰かはもうどうでもいいんだよ。ごめん、陽太がまさかそこまで知ってるとは思わなくて……待って」

そこで言葉を止めると、陽太の母はスミレのほうへ振り返った。二人は見つめ合い五秒ほどの無言が流れる。その間でスミレは、『やっちまった』というような顔へと変化していった。

一体その五秒で兄妹がどういった意思疎通をしたのか、幸平には分からない。陽太へ視線を戻した彼女は、真剣な顔つきで言った。

「男同士なのは関係ない」

「……あ。そうだったんだ」

その横顔はどこか子供のように幼かった。長年そうだと思い込んでいた考えの真相を知った陽太は、薄く口を開き放心したような顔をした。一度視線を下ろし、また目線を上げる。

「うん。だから陽太、浮気しないでね」

陽太の母は強い口調で言った。陽太もまた真剣な表情で、決意を表明するみたいに断言した。

「絶対しない」

「うん」

「コウちゃん以外を好きになるなんてありえない。俺はずっとコウちゃんだけ好きだったから」

「そ、そうなんだ」

そこまで言われるとは思わなかったのか、陽太の母は若干狼狽《うろた》えながらも幸平をチラ見し、幸平もまた顔の中心に集まった熱を隠すように俯《うつむ》いた。

続けて陽太は「浮気なんかありえない」「ガキの頃からコウちゃんしか見てない」「コウちゃんと二人でいるって決めた」「そもそもコウちゃんにしか反応しない」などと、どういうつもりなのか熱弁を始めるので、足の爪先を凝視する幸平はいよいよ顔から火を噴く思いだ。恥ずかしい。けど嬉しい。見兼ねた彼女が助け舟を出してくれる。

「うん、陽太の思いは分かった。今日はいきなりだったから、そのあたりのことはまた今度ね。じゃあ私達は帰ります。急に来てごめん」

陽太は頷く。なぜ陽太が真顔でいられるのか、幸平は心から不思議でならない。

陽太の母は傷ましそうに幸平を見つめ、意味深に「ごめん」と再度告げた。

「えっと、幸平君、陽太をよろしくね」

はい、と微笑むと彼女は目を細めて笑い返してくれた。それは陽太とよく似た表情だった。

先に外へ出たのは彼女だった。スミレも靴を履く。去ろうとする間際、突然彼が言った。

「陽太、お前はある意味俺と同じだな」

幸平にはその台詞が理解できない。しかし陽太には意味のあるものだったのだろう。陽太がきゅっと唇を噛み締めるのが分かった。スミレは小さく微笑み、次に幸平へ温かな視線を向けた。

「陽太をよろしくな」

スミレの声は低く、体も大きい。優しい笑みは見た目とギャップがあって目が離せなくなる。幸平は「はい」と答えた。スミレは軽く頷き、すぐに外へと踏み出す。全部があっという間の出来事だ。陽太の母が「じゃあね」と言って、扉は完全に閉ざされてしまった。

やってきたのはしばしの静寂だった。幸平は扉をじっと、どこか放心した心地で見つめている。

幸平は、なんだか視界が透き通ったような感覚になった。陽太との関係を陽太の大切な人へ打ち明けると、別に重いなんて思っていなかったはずの心が、驚くほど軽くなったのだ。

ああ、これが、嬉しいという感情なんだな。そう思い、幸平は小さく息を吐いた。それから隣に立っている陽太へ「あのさ、陽太君。スミレさんって……」と笑いかけた直後だった。

「ダメだから」

陽太は低く呟く。彼の切羽詰まった様子に、幸平はぽかんと口を半開きにした。

「確かにスミレはかっこいいけど、でも俺ら付き合ってるから。コウちゃんは俺のだからっ」

な、何を言ってるんだ。そう動揺する幸平だが陽太は畳みかけるように迫る。

「もしかしてスミレのこと覚えてた？　コウちゃん前も、スミレのことかっこいいとか言ってたもんな。でも無理だから。俺は放す気なんてねぇし。あー、だから嫌だったんだスミレと会わすの」

「えっ、ま、待って陽太君」

なんのことを言っているのか分からない。幸平からすると、スミレは確かにかっこいい男性だったけれど、彼を「かっこいい」と発言した覚えはないし、陽太の台詞の意図が理解できなかった。

「俺が言いたかったのは、俺……スミレさんって女の人だと思ってたってこと」

「はっ!?」

今度は陽太が困惑した。幸平は羞恥心に苦しめられながらも必死に説明した。

「その……、スミレさんって人が陽太君の好きな人なのかなって。ごめん。俺の勘違い」

「……俺が好きなのはコウちゃんだけだよ。ずっとそうだった」

そう言うと、まるで空気を抜かれた風船のように陽太は静かになった。幸平の勘違いは陽太にとってかなりの想定外だったらしく、すっかり勢いを削がれて、もう一度繰り返す。

「コウちゃんだけだから。さっきも言ったけど、ずっとそう」

「……は、はい」

「そんな。スミレって……あっ。あと！　セフレとかいないから」

急な話題転換だが、それは本質でもある。目を見開く幸平の手を握り、陽太は部屋へと引き返した。半ば強引にあのクッションへ座らせるので、おとなしく腰かけた。陽太は目の前にあぐらをかき、至極真面目な顔をする。

「俺も何も言わなかったし、コウちゃんが噂信じるのは仕方ない。ずっと勘違いさせててごめん。本当に……ごめん。とにかく知っててほしい。そういう関係があるのはコウちゃんだけ」

「そうだったんだ……」

幸平は吐息混じりに呟く。これに関しては陽太に言われるまで、どう受け止めていいか分からなかったことだ。まだ昨日の今日で深く考えることもできず、陽太の言葉を待っていた節もある。

陽太はしっかりと明らかにしてくれた。こうしてはっきり告げられると、胸がだんだんと熱くなってくる。そっか……俺だけだったのか、と思うと、胸だけでなく目の奥にすら熱が溜まる。幸平は涙を堪えて、陽太へふにゃりと笑いかけた。

「ちょっと怖かった。だって陽太君、かっこいいから」

「……かっこ……。続けて」

「陽太君かっこよくてすごくモテるし、俺にはよく分からないけど、そういう関係の人がいるのはモテる人にとって当たり前なのかなって思ってた。でもそうじゃなかったんだね。謝るのは俺だよ。勝手に勘違いしてて本当にごめんね」

幸平は心から謝罪した。だが陽太は、嬉しそうに目尻を震わせてこちらを見つめ続けている。

その目が甘すぎて、幸平は視線だけで心が溶かされてしまいそうだ。このままだとまた顔が赤く染まってしまう。誤魔化《ごまか》すように「さっき、お母さん達が来る前、陽太君が言いかけてたのってお母さんのこと？」と聞くと、陽太はふぅ、と息を吐いた。

「うん。昨日の朝、コウちゃん俺ん家らへん来たんだろ？　そん時、俺と女が相合傘してんの見たらしいじゃん。でもあれは……」

「分かる。お母さんだよね」

何度考えても恥ずかしい。まさか陽太のお母さんだとは……。と、そこで（あれ？）と新たな疑問がパッと浮かんだ。

こうして実際に陽太の母を目の当たりにしたことで矛盾が生まれてしまう。ならばその数日前……陽太の部屋を訪れた朝、扉の前に立っていた女性は誰だ？

　幸平は陽太と会うために、夜勤のバイト帰りに陽太の部屋を訪れた。しかしそこには女性が立っていて、彼女は『陽太の友達？』と幸平に笑顔を見せたのだ。あの女性もまた茶髪のショートカットだった。だから相合傘をしていた女性と同一人物だと思い込んでいた。

　だが、あの朝幸平に話しかけてきた女性と陽太の母は別人である。

……もしかして、と幸平はこっそりと唾を飲み込み、なんでもない風を装って問うた。

「陽太君、芹澤さんってさ、どんな髪型してる？」

「芹澤？　茶髪で、髪は……短めかな」

　陽太は眉根を寄せるも素直に答える。幸平は絶句した。なるほど、あれは芹澤だったのだ。高校時代の同級生と言っても、幸平は芹澤の容姿は覚えていないから、気付けなかった。あの朝……、彼女は陽太の部屋の前で何をしていたのだろう。

　想像するとゾッとするが、これ以上芹澤の件で陽太を苦しめたくない。不思議そうにする陽太を心配させたくなくて、幸平は「少し気になっただけ」と言った。

　陽太は「芹澤もこの近くに住んでたみたいだけど、引っ越すってスミレが言ってた」と、まるで幸平を安心させるように補足してくれる。安心を与えたいという気持ちは互いに共通している。その気持ちが嬉しくて、幸平はしっかりと笑みを浮かべて頷いた。

　陽太は話を変えるように、別の疑問を投げてきた。

「それでコウちゃん、昨日、十一日の朝、なんでいきなり俺に会おうとしてくれたの？　コウちゃんから待ち合わせを持ちかけてくれるのって珍しいだろ」

「確かに、そうかも」

「どういう、用事だった？」

「うん。実は、告白しようと思ったんだ」

「……告白？」

今更怯《ひる》む問いではない。恋人同士となった今だからこそ簡単に打ち明けられる。陽太は瞬きもせずに、幸平を見つめていた。その驚いた顔が愛しくて、幸平はふんわりと笑いかける。

「陽太君にもう一度告白したかったから、連絡したんだ」

「……そうだったんだ」

「そうだったんです。だから今言うね」

「は」

「陽太君、好きです」

長い沈黙が二人の間に流れた。陽太は苦しそうに目を細め、やがて、絞り出すように告げる。

「……俺も好きです」

それから一度息を長く吐き、再度繰り返してくれた。

「すげぇ好きです」

「両想いだね」

「……あー、うん」

陽太はあぐらをかいた膝に、肘をついて俯《うつむ》いた。また前髪で顔が隠れるも耳が赤らんでいるのが分かった。再生は早い。パッと顔を上げた彼が少し潤んだ瞳で幸平を射貫《いぬ》くように見つめてくる。

「あのさ、手握っていい？」

「……うん」

頷くと、陽太の若干冷たい手が幸平の手に触れる。ゆっくりと指が絡み合った。陽太は滲《にじ》み出るように淡く笑む。少し体を近づけてきた彼が、甘えるように問いかけてくる。

「抱きしめていい？」

「うん」

幸平はその腕にすっぽりとおさまる。彼の腕の中はドキドキして、でも吐息が漏れるほどに安心する。耳に、陽太の噛み締めるような声が触れた。

「俺、コウちゃんのこと大好きなんだ。伝わるか分かんないけど、伝わるよう頑張る」

「……陽太君、キスしていい？」

腕の中から陽太を見上げると、陽太は堪えるような顔で小さく頷いた。幸平はたまらない気持ちになって、陽太の唇に自分のそれを重ねる。大事に、大切に、キスをする。体を抱きしめてくる陽太の腕の力が強まった。陽太の匂いに纏《まと》われながら、角度を変えて、いくつもキスをする。

次第にクッションをベッドの代わりにして、押し倒される形になっていく。雰囲気が甘く蕩けていくのを互いに分かっていたし、それを作っているのは自分達だ。押し付けられる口づけに変わった。幸平の頭は瞬く間にぼんやりと熱くなって、必死に陽太を求める。

するといきなり、陽太が唇を離した。さらには体を離してあぐらをかくので、なんだろうと幸平も上半身を起こす。陽太はやけに真面目な顔つきで言った。

「あのさ、改めて言うんだけど……俺、最初の時すげぇ下手だったよな。痛かったと思う。ごめん」

思わず「へ？」と変な声が出てしまう。だが陽太は構わず、深刻そうに「ごめん」と繰り返した。

確かに、初めての時は痛かった。でも今となっては分かる。初めてはそういうものなのだ。

「えっと……陽太君のせいじゃないよ。俺がさ、初めてだったから」

「えっ……あ？　そうなんだ」

俯《うつむ》きがちになっていた陽太が顔を上げた。その表情は少し読みにくい。安堵の表情にも見えたし、真顔のままにも見える。仮に前者だとして、何に安堵しているのか。幸平は深く考えずに続けた。

「そうだよ。だって俺、お尻から血出てたと思う。でもそういうもんらしいし」

「お尻……ん？　いや、出てないよ」

「あれ。でも服に血が付いてたから」

初めての時は出血していたはず。しかし陽太は何か思い出したのかハッとして、首を横に振った。

「コウちゃんじゃない、それ俺だ」

どういうことかわからず、幸平は首を捻る。陽太は短く言った。

「俺の鼻血」

「……鼻血!?」

「すげぇ興奮してたから……、あん時わけ分かんなくなってた。俺だって誰かとセックスすんのなんか初めてだったし、しかもコウちゃん相手なんか、鼻血出るだろ。鼻血くらい出るって」

「はぁ、そっか……」

そういえば陽太は子供の頃から鼻血が出やすかった。血管が切れやすいのだろうか……。鼻血くらい出るもの……

——え？

「初めて⁉」

自分でも意外なほどの大声が飛び出る。陽太は目を丸くして心臓の辺りに手を当てた。

「うわっ、びびった。コウちゃんそんな大声出るのか」

「陽太君童貞だったんだ⁉」

「え？　あはは、うん、そう」

何がおかしいのか、陽太は笑い出した。理由は笑いを継続したまま説明してくれる。

「コウちゃんの口から童貞ってワード出るの趣《おもむき》ある」

「本当に⁉」

「まだ声でかいんだ。おもしろ」

「そ、し、知らなかった……」

陽太は音を立てて笑う。それから、愛しそうに目を細めた。

「だってそうだろ。俺はずっとコウちゃんのこと好きだったんだから」

当然みたいに言う陽太だが、幸平にとっては心を大きく揺する渾身の告白だ。

幸平は少し俯《うつむ》き、唇を噛み締めると、小さく息を吐いた。こんな風に思いを伝えられるなんて、夢にも思わなかった。幸平が想像した夢は、幸平の告白を陽太に正面から受け入れられることだけだったから。

でも実際にはこうして、陽太のほうから幸平に「好き」を伝えてくれる。鼻の奥がツンと痛くなりまた目に涙の膜が張る。せめてあふれないよう堪えた。あふれ出すのは、言葉だけでいい。

「俺もずっと陽太君のことが好きだった」

するとまるで、陽太のほうも涙を堪えるような笑い方をした。

「そっか」

「両想いだね」

「うん……」

お互いに照れている。陽太は眉尻を下げて微笑み、ゆっくり手を伸ばすと、幸平の首を撫でる。

「なんか、手繋いで抱きしめてキスして、俺らやり直してるみたいだな」

「ぎこちなくて、初めてみたいだね」

「実際、恋人同士としては初めてだし……あーっ」

「どうしたの」

「すげぇ嬉しい」

どちらともなく近づきあって、ゆっくりと唇が重なる。ただ優しく触れ合うだけの初めてみたいなキスだった。なんだか楽しくて仕方なくて、幸平の胸に小さく悪戯心《いたずらごころ》が滲《にじ》む。幸平は一番近い距離で揶揄《からか》うように笑いかけた。

「でも、陽太君のセックス、俺は好きだよ」

「……えっろ」

陽太は驚愕の表情をした。さらにおかしくなって、幸平は「はは」と笑う。

「えー……付き合うと、コウちゃんってエロくなんの？」

「分かんない。陽太君とするの気持ちよくて好きだよ」

「待って。鼻血出る」

「あははっ」

好きがあふれて、「出ないで」と幸平は陽太の鼻先にキスをした。陽太はすぐに鼻を手のひらで押さえて、「ヤベェって」と上目遣いをする。幸平はじーっと陽太を見つめた。そうやって待っていると、陽太は我慢しきれないとばかりに唇を重ねてくる。

幸平は陽太を抱きしめながらまた笑い声を立てた。その笑い声もキスに消えていく。だんだんと深くなる。

蕩ける口づけの中で、陽太が名前を呼んでくれる。

「コウちゃん」と乱れた声が落ちてくる。

幸平は「ぅ」だか「あっ」だか濡れた声を漏らした。汗で湿った太ももを抱えられて、ぐっと折り曲げられる。後ろから突かれていた体勢が向かい合う形に変わった。陽太は一度腰を打ち付けてから、前髪を掻き上げた。

「んぁっ！　あ……う、んんっ」

「動くよ」

腰を掴まれると同時、太い塊が容赦なく奥まで貫いてくる。既にイかされたナカはぐっしょりと蕩けていて、膨張したペニスを目一杯に咥え込んだ。

ベッドに移動してからはもうずっと体を重ねていた。挿入される前に体中を散々愛撫されて、幸平はそれだけで達してしまう。充分すぎるほどにナカを解されて熱く火照《ほて》り、もう待ちきれない頃に太いペニスが割って入ってくる。

揺さぶられて、イかされて。バックで攻められていたけれど、幸平が「顔見たい」と呟くとすぐに対面に変わった。陽太が前のめりに覆い被さってくる。ググッと先端が潜り込んできて、より深いところに達したかと思えば、ぎゅーっとさらに深く押し付けてくるので声が勝手にこぼれ出した。

「ぅあ……っ、は、ふか……っ」

陽太は幸平の手首をベッドに押さえつけて、また唇を落としてくる。

「んぅっ！　は……っ、ぅ、ぅっ」

「コウちゃん、ぅ」

「あっ、う？　よ、た君、あー……っ、うっ」

肌と肌がくっつきあって熱い。激しい鼓動がどちらのものかは分からない。幸平は濡れた目で陽太を見つめ、陽太は目を細めてゆっくりと腰を動かしてくる。ペニスで愛撫された内壁がきゅーっと陽太を締め上げた。陽太は堪えるように眉間に皺を寄せながらも、優しくナカを撫でてくる。

「ぁ～っ……ぅ、んんっ、き、もち……あっあっ、んっ！」

膨らんだペニスに、敏感な内壁がぴたりと密着する。深く繋がったまま、ゆったりと蕩けるような動きでナカを掻き混ぜられた。絡み合った指に力を込めて、波のような快感に堪える。

幸平はただ、甘く揺さぶられていた。

「ふ、んん～……は、あー……っ、あっあっ」

「コウちゃん」

「んぐっ、よ、たくん、ふ、……っ」

キスの合間に何度も「コウちゃん」と名前を呼ばれると、どうにかなってしまいそうだ。幸平は瞼《まぶた》をギュッと閉じて、注ぎ込まれる快感に溺れる。が、陽太は決して幸平から目を離そうとしない。

「うっ、んうっ、は……あっ」

「コウちゃん」

「あっ、ようたく、んん～～……っ」

名前を呼ばれるたびに、薄く目を開いて一生懸命「ようたくん」と呼び返す。それが嬉しいのか、陽太は繰り返し「コウちゃん」と囁《ささや》く。コウちゃん。陽太君。喘ぎ声混じりに返す。

陽太は、心底幸せそうに頬を緩めた。普段なら子供っぽい無邪気な笑みに見えていただろうけれど、幸平を攻めながらの笑みだと、見惚《みと》れるほどに色っぽい。

きっと幸平はみっともない蕩けた顔を晒しているのに、陽太はいつも惚れ惚れとするほどかっこいい。そんな陽太は、一番綺麗なものを見つめるみたいに幸平を見下ろしてくる。それがとても不思議で、気持ちが満たされた。

「あっ、んんんッ……あっ、あっ！」

「あっつ」

「うぅ、ひっ、あ……～～っ、あっ⁉」

硬いペニスが内壁を強く抉《えぐ》った。何度も丁寧に往復してくるからナカはすっかり熟れてしまっている。突かれるごとに、一回一回あられもない声が飛び出る。気持ち良くて声を制御することなんてできない。接合部は赤く腫れて、その太い性器を嘘みたいにぱっくりと呑み込んでいた。

この場所は陽太だけを迎え入れる。陽太しか知らない。こんなに気持ち良いこと。

でもそれは、幸平だけじゃないらしい。

「あっ、ああっ、う、は、……っ！」

「コウちゃん、好き」

「ううぅっ、あ、……ッ！　はあっ、んぅう～～っ」

「大好き」

陽太も幸平だけと言ってくれた。陽太も幸平しか見ていない。

そう考えるとまたナカが疼く。たくさんの愛情に頭がチカチカして、幸平は「好き」「気持ち良い」しか考えられなくなる。狭い中を目一杯にこじ開けたペニスが、また一気に奥まで貫いてきた。

「〜〜っ、う、ぐっ」

過ぎる快感に奥歯を噛み締めた。目を瞑ると、陽太が目尻にキスを落としてくる。繋がる部分からは、くちゅくちゅと、絶え間なく淫音が漏れ出ていた。

「うううっ、あっ、は、イ……っ」

「かわい、は……、」

「んっ、も、ふか、ああっ、ぅあ〜〜……」

「好き」

「あぅ、あっあっあっ、は、」

突然、ぐるんっとナカを抉《えぐ》り上げてくる。それを機に律動がまた激しくなった。敏感になったナカをカリで引っ掻くようにしてペニスを激しく抜き差ししてくる。ふやけきったナカは必死に律動を受け入れて、熱がさらに溜まっていった。どうして陽太は幸平しか知らないはずなのに、こんなにうまいんだろと不思議に思う。幸平はただ、揺さぶられているだけでなされるがままだ。

「好きすぎ」

「……――ッ！　あ、ううっ、うぐっ」

陽太が幸平の腰を掴みなおす。ぬかるんだ壁を擦るようにして引き抜くので、「ううぁ……っ」と喘ぎ声が勝手に漏れた。それから一気に、根元まで猛りを押し込まれる。

「ああ……っ、あっ、イっ、……――っ！」

そそり立ったペニスが、甘く痺れる粘膜を押し広げていく。こつ、と奥に先端が当たった。その瞬間、体中に電流が走り、頭が真っ白になる。あまりの快感に怖くなってシーツを掴む。陽太は最奥を捏《こ》ねるようにぐりっと腰を押し付けてきた。

「ひっ……!? うぐ、は……っ!」

「ごめ、動く」

「ああっ、ん! 奥、ふかぁっ、あっあっ!」

「……は、」

「あっ、ああーっ、う……ん……ッ!?」

陽太が幸平の腰を持ち上げて、一番敏感な前立腺を抉《えぐ》るように突き刺してくる。刺激に弱い箇所をわざと竿で擦り上げて、じゅぷじゅぷと硬い性器がナカを往復する。

「あぁっ、あっ! よ、たくん、あっ」

「……コウちゃん」

粘膜はペニスに絡みつきながらも甘い悲鳴をあげている。カリでしこりを抉《えぐ》るように貫かれて、幸平は弱々しく唇を震わせた。まだ挿入されていない時に散々可愛がられた幸平のペニスは、一切触られていないのに勃ち上がって腹の上で震えている。

陽太の性器が腹の奥を叩きつけるたびに、幸平のペニスはブルっと揺れた。

「んんん~~……っ、も、むり……っ」

もう、限界かもしれない。気持ち良すぎて自分の声すら遠く聞こえる。

「あっ、んぁっ! んんっ、は、はっ」

「コウちゃん、」

「よ、ったくん……っ」

「痛くねぇ？」

けれど陽太の声はとても近くに感じた。激しい行為の最中でもその声はこれ以上ないほど優しい。

腰を掴んでくる手も決して強引ではない。陽太は行為の間ずっと、幸平の体を気遣ってくれる。またググッと腹一杯に硬いペニスが埋まった。快感の伴う圧迫感で体中に細かい痺れが走る。律動が止まると蠢《うごめ》く粘膜がねっとりとペニスを締め上げて、それだけでイッてしまいそうになった。

幸平は必死に腕を伸ばした。陽太は腰を掴む手を離して、また幸平を覆ってくる。背中に腕を回されてギュッと抱きしめられた。幸平もまた、その汗ばんだ背に腕を回して、優しい力で……愛情の込めた力で抱きしめ返す。陽太は幸平の熱い腹の中に太い塊をおさめたまま、目元へキスをしてきた。

額や頬、髪の生え際まで至るところに唇を押し付けてくる。一つ一つが熱くて、気持ち良くて、幸平はぼうっと身を任せている。

「痛くねぇよな？」

「……ん、大丈夫」

「痛かったら言って」

陽太が気にしているのが、セックスに対してだけでないのは容易に分かった。昨日のアパートで、父に痛めつけられた体を気遣ってくれているのだ。だから幸平は、陽太を安心させるように微笑む。

「痛くないよ」

答えながらも、なぜか泣きそうになった。痛みなんかない。辛さもない。ただ、陽太のことが好きで泣きたくなったのだ。不意に考えた。

――……陽太君は、いつも優しかったな。

こんな時なのに幸平は思う。こんな風に陽太に満たされているからこそ、思える。子供の頃に初めて会った時から陽太は優しかった。

あの小さな傷だらけの幸平という子供は、弟以外の誰にも心を開いていなくて友達なんか一人もいなかった。それなのにどこからかやってきた陽太だけが、世界の端っこ……陰になった場所にいた幸平を見つけて、夜になるまでそばにいてくれた。どうして陽太は見つけてくれたのだろう。陽太は最初から優しくて、幸平にとってヒーローそのものだった。

時には傷ついたこともある。けれどそのどれもにきっと理由があると今は信じられる。陽太の行動は全部が優しさから生まれたものだった。幸平はそれに傷ついて、涙を流したり、息苦しくなったりしたけれど、今こうして心も体も陽太に包まれていると、そのすべてが報われた心地になる。

幸平の抱えていた痛みや涙が、すべて愛に変わっていく。

「陽太君」

囁《ささや》くと、陽太が頬から唇を離した。じっと視線が交わる。ずっとこのまま、何も言わないで見つめていたいような途方もなく切ない心地に襲われた。

「俺は陽太君といたら何も痛くない。陽太君、大好き」

心からあふれ出した『好き』は笑顔となって現れる。

幸平が微笑みかけると、陽太はじっと真顔で見下ろしてきた。

「……うん」

まるでそう答えるのが精一杯みたいな声が落ちてくる。

自然と顔が近付いて唇が重なり、熱を確かめ合うようなキスを交わす。陽太を抱きしめる力をより強めると、また律動が再開した。

ゆったりと長い時間をかけて動き出すそれは、互いの鼓動を慎重に合わせるみたいだ。幸平はあまりに気持ちよくて、愛しくて、譫言《うわごと》みたいに「大好き」「陽太君」を繰り返した。

心を埋め尽くす感情だけしか言葉として現れない。感情の全部が、陽太のためのものだった。

「……はっ、ああ……う、陽太君……っ、好き」

「うん……っ」

「ああっ、あっあっ、よ、たくん、……大好き」

「コウちゃん」

陽太がこぼすように笑った。幸平もなぜか笑えてしまって陽太をぎゅうっと抱きしめる。遊ぶように「好き」と唇を押し付ける先は、タトゥーが彫られた彼の肩だ。腕や肩に描かれたタトゥーが幸平は好きだった。どうしてなのか、これを見ていると心が落ち着く。幸平は陽太の全部が好きだ。

「んんっ、は、あー……っ、う、陽太君」

「うん、コウちゃん」

「もう、イく……っ」

絶頂の気配に肌がぶるりと粟立《あわだ》つ。陽太を受け入れる後孔は熱く蕩けて、一体化したみたいだった。快感の泡が頭の中を埋め尽くしていく。幸平は涙の浮かんだ瞳で陽太をじっと見上げた。

一番近い場所で見つめ合う。陽太は唇の触れ合う間際で囁《ささや》いた。

「一緒にイこ」

「うん」

幸平からキスをした。陽太が腰を押し付けてくる。硬いペニスが甘く痙攣《けいれん》する内壁をぐりっと擦り上げる。切っ先が最奥をコツンと叩いて、引いて、また奥を優しくノックした。うねる腹の奥に先端が押し付けられた。全身を抱きしめられて密着が深まる。口づけを深くしながらも、陽太はまた奥へとペニスを擦り付けた。

「……イっ、ッ！」

「俺も……っ」

「よ、たくん、あッ――～～……っ！」

あ、もう、だめだ、と思う間もなく、繋がった部分から快感が電流のように駆け抜けて、瞼《まぶた》の裏に星が散る。

べこ、と腹がへこみ陽太を強く締め付けた。跳ねた腰が陽太に押さえつけられて、奥を一度突き上げてくる。幸平は喉を反らして果てた。腹の中で、陽太のペニスが痙攣《けいれん》する。ゴム越しに吐精されるのが分かった。幸平は力なく陽太を抱きしめている。陽太もまた幸平を抱え込んでキスをした。

「コウちゃん。大好き」

陽太が、口づけと共に言葉を注ぎ込んでくる。彼の温かな手のひらが、幸平の左頬を撫でた。陽太の触れる場所から、幸平にとって大切な体になっていく。幸平は決して目を閉じずに陽太を見つめた。嬉しそうに目を細める陽太を、ずっとずっと見つめ続けた。


「お腹が減った」と幸平が言うと、陽太は「ご飯食べ行こ」とすぐに返した。

あれからもしばらく裸のまま過ごしていたけれど、運動は体力を使う。もう午後三時過ぎなのでお腹が減った。二人でどこかカフェにでも行きたいという話になって、着替えようとした幸平だが、陽太がすかさず自分のトレーナーを差し出してくる。下着もボトムも自分のものを着せたがるので、幸平は、少し大きいけどまぁいいか、と思って素直に着用した。

上半身裸の陽太はまだ下着とボトムを穿いただけで着替えは完了していない。それなのに忙《せわ》しなく、「ちょっと、写真撮らせて」と携帯をこちらに構えて、何度か角度を変えながら写真を撮り始める。

「陽太君も服着たほうがいい。風邪引くよ」

「そうかも」

指摘するとすぐに服を着るので面白い。幸平はベッドに腰かけたまま、彼の着替えを眺めている。

……陽太がそれ以上、何かを始める気配はなかった。

今だからこそ、聞ける。もう恐れたり、覚悟をしたりする必要なんかない。

幸平は、トレーナーを着た陽太に問いかけた。

「陽太君さ、どうして俺にお金渡してたの？」

すると陽太が振り向いて目を丸くした。数秒の沈黙。幸平はただ、答えを待っている。

かなりの静寂の後。陽太はついに口を開き、しょんぼりと眉尻を下げた。

「……それ、謙人にすげぇ怒られた」

「怒られたんだ」

この間まであんなに考えるのさえ苦しかった話題なのに、幸平は思わず笑いそうになった。陽太が本気で落ち込んでいるので我慢する。ここで笑うのは誠意がない。

陽太は素直に、語り出した。

「なんつうか……コウちゃんは俺と会う間バイトできないから申し訳なさすぎて。俺と会うことで金を稼ぐ時間を失ってるだろ。でも俺は会いたいから、コウちゃんの負担になりたくないと思ったんだけど……」

「そんなの、いいのに」

陽太が隣に腰かける。例の如くポーカーフェイスだが、幸平には彼の心が沈んでいるのが分かる。

「理想論抜きにして現実的に考えると、俺はコウちゃんにたくさん会いたいけど、その分コウちゃんはバイト入れなくなるんだ。おかしくね？」

「俺だって会いたいよ」

「……うっ。それでさ、考えたんだけど」

今の呻き声は何？　だが陽太は平然と続けるので、幸平も黙る。それも、一瞬の沈黙だった。

「コウちゃん、俺と同居しない？」

「えっ⁉」

予想外の発言に幸平は声を上げた。陽太は冗談ではない、真剣な表情をしていた。

「ど、同居？」

「そう。ここ、使ってない部屋もあるし。盗聴器ももうないし」

「あ、うん」

「今すぐってわけじゃないよ。でもコウちゃんも、春には契約切れるだろ。そしたら一緒に住めば、いつでも会えて、家賃とか食費とか軽くなる。俺もコウちゃんにたくさん料理を作れる。どう？　俺ん家のほうがコウちゃんの大学にも近いし。すげぇ良くね、同居」

幸平は無言でその笑顔を見つめた。陽太の笑顔は純粋で、ただただ幸平に有益な提案をしようという裏のないものだった。幸平だって陽太と共に暮らせるなら最高で、断る理由なんかない。

ただ、同居というワードを口にしたことに、陽太はあまり考えていないように思える。

だから幸平は敢《あ》えて違う言葉で頷いた。

「いいね。同棲しよっか」

「ど、どうせい？」

陽太は目を丸くした。幸平はにっこり微笑む。

陽太は唖然としていたが、幸平の笑顔を前にしてだんだんと、嬉しそうな気配が滲《にじ》んでいく。幸平にはその変化が分かる。陽太は目元を和らげて微笑んだ。

「うん。同棲、しようぜ」

「そうしよう」

「よっしゃ。じゃああの金は初期費用にしよ」

あの金とは、陽太が渡し続けた金のことだ。それでは陽太の負担になる、と口を開きかけるが、恋人はとても無邪気に喜んでいる。幸平は押し黙ることしかできない。こんなに嬉しそうな陽太を否定したくなかった。幸平は自覚している。自分が昔から、陽太にとても甘いことを。

「すげぇ楽しみ。春っていつ？　明日？」

「明日じゃないよ」

「まじか。待ちきれねぇな」

「うん」

「明日じゃない？」

「明日じゃないかも」

「あーでも、やべ、嬉しすぎる。信じらんねぇ……毎日確認するかも」

容易に想像がついた。また、『コウちゃん、俺ら同棲すんだよな』と何度も訊ねてくるのだ。

そしてそのたび、幸平も『そうだよ』と丁寧に答えるのだろう。それすらも、とても楽しみだった。考えていると突然、「コウちゃん」と隣に腰かける陽太が声を低くして言った。

陽太に向き直ると、彼がどことなく暗い顔をしているのに気付く。

「俺、コウちゃんが安心できる彼氏でいられるよう頑張るから」

「頑張る？」

そんな風に思わなくてもそばにいてくれるだけでいい。だが陽太の「うん」の声からは後悔の気配がひしひしと伝わってくるので、まずは彼の話に耳を傾けることにした。

「今までたくさん傷付けてごめん。謝りたいこともたくさんあるんだ」

「そんなの、いいのに」

「中学の時、俺が馬鹿だったせいでコウちゃんを突き放した」

自分の発言に自分でショックを受けているようで、陽太は辛そうに目元を歪めた。

一方で幸平は驚いて声も出てこない。それは、脳裏に『行けよ』と幸平を拒絶する声と青空が蘇ったにもかかわらず、自分の心に暗澹《あんたん》の気配が生まれなかったからだ。

あの記憶は鋭いナイフではなく丸いスプーンだった。愛に満たされた心を掬《すく》うと、キラキラと、とろとろと輝いている。幸平はもう過去を晴れやかな気持ちで眺めることができる。

しかし陽太は依然として薄暗い表情で、肩を落とした。

「もう間違わないように、すれ違わないように頑張るから」

「……陽太君、あの秘密兵器のことずっと覚えててくれたよね」

幸平は自分が脈略を無視して切り出したことを自覚していた。陽太も顔を上げて、理解が追いつかなそうに、そして怯《おび》えるような表情を見せる。

幸平は秘密兵器について考える。これは昨日、母と進と過ごした時に知ったことだ。

進は、小学生の幸平と陽太が秘密兵器を隠している様子をこっそり見ていたらしい。

数年後、小学校に入学した進は、そういえばあの時兄達は何を隠していたのだろうと秘密兵器の箱を開けて、随分古びてしまった秘密兵器を家に持ち帰ったのだ。話を聞いた母が給食着袋を洗って、サッカーボールを入れ直した。ビニール袋に入れて箱に戻したのは、進が幸平達を驚かせたかったかららしい。いつになるか分からないけれど、幸平と陽太がそれを取り出した時、ちっとも古びていない秘密兵器を見てびっくりするのを待っていたというのだ。

だから武器は、武器のままでいた。

「陽太君があの秘密兵器を覚えていてくれた。そして一緒に闘ってくれた」

そしてついに、その時が来た。

「それは子供の頃だってそうだった。陽太君が俺と一緒に闘ってくれた時から、俺はもう何があっても平気だったんだよ」

闘うための武器も、勇気も、与えてくれたのは陽太だ。それを谷田達や進が支えてくれた。

これがどれだけ幸平の力になったか、陽太は分からないのだろうか。過去の傷を上回るほどの圧倒的な治癒と活力を齎《もたら》していることを。どれだけ感謝をしているかを。

分からないなら、幸平が陽太に伝えていくしかない。

「ありがとう、陽太君」

秘密兵器のことも感謝も、これから言葉を尽くして伝えていこう。そのための一歩として幸平は明るく笑いかけた。純な気持ちが伝わったのか、陽太の表情が和らぐ。幸平は自分の腹を押さえて

「お腹空いたね」と改めて繰り返してみる。陽太はフッと息を吐き、腰を上げた。

「明日さ、二人でどっか行こう」

陽太は言いながらジャケットを取り出して幸平に着せた。全身陽太の服を着ていることに幸平は気付いたが、何も言わずに明日の話題に乗った。

「陽太君はどこ行きたい？」

「俺は、水族館とか。コウちゃん他に行きたいとこある？」

「水族館行ってみたい。亀見たい」

「亀見たいの⁉」

持ち物は財布と携帯だけ。二人は身軽に寝室を出る。幸平は「亀見たい」と明るく笑いかけた。

「お弁当持っていこうよ。俺、陽太君にお弁当作りたいな」

すると玄関へ向かう廊下の真ん中でいきなり陽太が立ち止まった。幸平は首を傾げて足を止める。陽太はただ、かすかな微笑みを浮かべて幸平を見つめているだけだった。

反対方向に首を傾げると、陽太が微笑みを深くする。彼は歩みを再開して言った。

「俺もコウちゃんに、弁当作るよ」

陽太がふと視線を落とすのが分かった。その優しい視線の先には幸平の靴がある。ただのスニーカーが陽太にはどう見えているのか、不思議に思ったのも束の間、陽太は顔を上げた。

「一緒に食べよう」

軽やかに笑ってくれるので、幸平も「うん」と頷く。それから二人して扉の向こうへ踏み出した。

午後三時の空は青く染め上げられている。冬の透き通った高い空を、鳥が群れになって翔けていく。ここ最近雨が続いていたけれど、昨日から天気が良くなって、今日も雲一つない真《ま》っ新《さら》な晴天だった。陽太が扉の鍵を閉める。幸平は空を眺めて、「あ」と口にした。

「何？」

「見て。月が綺麗」

晴天の中に白い月が隠れている。まるで間違えて白い絵の具を落としたような薄い星だった。見えないけれど、この空には無数の星が隠れている。見えないけれど確かにそこにあるというのは、うまく言葉にできないが、頼もしく感じた。

鳥が二羽、群れから飛び出して不規則に空を翔け回った。その意味があるようで、ないみたいな、破茶滅茶な軌道がまるでＵＦＯみたいに思う。

「宇宙船がさ……」

すると陽太がそう口にするので、幸平は驚いて「えっ？」と声を上げた。

彼は晴れ渡る空を見上げている。幸平がその横顔を見つめているうちに、鳥はどこかへ飛び去ってしまった。

陽太が、呟いた。

「消えてったみたい」

陽太も幸平と同じことを考えていたのだろうか。……でも、どうしてか、いつもの無表情ではあるが、その横顔がかすかに幼さを纏《まと》っている気がして、幸平は思わず問いかけた。

「寂しい？」

陽太が幸平に目を向ける。子供の頃に無邪気に笑いかけてくれた時の面影を纏《まと》った、けれど確かに今の陽太の目だった。

「全然。コウちゃんがいるなら、ここが俺達の星だなって」

陽太は続けて「行こう」と言う。幸平は、うん、と頷いた。

――ここが俺達の生きていく場所だ。

同じ歩幅で、二人きりで歩き出す。鳥はもうどこにもいなくて、星だって見えない。あるのは陽太と幸平、それから街のどこかから届く誰かの笑い声だ。

不意に幸平は、陽太君にクリスマスプレゼントを渡したいな、と思った。

春になったら花畑の広がる公園に行こう。夏は二人で旅行をして、秋の夜は一緒のベッドで眠り、同じ静けさの中で目覚めるのだ。

まだ二人で歩いたことのない道をこれからいくらでも歩いていく。どちらかが立ち止まったら、同じように歩みを止めて、寄り添うのだろう。二人以外のすべてが先に進んでも、二人だけは同じ場所で隣にいる。

子供の頃、陽太は街の片隅にいた幸平の隣にしゃがみ込んでくれた。周りの子供達がもっと素敵な、白い光の丘へ走り出しても、どこにも行かずにそばにいてくれた。

初めからそうだった。陽太だけが隣で、「コウちゃん」と笑いかけてくれるから、幸平も同じように微笑み返すのだ。

「日陰歩いてね」

「うん。ありがとう。陽太君」

夜明けも遠くなった明るい空の下を、二人並んで歩いた。それは互いの一番近い距離だった。陽太の隣というこの世で一番安心できる場所で、幸平は愛する人の声をずっと、聴いていく。

この作品に対する皆様のご意見・ご感想をお待ちしております。

おハガキ・お手紙は以下の宛先にお送りください。

【宛先】

〒150-6019 東京都渋谷区恵比寿 4-20-3 恵比寿ｶﾞｰﾃﾞﾝﾌﾟﾚｲｽﾀﾜｰ 19F
（株）アルファポリス　書籍感想係

メールフォームでのご意見・ご感想は右のＱＲコードから、
あるいは以下のワードで検索をかけてください。

アルファポリス　書籍の感想　検索

ご感想はこちらから

本書は、「アルファポリス」（https://www.alphapolis.co.jp/）に掲載されていたものを、
加筆、改稿のうえ、書籍化したものです。

6番《ばん》目《め》のセフレだけど一生分《いっしょうぶん》の思《おも》い出《で》ができたからもう充分《じゅうぶん》

SKYTRICK（すかいとりっく）

2025年 1月 20日初版発行

編集－山田伊亮・大木 瞳
編集長－倉持真理
発行者－梶本雄介
発行所－株式会社アルファポリス
〒150-6019 東京都渋谷区恵比寿4-20-3 恵比寿ｶﾞｰﾃﾞﾝﾌﾟﾚｲｽﾀﾜｰ19F
TEL 03-6277-1601（営業） 03-6277-1602（編集）
URL https://www.alphapolis.co.jp/
発売元－株式会社星雲社（共同出版社・流通責任出版社）
〒112-0005 東京都文京区水道1-3-30
TEL 03-3868-3275
装丁・本文イラスト－渋江ヨフネ
装丁デザイン－AFTERGLOW
（レーベルフォーマットデザイン－円と球）
印刷－中央精版印刷株式会社

価格はカバーに表示されてあります。

落丁乱丁の場合はアルファポリスまでご連絡ください。

送料は小社負担でお取り替えします。


ISBN978-4-434-34648-4 C0093